거미입니다만, 문제라도? 4

저자 바바 오키나
일러스트 키류 츠카사

contents

1. 화창한 푸른 하늘

고개를 들자 내 눈에 익숙한 미궁의 천장 대신 끝없이 뻗어 나가는 푸른 하늘이 보였다.

시선을 내려뜨리면 무채색 돌덩어리로 뒤덮인 벽 대신 각양각색의 풍경이 펼쳐진다.

지금은 살짝 연기가 꼈지만…….

뭉게뭉게 피어오르는 모래 먼지 때문에 가려져서 경치가 잘 안 보였다.

그래도 음, 세상은 이토록 다채로웠구나.

지금이라면 장래 희망을 시인으로 바꿔도 될 것 같아.

뿌듯함 반 부끄러움 반, 흑역사의 시가 아니라 제대로 된 시구를 읊어드리리다!

응, 그냥 해본 소리야.

헛소리가 좀 많았는데 그래도 이해해 달라.

온갖 우여곡절 끝에 드디어, 드디어, 한 번만 더 말할게. 드디어!

지긋지긋한 엘로 대미궁 밖으로 나왔으니까!

길었다.

낮도 밤도 없는 미궁에서 생활했으니까 내가 태어난 뒤로 시간이 얼마나 흘렀는지 정확히 알지는 못한다.

그래도 길었다고 단언할 수 있다.

전생하고 지금껏 쭉 미궁 생활만 해 왔는걸.

길고도 길었다고…….

죽음의 위기를 겪은 횟수가 가볍게 두 자릿수를 넘길 만큼은 거미생을 만끽했으니까 길고 길었지, 암.

응, 진짜, 좀.

엘로 대미궁은 세계 최대의 미궁이잖아?

빈약한 거미 마물을 느닷없이 갖다 넣기에는 난도가 너무 높다.

태어나서 처음 목격한 광경이 같은 거미 마물 피붙이끼리 골육상잔에 더해 동족 포식을 벌이는 현장이었는걸.

게다가 출산을 마친 친부모까지 참전하는 혼돈의 카오스.

마더, 무서워요.

그 후에도 미궁 안의 마물을 상대로 분투하거나 인간에게 쫓겨나서 새로 건설한 마이 홈이 망가지기도 했고. 마지막에 가서는 용(龍), 게임이라면 라스트 던전에서 튀어나와야 하는 놈이랑 목숨 걸고 싸우기도 했고…….

앗, 규모로 보면 엘로 대미궁은 라스트 던전이 맞구나.

그렇지만 그토록 가혹한 환경에서 버텨 냈기에 바로 지금의 내가 있다.

지옥 같은 나날을 보낸 덕분에 나는 이렇게 강해졌다.

응. 살짝 내 느낌보다 훨씬 많이 강해졌을지도?

음, 내 눈앞에는 붕괴돼서 흙먼지를 피어올리는 요새였던 건물의 잔해.

요새라고 해 봐야 마물의 통행을 방해하는 것이 고작일 만큼 쪼그마했지만.

그야 생각해보면 세계 최대의 미궁에서 마물이 튀어나오지 않도록 대비는 해야겠더라고.

게임이 아니니까 던전에서 마물이 안 튀어나온다는 보장은 없잖아.

맞아. 미궁에서 나온 순간 내 눈에 들어온 것은 앞길을 가로막는 벽.

미궁 밖으로 빠져나온 마물을 이 벽으로 묶어 놓으면서 상주하고 있는 병사들로 처리한다.

아마도 이런 수순이 아닐까 싶어.

실제로 나도 벽을 올려다보며 입을 쩍 벌리고 있던 틈에 공격당했고…….

엉겁결에 반격해서 마법을 쏟아부은 결과가 바로 이거야.

날아드는 화살을 회피하면서 반사적으로 사수를 향해 암흑탄을 뿅.

그랬더니 사수는 물론이고 요새까지 대, 붕, 괴 !

저질렀도다!

응. 나는 몰라~.

나는 암것도 몰라.

의문의 요새 붕괴 사건이 일어나기는 했는데 나는 관여 안 했거든.

목격자 전원은 이미 저세상으로 가고 없겠다, 완전 범죄 성립이니까 시효가 끝날 때까지 도망칠 테다.

그런고로 나는 이만. 살아 있으면 또 만나자고!

요새 붕괴 현장에서 도망, 아니, 탈출해서 사람의 눈에 띄지 않도록 이동했다.

나는 거미 마물이니까.

사람들 눈에 띄면 물론 좋은 꼴을 못 보겠지.

나는 요새 붕괴의 범이…… 으흠, 대사건이 일어난 현장의 바로 옆에 있었던 마물인 터라 당연히 의심을 받을 것이다.

어휴, 대체 어느 놈이야? 민폐를 왕창 끼치고 다니는 놈이 있네?!

내가 혹시 범인으로 의심받으면 어쩌려고!

나는 범인이 아니야!

좋아, 자기 암시 완료.

이제 거짓말 탐지기에도 안 걸린다.

뭐, 진지하게 설명하자면 지금 내 모습은 거미 마물이니까 사람 눈에 띄지 않도록 행동하는 건 당연하지.

이런 모습을 보고도 우호적인 접촉을 시도할 기특한 인간이 있지는 않을 테고…….

온 세상을 뒤지면 혹시 있을지도 모르겠지만 대부분의 인간은 도망치든가 덤비든가 맥없이 주저앉든가 셋 중 하나겠지.

내 경우는 위압 스킬과 공포를 불러오는 자 칭호의 효과 때문에 저절로 공포를 유발하기도 하니까, 설령 상대가 순진한 어린아이라고 해도 우호적인 접촉은 기대하지 말아야겠다.

거대 곤충을 좋아하는 남자아이도 나를 보면 분명히 비명을 지르면서 흐느낄 거야.

왜 조그만 남자애들은 꼭 투구벌레처럼 투박한 벌레를 좋아하는지 모르겠다.

곤충을 좋아하는 남자애가 나와 비슷한 환경에 있었다면 눈물을 흘리면서 기뻐했을까?

아니다, 암만 좋아해도 안 그랬을 거야.
잠깐 상상해보니까 살짝 기분이 나빠진다.
응, 뭐랄까, 기분 나쁜 정도를 넘어서서 메스껍달까?
그렇게 메스꺼운 인간이 있다면 기꺼이 내 자리를 내어드리리다.
아마도 태어나서 며칠 지나기도 전에 죽어버리겠지만.
아니, 태어난 직후에 죽을 것 같지만.
마더한테 아작아작 씹혀서…….
나의 거미생에서 목격한 생물 중 독보적으로 위험한 생물이 태어나자마자 맞닥뜨린 마이 마더였던 사건.
거미생 하드 모드 노 컨티뉴.
현재 진행형으로 기록 갱신 중.
용케 살아남았구나. 제법 대단하다고 자화자찬해본다.
바로 그 마더와 현재 색다른 방식으로 전투 중이랍니다.
지룡 아라바를 쓰러뜨린 지금 엘로 대미궁에 남은 미달성 업적은 타도 마더뿐.
대미궁에서 내가 아는 한 가장 강력한 존재, 마더를 쓰러뜨리면 명실공히 미궁의 정점에 올라서는 셈이다.
언젠가 관리자가 되는 것을 목표로 한다면 마더와의 대결은 피할 수 없었다.
마더를 쓰러뜨리면 경험치도 으헤헤 들어올 테고.
하지만 정면으로 싸워 봤자 마더한테는 아마 못 이긴다는 말이지. 끙.
왜냐하면 마더의 부하, 아크 타라텍트마저도 아라바에게 필적할 만큼 뛰어난 스테이터스를 지닌 녀석이거든?

거미의 약점인 중층의 화염 지옥에 전이로 초대하는 치사한 방법을 동원해서 함정에 빠뜨려 해치웠으니까 손쉽게 승리했지만, 진짜 정면 승부로 치고받았다면 훨씬 고전했을 거야.

마더는 아크보다 훨씬 더 강력하니까 아무래도 정공법으로는 도저히 이길 만한 상대가 아닐 것 같거든?

정공법으로 안 된다면 꼼수를 쓰면 되잖아.

그래서 나는 현재 진행형으로 마더에게 변칙 공격을 시도 중이랍니다.

초장거리 공격 비슷하려나?

예를 들자면 총잡이와 검사의 싸움이라고 봐도 되겠네.

거리를 허락하지 않으면 총잡이의 승리.

가까이 접근한다면 검사의 승리. 응, 이런 느낌?

마더의 스테이터스가 어느 수준인지 잘은 모르겠지만 나보다 높은 건 확실할 테니, 정면으로 맞붙으면 승산은 없음.

어떤 수를 써서라도 따라잡히지 않고 거리를 벌리는 것, 그게 승부를 가른다.

그렇다 해도 내 승리는 거의 굳어졌지만…….

왜냐하면 벌써 엘로 대미궁의 바깥으로 나왔으니까.

응, 어떤 대괴수에게도 뒤지지 않을 거대 마더가 과연 엘로 대미궁의 밖으로 나올 수 있을까?

방금 막 내가 빠져나온 출입구는 마더가 지나다닐 만큼 커다랗지 않거든.

애당초 마더처럼 몸이 크면 미궁 안에서도 행동에 제약이 많다.

널찍한 하층이랑 중층이라면 얼마간 돌아다닐 공간이 나오겠지만 좁은 통로가 뒤얽혀 있는 상층에서는 꼼짝하기도 쉽지 않을걸.

바로 그 때문에 나는 상층을 거점으로 두고 행동했었다.

마더가 몸소 공격에 나서지 못하도록.

마더는 본인이 올 수 없었기 때문에 바로 아크를 필두로 하는 거미 군단을 파견했다.

걔네를 물리친 시점에서 이미 나의 승리로 결판났다고 봐도 된다는 말씀.

엘로 대미궁의 바깥으로 나온 지금, 마더에게는 나를 쫓아올 방법이 전혀 없었다.

이제는 느긋하게 마더가 내 공세에 무너지기만 기다리면 된다.

바깥세상을 구경하면서 말이야.

그건 그렇고—.

내 거미생의 목표 중 하나, 엘로 대미궁 탈출이라는 업적은 달성했다. 그럼 앞으로는 뭘 어떻게 할까?

사실 엘로 대미궁에서 탈출하겠다는 목표도 처음에는 마물이 넘쳐나는 위험한 환경으로부터 도망쳐서 살아남아야 한다는 의미가 강했다.

하지만 생존의 부분으로 고려하자면 바깥에는 마물과는 또 다른 새로운 위협, 즉 인간이 살고 있으니까 위험도는 거기서 거기 아닐까?

그래서 내 목적은 중간에 위험한 곳을 벗어나겠다는 도주보다 맛

있는 밥을 먹고 싶다는 욕구 비슷하게 변해버렸다.

응, 미궁 안에서 먹을 만한 밥이라고는 마물이 전부잖아!

어차피 마물 대부분은 욕 나올 만큼 끔찍한 맛이었고!

이래서야 맛있는 음식을 먹고 싶다는 생각이 드는 건 당연한 결과 아니겠어?!

그렇다 해도 현재 The 마물의 모습을 지닌 내가 인간들이 사는 도시로 들어간다면 곧바로 퇴치당하게 되잖아.

뭐, 내가 요새도 하나 무너뜨린 몸인데 쉽게 당해주지는 않겠지만 말이야.

강도 비슷하게 도시로 밀고 들어가서 음식을 먹어 치우고 철수하는 방법도 있지만 굳이 위험한 모험을 하고 싶지 않은걸.

처음 예정대로 열심히 힘내서 아라크네로 진화할 때까지는 인간이랑 접촉을 피해야겠다.

아라크네는 상반신은 인간이고 하반신은 거미의 형태를 지닌 마물.

여전히 마물의 범주를 못 벗어난다 해도 상반신은 인간이니까 지금처럼 완전한 거미의 모습보다는 절반이나마 인간과 가까워진다.

상체가 인간이면 말을 할 수도 있을 테고. 그렇게 어찌어찌 커뮤니케이션에 성공해서 잘만 풀리면 인간과 우호 관계를 쌓는 것도 혹시 가능하지 않으려나.

그렇다 해도 아라크네로 진화하려면 아직도 길이 멀고 멀었다. 애당초 나는 이쪽 세계의 말을 모르니까 의사소통을 시도할 수가 없다.

어쨌든 인간과 접촉을 시도하자면 먼 훗날의 일이 되겠군.

그때가 온다면 내 힘으로 뭔가 맛있는 음식을 확보하고 싶다.

공간 기동을 써서 공중으로 달려 올라가 주변을 쭉 둘러봤다.

전방, 비교적 가까운 곳에 인간의 도시가 보였다.

거리의 풍경은 그야말로 판타지 느낌의 중세 유럽풍 건물.

쓱 훑어봤지만 기계나 전자류는 없는 듯했다.

응, 미궁 안에서 가끔 마주치던 인간을 보며 어렴풋이 예상했었지만 과학은 별로 발달하지 않았나 보다.

우선 저 도시는 통과~.

어차피 가 봤자 좋은 대접은 못 받을 테니까.

오른쪽은 평원.

왼쪽도 평원.

뒤쪽에는 평원이 이어진 끝에 숲이 있고 거기에서 더 멀리 산이 보인다.

엘로 대미궁은 대륙을 잇는 미궁이니까 나오면 근처에 바로 바다가 보이지 않을까, 하고 지레짐작했었는데 의외로 출입구가 내륙 쪽에 있었구나.

흠, 숲과 산.

자연의 은혜를 누리기 위해서라도 저쪽으로 가볼까?

어쩌면 과일이나 버섯을 채집할 수 있을 거야.

미궁의 마물은 거의 다 맛없는 녀석뿐이었지만 산에서 사는 야생 동물은 혹시 맛있을지도?

산을 넘어간 곳에 뭐가 있을지 궁금하기도 하고, 바다가 나타난다면 해산물 맛을 볼 수도 있을 테니까.

그러고 보니 중층에서 먹었던 장어랑 메기가 꽤 맛있더랬지. 진짜 해산물도 그렇게 맛있을까?

좋아, 벌써부터 군침이 돈다.

당장 출발이다!

S1. 엘로 대미궁으로

유고를 저지하기 위해 곧장 엘프 마을을 향해 나아갔다.

세뇌의 힘을 써서 왕국을 혼란에 빠뜨렸을 뿐 아니라 교회와 제국 마저도 장악한 유고.

또한 마족과 전쟁이 벌어진 이 시기에 하필 유고가 제국군을 잔뜩 동원해서 엘프 마을로 진군을 개시했다는 정보가 레스톤 형님의 협력자들을 통해 전달됐다.

이대로 유고의 폭주를 방치한다면 마족에게 침략할 틈을 내주는 것은 불 보듯 훤했다.

어떻게 해서든 저지해야 했다.

하지만 엘프 마을의 위치는 카사나가라 대륙, 현재 우리가 있는 더즈톨디아 대륙을 떠나 저편으로 건너가야 했다.

대륙을 넘어 이동 가능한 수단은 둘.

전이진으로 이동하든가, 혹은 엘로 대미궁을 지나가든가.

바다는 강력한 수룡(水龍)의 영역인 터라 배로 이동하는 방법은 금세 침몰당하는 까닭에 불가능했다.

하늘도 유감스럽지만 페이가 그 먼 거리를 쭉 날아갈 수는 없었다.

따라서 전이진이 가장 안전한 수단이기는 했다. 그렇지만 전이진은 몹시 귀중한 마도구이기 때문에 국가 차원에서 직접 관리하는 경우가 대부분이었다.

왕국에서 지명 수배를 내린 신세이고 교회에서도 감시의 시선을 늦추지 않을 것으로 예측되는 지금, 타국의 관리하에 있는 전이진의 사용 허가가 떨어질 리 없었다.

유일한 희망이 있다면 나는 만난 적도 없는 누나가 출가한 나라.

하지만 어디에 유고의 하수인이 있을지도 모르는 만큼 섣불리 도움을 청하기는 위험했다.

되도록이면 신뢰할 수 있는 사람, 즉 이곳에 있는 동료들끼리 행동해야 했다.

그러자면 전이진을 쓰는 방법은 포기해야 한다.

남은 수단은 엘로 대미궁을 공략하는 길뿐.

하지만 대미궁이라는 이름대로 그곳은 마물이 활개 치고 다니는 거대한 마굴이기도 했다.

미궁이라는 폐쇄된 세계에서 독자적으로 진화를 이룬 마물들.

대부분이 독을 지니고 있기에 관련 대책은 필수.

그뿐 아니라 미궁 자체도 위험했다.

너무나도 광대하므로 엘로 대미궁에서 일단 길을 잃어버리면 살아 돌아오기는 단념해야 한다는 평이 지배적이다.

그 때문에 엘로 대미궁을 넘어가는 경우에는 꼭 미궁의 통행을 전문 분야로 삼는 안내인에게 길 안내를 부탁해야 했다.

이상이 내가 들었던 엘로 대미궁에 대한 예비 지식.

일순간에 이동 가능한 전이진과는 달리 엘로 대미궁 공략에는 시간이 걸릴뿐더러 위험도 뒤따른다.

시간은 다행히도 아직 여유가 있었다.

제국에서 엘프 마을까지는 거리가 제법 멀기에 군을 이끌고 이동하려면 적지 않은 날짜가 필요했다.

입수한 정보로 역산하면 우리가 엘로 대미궁을 공략하는 시간보다도 제국군이 엘프 마을에 다다를 때까지 걸리는 시간이 더 길다.

문제는 엘로 대미궁이 위험한 장소라는 것.

우리 중 엘로 대미궁에 실제로 진입한 경험이 있는 인원은 하이린스 씨와 안나.

선생님은 이쪽 대륙으로 올 때 엘프의 빈객이자 친선 대사였던 포티머스와 함께 왕국에 있는 전이진을 이용했다고 한다.

그 전이진은 안타깝게도 유고의 손에 파괴당했다.

하이린스 씨는 옛날에 율리우스 형님과 함께 마물 퇴치 등등의 임무를 받아 엘로 대미궁에 들어간 적이 있었다.

안나는 오래전 딱 한 번 통행을 위해 들어갔다고 한다.

나와 카티아, 페이는 왕국에서 나온 적조차 없었던 터라 엘로 대미궁에 들어가는 것은 물론 처음이었다.

학원에서 연습 삼아 찾아가던 장소와는 달리 진정으로 생명의 위험이 뒤따르는 미궁.

이제 곧 미궁에 도전해야 함을 실감할 때마다 절로 긴장감이 솟았다.

우리는 페이의 등에 타 하늘을 날아서 엘로 대미궁의 입구 부근까지 도착했다.

"역시 제국의 병사가 있네요."

천리안을 발동해서 멀리 있는 입구를 본다.

그곳에는 엘로 대미궁의 입구를 가로막는 형태로 요새가 세워져 있었다.

엘로 대미궁은 대륙과 대륙을 연결하는 유일한 육로.

만약 마족이 이 대륙을 침공하려고 든다면 필히 이곳을 통과해야 했다.

그때는 요새가 방파제 역할을 수행하겠지만 애당초 마족이 엘로 대미궁을 넘어올 일은 없었다.

안내 없이는 평생 못 빠져나온다고 충고를 할 만큼 복잡하고 광대한 미로.

독을 지닌 까다롭고 다양한 마물.

엘로 대미궁은 자연의 요새로서 더할 나위 없는 역할을 수행해주고 있었다.

애당초 그 전에 마족이 이토록 노골적인 침공을 벌이는 사건 자체가 역사상 일어난 적이 없었지만…….

대놓고 말하자면 요새의 역할은 부적법한 방법으로 미궁에 침입하려고 드는 일당의 체포와 미궁 바깥으로 나오려고 하는 마물의 방비였다.

그런데 이곳은 제국의 영토가 아닌데도 불구하고 요새에서 본래 없었던 제국병이 보인다.

역시 유고의 소행이 틀림없었다.

만에 하나라도 우리가 대륙을 넘어 건너오지 못하도록 감시망을 펼쳐 둔 것이다.

"어떡하지."

"은밀 스킬을 구사해서 병사의 눈을 속이면 어떨까요?"

내 혼잣말에 선생님이 제안을 꺼냈다.

하지만 나는 고개를 가로저으면서 선생님의 의견을 물리쳤다.

기척을 지우는 스킬은 분명 있었지만 그보다 예민한 수준으로 감지 스킬을 익힌 상대에게는 통하지 않는다.

일전에 마주쳤던 로난트라는 노마법사가 좋은 예였다.

로난트 옹은 아득한 고공에서 기척을 감춘 채 비행하던 우리의 접근마저도 날카롭게 감지했으니까.

로난트 옹에게는 미치지 못할지언정 저 요새에 감지 스킬을 주력해서 익힌 인물이 있을지도 모른다.

그리고 일단 들킨다면 전투를 피할 길은 없었다.

추후에 엘로 대미궁이라는 난이도 높은 미궁을 공략해야 하는 입장이니까 되도록 전투를 피하면서 힘을 온존해 두고 싶었다.

그러니까 강행 돌파는 반드시 피해야 한다.

"나한테 생각이 있다. 따라와라."

대응책을 고민하는 우리에게 하이린스 씨가 제안했다.

하이린스 씨는 이 멤버 중에서 엘로 대미궁으로 가장 많이 진입했던 만큼 뭔가 좋은 방안이 떠올랐을 수도 있다.

우리는 앞장서는 하이린스 씨를 따라서 엘로 대미궁의 입구를 떠나갔다.

"여기다."

도착한 곳은 엘로 대미궁의 입구에서 그리 멀지 않은 장소에 위치한 작은 마을이었다.

길을 가는 도중에 하이린스 씨에게 들은 이야기에 따르면 이 마을은 대미궁으로 들어가는 여행자들을 상대로 매매나 숙박 일을 하던 사람들이 모여 형성된 마을이라고 한다.

듣고 보니 가게에는 대미궁에서 빼놓을 수 없는 해독약이나 부싯돌 같은 물품을 팔고 있었고, 조그마한 마을에는 어울리지 않는 커다란 여관도 보였다.

대미궁에 도전하는 사람들은 이 마을에서 마지막 준비를 갖추고 출발하겠지.

우리는 마을 외곽을 따라 사람들의 눈에 띄지 않도록 이동했다.

어디에서 유고의 하수인이 감시하고 있을지 모르는 상황이었으니까.

참고로 페이는 시선을 끌지 않도록 숨어 있으라고 했다.

무엇을 어쩌든 간에 용(竜)의 거체로는 마을에 들어가기만 해도 속수무책으로 들킬 테니까.

조심조심 이동해서 도착한 곳은 마을 변두리에 있는 독챗집이었다.

다른 집과 비교하면 조금은 커다란 집.

하이린스 씨는 그 집의 문을 노크했다.

"예예, 누구십니까?"

안에서 나타난 자는 중년의 남성.

의복에 가려졌음에도 알아볼 수 있는 잘 단련된 육체는 남성이 평범한 마을 사람이 아니라는 사실을 대변해줬다.

남성은 문앞에 서 있는 하이린스 씨를 보고는 놀란 표정을 지었다.

"오래간만에 뵙습니다."

하이린스 씨가 머리를 숙였다.

"그렇군요. 우선 들어오십시오."

남성은 경계하면서 주위를 확인하고는 우리를 안으로 맞아들였다.

조심스러운 분위기로 보건대 아무래도 우리의 정보를 어느 정도 알고 있는 듯했다.

"여기 이분은 미궁 안내인 고이에프 씨. 율리우스와 함께 몇 번쯤 신세를 진 적이 있는 분이시다."

"소개해주셔서 감사합니다. 고이에프라고 합니다. 잘 부탁드립니다."

"고이에프 씨, 이쪽은 율리우스의 동생 슈레인입니다."

"슈레인입니다. 잘 부탁드립니다."

하이린스 씨의 소개를 받으면서 모두 인사를 했다.

고이에프 씨는 온화한 미소를 머금은 채 가만히 듣고 있었지만 결코 만만치 않은 사람이었다.

옷에 가려져서 잘 드러나지는 않을 뿐 신체가 상당히 잘 단련돼 있고, 온화한 인상을 자아내는 눈매를 잘 들여다보면 우리 일행의 실력을 가늠하고 있는 예리한 눈빛과 마주치게 된다.

하이린스 씨가 정중한 태도로 대하는 까닭도 수긍되는 기분이었다.

절대로 여간내기가 아닌 인물이다.

"그러면 고이에프 씨. 단도직입적으로 저희 요청을 말씀드리겠습니다. 현재 저희는 억울한 누명을 뒤집어쓰고 제국에 쫓기는 입장에 놓여 있습니다. 저희 스스로 결판을 내기 위해 엘로 대미궁을 넘어 카사나가라 대륙으로 건너가고 싶습니다만, 입구가 제국병으로 막혀 있는지라 진입하지 못하는 형편입니다. 고이에프 씨의 힘으로 어떻게든 저희를 대미궁 안으로 들여보내주실 수는 없겠습니까?"

하이린스 씨의 말을 들은 고이에프 씨는 잠시 상념에 잠겼다.

"대략의 사정은 알겠습니다. 저도 하이린스 님이 국가 전복을 꾀했다는 소문을 들었을 때부터 의아하게 여겼으니까요."

고이에프 씨는 역시 왕도에서 발생한 사건의 정황을 본인 나름대로 파악한 눈치였다.

미궁 안내인은 직업상 폭넓은 인맥을 지니게 된다.

넓은 인맥을 활용해서 정보를 모았겠지.

또한 정보를 검토한 결과 우리가 억울한 죄를 뒤집어썼다고 이미 판단을 내린 듯했다.

"그렇지만 유감스럽게도 도움이 되어드리기는 어렵습니다."

하지만 이어지는 고이에프 씨의 말에 낙담을 금할 수 없었다.

"어떻게 안 되겠습니까?"

"뭐라 드릴 말씀이 없군요. 저 또한 생활과 목숨이 걸린 일이온지라. 섣불리 여러분에게 힘을 빌려드렸다가 제국에 미운털이 박힐 수는 없는 노릇입니다. 저 하나는 괜찮다 해도 혹시 가족에게 위험이 미칠지도 모른다고 생각하면……."

"그렇군요."

모습은 보이지 않지만 이 집에서는 어린아이를 포함해서 몇 사람의 기척이 느껴졌다.

고이에프 씨에게도 가족이 있다.

본인의 가족을 휘말려 들게 하면서까지 우리를 편들 수는 없었다.

알고는 있었지만 이런 상황에 직면하고 보니 새삼 우리에게 찍힌 국가 반역자라는 낙인의 막중함을 자각하게 된다.

아니, 이렇게 이야기를 들어주기만 해도 다행이었다.

최악의 경우 우리의 모습을 본 순간 무기를 겨눈다 해도 부득이한 상황이었으니까.

우리의 결백함을 알고 있어도 국가의 커다란 힘에 거스르고 싶지는 않을 것이다.

"얼씨구, 겁쟁이는 안내하고 싶지 않은 모양이군. 뭣하면 내가 안내해주랴?"

풀 죽은 우리에게 문을 냅다 걷어차면서 나타난 노인이 말했다.

"아버지?!"

"못난 놈, 배알도 없냐? 나이도 먹을 대로 먹었으면서 제국이 뭐 무섭다고 설설 기나 몰라."

술병을 한쪽 손에 들고 나타난 노인은 곧장 우리 사이로 끼어들어 왔다.

"나는 이 겁쟁이의 아비이고 배스거스라고 한다네. 이놈 대신 내가 안내인을 해주마."

"잠깐, 아버지!"

"넌 빠져, 인마."

결코 크지는 않았다. 그렇지만 굳건한 힘이 담긴 목소리였기에 고이에프 씨는 차마 더 입을 열지 못했다.

배스거스 씨는 노인으로 여겨지지 않을 만큼 훌륭한 체격의 소유자인 데다가 얼뜻 봐도 느껴지는 세찬 패기가 흘러나오고 있었다.

무의식중에 스테이터스를 감정해보고 싶어질 만큼 대단한 실력자 같았다.

“제국한테 벌벌 떨면서 안내인을 어떻게 해 먹겠냐. 그놈들보다는 미궁 깊숙한 곳에 도사리고 있는 괴물이 훨씬 더 무섭다. 아무렴. 미궁 안내인이 두려워해야 하는 대상은 인간이 아니야, 미궁이지. 내 말이 틀렸냐?”

배스거스 씨가 고이에프 씨를 연거푸 몰아붙였다.

늘어놓는 논리는 분명 엉터리였는데도 고이에프 씨는 전혀 반론하지 못했다.

“네놈도 지금 이 상황이 옳다고 여기지는 않겠지? 그럼 나한테 맡겨봐라. 이번 일로 제국에 추궁당하거들랑 늙은이가 제멋대로 저지른 짓이라고 변명하면 된다.”

“아버지…….”

배스거스 씨의 설득에 고이에프 씨는 급속도로 기세를 잃어버렸다.

분명 고이에프 씨도 지금 제국의 행태에서 뭔가 느끼는 바가 있었나 보다.

“다 늙어 은퇴한 노인네라도 괜찮다면 안내해주마. 어쩔래?”

하이린스 씨는 고민하는 눈치였지만 내 직감은 이 사람에게 맡겨도 된다고 판단했다.

내 뜻을 염화로 짧게 전달했다.

그때 배스거스 씨가 살짝 반응하는 장면도 놓치지 않았다.

이 사람, 염화를 엿들을 수도 있구나.

“잘 부탁드립니다.”

"오냐. 뭐, 그래 봐야 별로 대단한 도움은 안 되겠지만."

거짓말이었다.

비록 짧은 시간이었지만 배스거스 씨가 대단한 인물이라는 사실은 이미 누가 어떻게 봐도 명백했으니까.

"그러면 구체적인 이야기를 하지요."

하이린스 씨의 제안으로 그다음은 추후의 예정을 협의했다.

고이에프 씨도 포기한 듯 지원을 맡아준다고 했다.

배스거스 씨와 교섭을 잘 마쳤노라고 페이에게 알리기 위해 염화를 날렸다.

그러자 무슨 까닭인지 선생님과 염화를 바꿔 달라는 대답이 돌아왔다.

"선생님. 페이가 선생님과 얘기하고 싶다네요."

"무슨 일일까요?"

나와 염화를 바꾼 선생님은 페이와 잠시 대화한 뒤 다녀올 곳이 있다면서 나가버렸다.

만약을 위해 나도 따라가겠다고 주장했지만 어째서인지 거절당했다.

대신 카티아와 안나까지 선생님과 여자들끼리 함께 움직이게 되었고, 고이에프 씨의 댁에는 남자들만 잔뜩 남았다.

"요즘 아녀자들은 강하군. 저 애들도 상당한 실력자겠지?"

배스거스 씨는 거리낌 없이 물었다.

"다른 사람의 능력을 훑어보는 행위는 매너 위반 아닙니까?"

나는 그렇게 배웠다.

바로 그 때문에 꾸준히 숙련도를 쌓아서 최고 레벨을 달성한 감정을 내킬 때마다 함부로 쓰지 않으려고 조심하고 있다.

"보통은 맞는 말이다. 그렇지만 우리 미궁 안내인은 안내하는 손님의 실력을 어느 정도 파악해 놓을 필요가 있거든. 미궁 안에서는 안내인의 판단으로 손님의 목숨이 좌우되지 않나. 그 책임을 다하기 위해서라도 매너가 어쩌고저쩌고 허울 좋은 소리는 할 틈이 없단다."

어깨를 으쓱거리면서 배스거스 씨가 말했다.

"그러니까 감정을 굳이 안 해도 요게 얼마나 힘쓸 줄 아는 놈인지 한눈에 알 수 있게 되더라고. 그래 봐야 별로 정확하지는 않지만 말이다!"

뭐가 재미있다고 호쾌하게 웃어 젖히면서 술을 들이켠다.

"자네들은 전원이 제법 숙련된 솜씨를 갖고 있더군. 그래도 말이다, 미궁에서는 아무리 센 놈이라도 까딱하면 픽픽 죽어 나간다네. 절대 방심하지 말게나."

힘을 좀 쌓았다고 해서 자만하지 말라는 충고일까?

그 말에는 순순히 고개를 끄덕여줬다.

자만이라, 그야말로 어림도 없는 소리였지만…….

요즘 들어서 솔직히 나는 스스로에게 자신감을 가질 수 없었다.

용사가 되었는데 정작 중요할 때는 아무것도 하지 못했다.

유고에게 제대로 반격도 못했던 데다가 소피아를 앞에 두고는 속절없이 도망쳤을뿐더러 로난트 옹이 적당히 물러나줬을 때에는 나 자신이 어찌나 한심했던가.

내 능력치는 꽤 높았다.

그럼에도 불구하고 나를 훌쩍 뛰어넘는 존재가 있다.

지금 이대로는 놈들에게 대항하지 못한다.

그러니까 자만에 빠질 여유는 결코 없었다.

더욱더 많이 강해져야 하건만 내가 어떻게 감히—.

"젊구나."

굳어진 내 태도에서 뭔가를 느꼈는지 배스거스 씨가 따스한 시선을 보내온다.

왠지 그 시선을 마주하기가 어색해져서 얼굴을 돌렸다.

"다녀왔습니다."

마침 선생님과 동료들이 돌아왔다.

응?

돌아온 사람은 선생님, 카티아, 안나, 그리고 한 명이 늘었네?

"짜잔! 페이의 인간 버전을 지금 공개합니다!"

살짝 흥분해서 멋지게 포즈까지 잡고 자기소개하는 누군가.

하얀 피부에 밝은 빛이 흘러나오는 머리카락, 그리고 결정적으로 등에 달려 있는 날개 덕분에 마치 천사처럼 보이는 모습.

그렇지만 내가 놀란 이유는 오히려 얼굴이었다.

꽤나 그리운 얼굴이다. 페이의 전세, 시노하라 미레이의 얼굴과 쏙 빼닮았다.

"설마, 페이야?"

얼굴만 보고도 거의 확신할 수 있었다. 아니, 이미 스스로 밝힌 이름까지 들어 놓고 나는 물어볼 수밖에 없었다.

"예스! 진화해서 광룡 스킬이 추가됐는데 실은 스킬의 효과 중에 있었거든! 인간화!"

유난히 기분이 좋아 보이는 이유는 오랜만에, 그야말로 전생한 뒤 처음으로 인간의 모습을 갖춘 덕분이리라.

날개며 노출된 팔에 보이는 비늘 등등 곳곳에 용의 흔적이 남아 있지만 그래도 겉보기로는 한없이 인간과 가까웠다.

나는 용으로 다시 태어나게 된 페이의 심정을 어렴풋이 상상할 수밖에 없었지만 상당히 기뻐하고 있다는 정도는 신나서 까불거리는 모습으로 짐작이 되었다.

사정을 모르는 배스거스 씨와 고이에프 씨가 어리둥절하고 있지만 한동안은 좋을 대로 까불거리게 내버려 두고 싶었다.

페이가 입은 옷은 본 적 없는 복장이었다.

아마도 선생님이 마을의 상점에서 급히 산 옷이겠지.

그래서 나는 따라오지 말라고 했었구나.

그야 평소의 용 형태일 때 페이는 아무것도 입지 않으니까 인간화를 해도 여전히 변함이 없을 테고…….

그러면 인간화한 직후에는 알모…….

"무슨 상상을 하는 건가요?"

뭔가 검은 오라를 두른 채 쏘아붙이는 카티아의 말에 놀라 방금 전까지 하고 있던 생각을 머릿속에서 떨쳐 냈다.

괘씸한 상상은 안 했다고 마음속으로만 변명해 두겠다.

"그보다 나는 안 되는데 카티아는 괜찮은 거야?"

일단 카티아도 원래는 남자였을 텐데.

"저는 괜찮거든요?"

괜찮은 거야?

"그나저나 잘 어울리네."

"응응, 그렇지? 역시 나는 귀엽다니까! 반짝반짝 미소녀! 얍!"

내 혼잣말을 용케 주워들은 페이가 숫제 덩실거리면서 뽐낸다.

페이의 전세, 시노하라 미레이는 자화자찬해도 될 만큼 미소녀이기는 했다.

그 때문에 자존심이 남달리 강했고 자신보다 더한 찬사를 끌어모았던 와카바를 용납하지 못한 채 집단 괴롭힘까지 저질렀지만…….

날개 달린 반룡인이라고 말할 수 있는 지금 페이의 모습은 자칫하면 코스프레처럼 보일 수도 있겠지만, 예쁜 얼굴과 어울려서인지 위화감이 안 느껴졌다.

본래 광룡의 날개가 새의 형상과 비슷하기도 한 터라 마치 천사처럼 보이기도 했다.

말버릇이며 몸동작은 천사와 동떨어졌기에 역시 페이가 맞구나, 싶어서 안도감이 들었다.

어쨌든 이제 페이가 거대한 몸 크기 때문에 엘로 대미궁으로 진입하지 못하는 사태는 사라졌다.

페이의 용 형태는 커다란 몸체로 인해 실내의 행동이 여러모로 제한된다.

자칫 엘로 대미궁에 들어가지도 못하면 어쩌나 걱정했었다.

최악의 경우 페이는 내가 소환으로 불러들이기로 하고 이쪽에 놓아두고 가는 방안도 고려했었다.

사전에 본인이 괜찮다고 말했었기에 그 말을 믿고 있었지만 이런 해결책이었군.

덕분에 모두가 함께 들어갈 수 있게 됐다.

막간. 마왕의 측근은 회의에서 또다시 한숨을 쉰다

"그러면 회의를 시작하겠다. 발트."

"넷."

전쟁 전에도 열렸던 회의 때와 토씨 하나 바뀌지 않은 발언으로 마왕님은 회의의 시작을 고했다.

그렇지만 회의에 참가한 면면은 그때와 달랐다.

수가 줄었다.

원래는 열 명이 앉았던 자리.

그중 세 개의 자리가 공석으로 바뀌었다.

"그러면 각 군의 근황 보고부터 올리도록 하지. 제1군은 군단장 아그너 공이 전사. 군단 자체도 괴멸적인 타격을 받았기에 생존자들을 다른 군단으로 재배치하고 있다."

나는 손에 든 자료를 넘기면서 그 밖에 자질구레한 제1군의 근황을 전달했다.

자료에는 제1군이 어떠한 과정을 거쳐 괴멸당했는지 상세한 이유도 적혀 있었다.

그런데도 나는 굳이 언급하지 않았다.

이 자리에 있는 모두가 사정을 알뿐더러 속사정 또한 파악하고 있기 때문이었다.

제1군이 괴멸한 이유는 인족과의 전쟁 때문이다.

다만 결코 인족에게 괴멸당지는 않았다.

제1군이 공세를 펼쳤던 곳은 크솔리온 요새라는 이름의 요충지.

다수의 요새 중에서도 특히 지리적으로 중요한 장소였던 까닭에 견고한 내구력과 그에 걸맞은 전력이 배치돼 있었다.

그래서 더더욱 마족군 중에서도 제1의 이름을 보유하고 있는 군을 동원하여 공격했었다.

전황은 거의 호각에 가까웠다.

요새의 수비력이 있는 만큼 인족이 유리하기는 했지만 제1 군단장 아그너 공의 훌륭한 지휘 덕분에 열세임에도 불구하고 호각의 전투를 펼쳤었다.

하지만 지형의 이점이 있는 인족군에 점차 밀리기 시작했고 차츰 철수를 고려하던 그때 그것이 나타났다.

신화급 마물, 살아 있는 재앙, 퀸 타라텍트.

전장은 아비규환의 지옥도로 화했다.

마족과 인족을 가리지 않고 갑작스럽게 출현한 퀸 타라텍트에게 유린당한 끝에 양군이 모두 괴멸적인 타격을 받았다.

굳이 꼽아보자면 피해가 큰 쪽은 요새째 파괴당한 인족이겠지만 물론 기뻐할 처지는 아니었다.

인족들 사이에서는 마족이 기사회생의 역전을 노리고 제어 불능의 퀸 타라텍트를 소환했다는 가설이 그런대로 설득력 있게 받아들여지는 형편이었다.

실로 웃기는 소리다.

퀸 타라텍트는 처음부터 양군을 괴멸시키려는 의도로 소환되었으니까.

앞으로 걸림돌이 될 제1 군단장 아그너 공을 군단과 함께 통째로 처단하기 위해서…….

아그너 공이 은밀하게 엘프족과 결탁을 맺었다는 증거가 발견된 것은 전쟁 후 그의 유품을 정리하면서였다.

나는 무슨 까닭인지 마왕님에게서 유품 정리를 내 손으로 직접 하라고 지명 받았었다.

그곳에서는 인족과 전쟁을 회피하기 위한 수단이 기재된 계획서 및 엘프와 밀수로 얻은 이익이 기록된 장부 따위가 발견되었다.

일이 이렇게 되고 나서야 마왕님이 나에게 유품을 정리하라고 지목한 이유를 통감했다.

마왕님은 아그너 공이 은밀하게 엘프과 결탁했었고 또한 배반했었다는 사실을 알고 있었다.

그리고 전장에 갑자기 출현했던 퀸 타라텍트에게 우연히 살해당했다는 형태를 취해 처단했다.

게다가 애써 숨기려고 하지도 않았다.

숨기기는커녕 자신의 사주라고 암시하는 증거를 굳이 드러내고는 진실에 다다를 수 있도록 유도까지 했다.

일련의 행위가 나타내는 바는 하나뿐.

배반자를 용서할 생각은 없다고, 그렇게 우리를 향해 소리 없이 선언하는 것.

신화급 마물을 사역하는 마왕님을 어찌 거역할 수 있단 말인가.

"그러면 제2군의 보고를 시작하도록."

"네."

제1군의 상세 보고를 마치고 다음은 제2군의 보고를 듣기 위해 제2 군단장 사나트리아에게 시선을 보냈다.

"제2군은 현재 오쿤 요새 부근에서 대기 중입니다. 오쿤 요새에서 아노그래치가 흘러넘치지 않는지 감시하고 있습니다. 현재 그러한 사태는 일어나지 않았고, 인적 피해는 없습니다."

막힘없이 보고하는 사나트리아.

그녀가 이끄는 제2군은 이번 전쟁에서 전혀 피해를 받지 않았다.

그렇게 된 이유도 아노그래치라는 마물을 오쿤 요새에 풀어놓고 마물의 힘을 빌려 요새를 함락시킨 까닭이었다.

아노그래치란 원숭이의 모습을 띤 마물로 한 마리를 해치우면 수많은 무리가 복수하러 오는 성질을 지니고 있다.

게다가 아노그래치를 해치운 상대를 죽이든가, 무리가 전멸하든가. 둘 중 하나가 아니면 멈추지 않는다.

사나트리아는 그 성질을 이용해서 포획한 아노그래치를 요새의 인간에게 살해하도록 유도한 뒤 수많은 무리를 몰아닥치게 하는 데 성공했다.

대량 번식했던 아노그래치 무리는 요새를 간단히 순식간에 집어삼켰고 괴멸시켰다.

제2군이 나설 기회도 없이…….

오히려 아노그래치가 요새에 눌러앉아버린 탓에 섣불리 움직일 수도 없게 됐다.

아노그래치가 마족령 방향으로 이동을 개시하면 피해가 나올 테니까.

그 때문에 제2군은 감시를 위해서라도 오쿤 요새 주변을 떠나지 못했다.

명목상은 그렇다.

실제로는 사나트리아의 수중에 군을 그대로 남겨 놓기 위한 구실에 지나지 않는다.

다른 군이 저번 전쟁에서 커다란 타격을 받아 재편하고 있는 가운데 제2군만은 피해도 없이 본래 형태로 사나트리아의 수중에 남아 있다.

남아 있는 군단장 중 누구보다도 힘을 온존하고 있다고 말할 수 있었다.

마왕님에게 대항하기 위한 힘을…….

『당신, 마왕을 배반하고 이쪽으로 붙지 않을래?』

바로 얼마 전 사나트리아가 찾아와서 꺼냈던 제안을 떠올려본다.

『마왕이 시키는 대로 따랐다가는 결국 이용만 당하고 버림받을 거야. 엘프와 결탁해서 몰래 기습을 가하면 마왕도 분명 쓰러뜨릴 수 있어.』

아그너 공의 사망 후 엘프는 새롭게 사나트리아와 접촉한 듯했다.

그리고 사나트리아는 마왕님에게 반기를 들기 위해 엘프와 손을 잡았다.

나는 그때 어리석은 짓은 하지 말라고 충고한 뒤 떠났었다.

『당신 역시 브로우를 떠올리면 다른 생각이 없지는 않을 텐데?』

떠나갈 적에 들려온 말에 이를 갈면서…….

다른 군단의 보고를 들으며 제7 군단장의 자리를 돌아봤다.

그 자리도 이제는 공석이었다.

예전에는 내 동생 브로우가 앉아 있었던 자리.

그곳에 브로우는 더 이상 앉지 못한다.

브로우는 용사와 대결해서 패했다.

그리고 그 직후 제10 군단장 시로가 용사를 쓰러뜨렸다.

단숨에, 순식간에…….

누구의 눈으로 봐도 시로는 브로우가 죽도록 방치했음을 알아볼 수 있었다.

용사를 순살 가능한 힘을 지녔으면서도 시로는 브로우가 살해당하는 장면을 가만히 지켜봤다.

처음부터 브로우가 죽기를 기다렸다는 듯이…….

그렇다, 내 동생은 마왕님의 시나리오대로 살해당했다.

그 사실을 깨달았을 때의 내 원통함은 분명 누구도 이해하지 못한다.

무언가가 배 속을 뒤집어 놓고 있었고 그럼에도 불구하고 전부 꾹 눌러 참은 채 마왕님을 모셔야만 했다.

왜냐하면 마왕님은 아무도 감당할 수 없으니까.

사나트리아가 제아무리 군대의 힘을 남겨 놓았다 해도, 엘프와 결탁했다 해도 무엇 하나 의미를 발휘하지 못한다.

마왕님은 집결된 군대를 홀로 괴멸시킬 수 있을 만큼 강대한 힘을 보유했으니까.

그런데도 실정을 알지 못하는 일부는 어리석게도 마왕님이 약하다고 착각하고 있다.

마왕님이 마왕으로 취임한 뒤 한 번도 전투를 벌이지 않았기에 혹시 약한 거 아니냐는 소문이 돌기 시작했고, 근거 없는 말인데도 사실인 양 받아들이는 일당이 생겼다.

사나트리아도 그중 한 명이었다.

마왕님이 전투의 전면에 나서지 않는 이유는 약하기 때문이 아니었다.

오히려 지나치게 강한 탓에 일방적인 학살이 벌어지는 까닭이었다.

마왕님은 압도적인 승리을 달가워하지 않는다.

마왕님은 마족도 전투에 나가 되도록 큰 피해를 받기를 원하고 있으니까.

그래서 본인이 움직이는 대신 군을 보낸다.

마음만 먹으면 군 따위 쓰지 않아도 단독으로 유린극을 펼칠 수 있음에도 불구하고…….

그리고 마왕님에게는 용사를 순살하는 시로라는 카드가 있다.

이런데 어찌 딴마음을 품겠는가.

동생의 원수?

죽도록 방치했다지만 실제로 손을 쓴 자는 용사였다.

마왕님을 원망할 수는 없는 노릇이다.

마왕님의 심기를 거스른다 함은 마족의 운명을 내버린다는 것과 다를 바가 없었으니까.

그러니까 나는 마왕님에게 충성을 맹세한다.

나 하나의 감정 따위는 마족 전체의 운명과 천칭에 걸면 너무나도 작디작으니까.
사나트리아는 전혀 알지 못한다.
"그러면 제3군, 보고하도록."
나는 싸늘한 목소리로 제3 군단장 코고우에게 보고를 재촉했다.
이 남자는 사나트리아와 몰래 협력하고 있다.
사나트리아는 나에게 코고우라는 협력자가 있다는 사실을 숨겼는데 설마 발각당하지 않을 자신이 있었나?
진심으로 자신했다면 실로 한심한 노릇이다.
"제, 제3군의 현황은, 음, 대략 이렇소."
떠듬떠듬 보고를 시작하는 코고우.
코고우는 전투 능력은 높을지언정 머리 회전은 좋지 않았다.
분명 사나트리아의 사탕발림에 넘어가서 협력하게 되었으리라.
전투를 싫어하는 온화한 성격 또한 이용당하게 된 계기일 수도 있겠다.
나는 코고우의 보고를 흘려들으면서 제6 군단장의 자리를 돌아봤다.
그곳도 이제는 공석이었다.
살아 있었다면 아마도 사나트리아에게 협력했으리라고 짐작되는 휴이의 자리였다.
휴이는 생전부터 사나트리아와 친하게 지냈다.
사나트리아가 엘프과 결탁했다는 말을 들으면 두말 않고 찬성했을 테지.
휴이는 외모도 속도 어린 군단장이었다.
인족 최강으로 이름 높은 마법사, 로난트가 지휘하는 군단과 충돌

했고 결국은 로난트의 마법에 패배했다고 들었다.

마왕님은 따로 손을 쓰지 않았다. 인족에게 순수한 역량으로 패한 유일한 군단장이다.

그럼에도 휴이가 결코 다른 군단장보다 못하지는 않았다.

다소 사고방식이 어리다고는 하나 군단장 자리에 오를 만큼 강했고 두뇌도 뛰어났었다.

순수하게 로난트가 휴이보다 뛰어났을 뿐.

패배한 휴이를 깎아내리기보다는 승리한 로난트를 칭찬해야겠지.

설령 살아남았다 해도 사나트리아에게 이용당했을지도 모른다는 사실을 감안하면, 뛰어난 상대에게 패배한 뒤 전장에서 죽을 수 있었기에 차라리 행복한 최후를 맞이한 셈이었다.

"제10군, 재편 완료."

짧은 말이 내 사고를 현실로 돌려놓았다.

제10 군단장 시로가 마지막 보고를 완료한 참이었다.

상세한 내역을 보고할 생각은 없는 듯 딱 한 마디만 말하고 입을 다문다.

제10군의 동향과 편성 내용은 나도 파악하지 못했다.

아마도 마왕님이 직접 시로에게 지시를 내려 독자적으로 움직이고 있을 것이다.

새삼 시로를 돌아봤다.

하얗다, 달리 표현할 길이 없는 소녀.

도저히 용사를 단숨에 해치울 인물로는 안 보였지만 겉모습이 실력과 직결되지 않음은 마왕님도 마찬가지였다.

이 소녀가 마왕님의 히든 카드이자 첫 번째 신하.

"응. 보고는 이쯤 하면 되겠지? 그럼 오늘 안건을 알려줄게."

보고가 일단락되기를 기다렸다가 마왕님이 입을 열었다.

사정을 모르는 군단장은 마왕님이 먼저 나서서 발언했다는 데 놀라는 모습이었다.

평소 회의 자리에서는 전부 나에게 떠넘긴 채 발언을 하지 않았으면서 대체 무슨 속셈인가, 수상쩍어하는 것이다.

"나는 이제부터 직할군, 제4군, 제8군, 제10군을 이끌고 엘프를 멸망시키러 갈 거야."

그 발언은 사전에 통지받지 못했던 군단장들을 동요시켰다.

특히 동요가 심한 자는 사나트리아와 제3 군단장 코고우겠지.

둘은 엘프와 은밀하게 결탁한 군단장이니까.

"얼쩡얼쩡하는 꼴이 짜증 나니까 이제 슬슬 없애버리려고. 그러니까 나머지 군단은 내가 돌아올 때까지 재편이랑 치안 유지, 인족이 치고 들어오지 못하도록 견제 부탁해."

가볍게 툭 내뱉는 마왕님.

사나트리아와 코고우의 내심은 세차게 뒤흔들리고 있을 것이다.

"아, 배후 공격은 포기해. 소용없으니까."

그들에게 재차 타격을 가하면서 생긋 웃는 얼굴로 단언하는 마왕님.

눈에 띄게 안색이 나빠지는 사나트리아와 코고우.

그래서 말하지 않았던가.

그만두라고…….

마왕님은 전투 능력뿐 아니라 모든 면에서 우리를 능가한다.

우리의 상식으로는 전혀 헤아릴 수 없는 괴물이니까.

이길 방법 따위 없었다.

그러니까 마왕님이 없애버리겠다고 선언한 이상 반드시 사라진다.

엘프의 운명은 이미 결정되었다.

2. 대(對)마더 정신전

본인은 전직 마법 담당 1호라오.

뭐, 이번에 큰일 하나만 마치면 전직은 떼어 내고 또 마법 담당으로 돌아갈 수도 있겠지만.

마더를 쓰러뜨린다는 큰일을 마친다면 말이야.

【1호! 놀지 말고 일해라! 끄악?!】

앗, 전직 몸 담당이 마더의 공격을 받고 휙 날아갔다.

쭉쭉 뻗는다~!

응응, 괜찮아.

죽지는 않으니까.

현재 우리는 휙 날아가는 정도밖에 피해를 안 입는 상황이었다.

먼저 우리가 전투 중인 이곳은 현실 세계가 아니다.

마더의 정신이랄까, 혼이랄까. 이를테면 꿈속에서 싸우고 있는 셈이다.

마더에게는 권속 지배라는 스킬이 있는데, 그걸로 자신이 낳은 새끼를 지배하에 둘 수 있었다.

그래서 우리의 본체도 그 영향을 받기 시작했었다는 거지.

낌새를 깨달은 때는 화룡(火龍)과 싸웠을 때.

자신의 감정에서 뭔가 위화감을 느낀 것이 계기였다.

그래서 원인을 조사해봤는데 마더에게서 전파 비슷한 뭔가가 수신된다는 사실이 판명됐다.

뭐, 당했으면 돌려줘야지?

그런고로 나를 지배하기 위해 날아오는 전파를 타고 올라가서 마더에게 역으로 반격을 가하는 중이다.

방법은 병렬 의사를 정신체로 마더에게 집어넣는 것.

음, 의식만 가지고 쓰는 분신술 비슷하다고 보면 되겠다.

몸은 하나밖에 없으니까 다중 인격이라고도 할 수 있겠네.

다만 개별의 의사마다 역할을 분담함으로써 하나의 몸으로 몇 사람 몫의 활동을 동시에 수행했었다.

우리의 경우는 내가 마법을 담당하고, 몸을 담당하는 의사가 따로 있고, 정보를 수집하는 담당이 또 따로 있고. 대충 이런 식이었다.

전차의 조종사, 관제관, 포격수와 비슷하겠지.

우리는 병렬 의사 하나만 본체에 남겨 둔 채 나머지는 전부 마더 공략을 위해 파견했다.

그때 방출된 요원이 우리.

눈앞에는 마더의 거체.

다만 엄격하게 보면 정신체일 뿐 현실에 있는 마더의 육체와는 달랐다.

마더의 정신체는 이미 다리 몇 개를 잃어버렸다.

우리가 먹어 치웠거든.

지금도 정신체 마더의 몸에 내 본체와 똑같이 생긴 정신체가 몇 마리 달라붙어서 우걱우걱 뜯어 먹고 있다.

마더는 몸부림치며 우리를 뿌리치거나 날려 보내거나 한다.

하지만 거듭 말했던 대로 지금 우리의 몸은 현실의 육체가 아닌 정신체.

말하자면 혼의 파편인 셈이었다.

그리고 우리의 본체에는 외도 무효, 즉 혼을 해치는 효과를 무효화하는 스킬이 존재한다.

요컨대 정신체 마더의 공격을 아무리 많이 받는다 한들 우리가 혼으로 존재하는 한 절대로 상처 입지 않는다는 말씀!

따라서 죽음을 두려워하지 않고 돌격할 수 있다.

마더 따위는 아무것도 아니다!

짓밟히고 뭉개진들 씹히고 깨물린들 마법을 얻어맞은들 전혀 괴롭지도 아프지도 않다.

무적, 그야말로 무적!

현실이었다면 한 방에 저세상으로 갔을 공격을 맞아도 아무렇지도 않다.

뭐, 전투력 자체가 급이 다른 까닭에 무적인데도 이렇게 며칠씩 걸려 싸우고 있지만…….

그럼에도 한 발짝 한 발짝 마더를 몰아붙이는 데 성공하고 있다.

우리 병렬 의사가 정신체로서 마더의 정신체를 쓰러뜨리면 현실의 마더도 죽는다.

이러니저러니 해도 혼인걸.

혼이 없어진 생물은 살아 있다고 말하기 어렵잖아.

육체적으로도 생명 활동을 정지하지 않을까, 하고 나는 예상하는 바야.

그리된다면 우리의 승리였다.

육탄전으로 승산이 없다면 정신전으로 끌고 가면 되잖아.

심리전 말고 정신전 말이야.

매우 중요.

이쪽의 공격은 빈약해서 거의 안 먹히지만 상대의 공격은 전혀 안 먹힌다.

그렇다면 조금씩이나마 대미지를 주고 있는 우리가 언젠가는 필연적으로 이기게 된다.

게다가 본체는 엘로 대미궁을 나와 바깥세상에서 여행 중이었다.

마더의 거체로 바깥에 나가는 것은 불가능하다.

이 시점에서 이미 승부는 갈라졌다.

이제는 천천히 느긋하게 마더의 정신체를 갉아먹으면 끝.

강대한 마더도 설마 이런 방법으로 지게 될 줄은 꿈에도 상상 못했을 거야.

뭐, 여기가 꿈 같은 곳이기는 하지만…….

【1호! 아직도 놀고 있냐, 이놈아!】

전직 몸 담당이 투덜거리면서 돌아왔다.

방금 전 그토록 요란하게 쭉쭉 날아갔었는데도 불구하고 몸에는 상처 없음.

외도 무효 감사 감사.

이 스킬이 아니었다면 도저히 덤빌 엄두를 못 냈을 거야.

마더는 정신체의 전투력도 현실과 거의 다르지 않았다.

그야 그렇겠지.

현실의 스테이터스가 강하다 함은 즉 혼의 강함을 의미한다.

어느 정도는 육체적인 조건도 작용하겠지만 대부분은 혼에서 유래된 실력이니까 혼의 정수와 다를 바 없는 정신체의 실력이 똑같은 것은 당연했다.

달리 말하자면 우리의 정신체도 본체와 거의 비슷한 능력을 보유했음을 의미한다.

물론 우리의 경우는 병렬 의사 스킬의 효과 때문에 몇 개로 분리되어 있으니까 그만큼 얼마간 약체화되었지만 말이다.

외도 무효 덕분에 공격이 일절 안 먹히는데도 이토록 고전하는 까닭은 그만큼 마더와 우리의 본체 사이에 메울 수 없는 실력 차가 벌어져 있음을 증명했다.

뻥뻥 날려 가더라도 우직하게 돌격해서 파삭 물어뜯는다.

그러기를 며칠 동안이나 반복한 끝에 간신히 이렇게 티가 날 만큼 대미지를 가하는 데 성공했다는 거다.

【무시하지 마라, 요놈아!】

아~ 시끄러워라.

나도 딱히 꾀부리는 건 아니거든요.

〔이봐, 전직 몸 담당.〕

【응? 왜?】

〔뭔가 좀 이상하지 않아?〕

무엇이 이상하느냐고 되묻지는 않았다.

이상한 것은 마더의 움직임.

정신체끼리 벌이는 전투에서 외도 무효가 있는 한 우리가 당할 우려는 없다.

따라서 시간은 소요될지언정 언젠가는 마더가 패배한다.

이미 결정되어 있는 분명한 결말.

그렇다면 뭔가 대책을 강구하지 않을 리 없었다.

우선 마더가 실행했던 방안은 본인은 좁아서 침입하지 못하는 우리 본체의 위치로 부하들, 아크 타라텍트 이하 거미 군단을 파견했던 것.

아크 타라텍트는 마더의 부하 가운데 용종(龍種)에도 대항할 수 있는 강자였다.

그들을 파견하면 본체를 죽일 수 있다고 생각했겠지.

하지만 결과를 보면 본체가 아크 타라텍트를 치사한 방법으로 함정에 빠뜨려 해치웠다.

거기까지는 좋았다.

그다음이 이상하다.

아크 타라텍트가 패배했으니까 다음 행동을 개시해야 한다.

이대로 방치하면 자기가 죽어버릴 테니까.

하지만 마더는 딱히 행동이라고 할 만한 행동을 하지 않았다.

수중에 부하가 아직 남아 있는데도 불구하고…….

마더의 정신체를 일부나마 먹어 치운 영향일까, 나는 마더의 시야를 훔쳐볼 수 있게 됐다.

미궁의 어딘가라고 짐작되는데 그곳에서 아크 타라텍드를 포함해 대량의 거미 군단이 보인다.

그 중심에 마더는 묵직하게 자리 잡고 있었다.

방금 말한 광경에서 알 수 있겠지만 일전에 우리 본체를 덮쳤던 거미 군단은 마더의 부하 중 극히 일부에 지나지 않았다.
그러면 우리 본체에게 어째서 부하를 더 보내지 않는 걸까?
도저히 모르겠다.
우리 본체는 스스로 말하기는 좀 겸연쩍지만 강하다.
아크 타라텍트를 어려움 없이 격파 가능했던 데는 꼼수에 기댄 부분이 컸지만, 어쨌든 아크 타라텍트와 비슷한 수준을 넘어 오히려 격이 높은 지룡 아라바와 정면 승부를 벌여서 이길 만큼 강했다.
그렇지만 아크 타라텍트가 둘 이상 동시에 습격한다면 본체에게 승리할 가망은 충분히 있었다.
그런데도 마더는 그러지 않았다.
아크 타라텍트는 둘은 물론이고 더 많이 있는데도…….
마치 뭔가를 기다리고 있는 것처럼 미동도 하지 않고 우리 정신체를 상대하고 있다.
뭐, 어차피 이길 가망이 없는 대규모 거미 군단을 투입한다면 본체는 후닥닥 전이로 도망쳐버릴 테지만—.
잠깐?
혹시 마더도 알고 있나?
내가 승산 없는 전투는 망설이지 않고 도망친다는 사실을 알고 있었나?
설득력 있다.
나와 마더는 내가 태어난 순간부터 마더의 권속 지배 스킬로 연결돼 있었다.
흔한 권속 하나에게 의식을 집중하지는 않았겠지만, 내 행적을 보면 충분히 특이 사례로 취급할 만했다. 그래서 특별히 주목하고 있었을지도?

스킬을 통해 나의 과거 행동을 마더가 쭉 감시해 왔었다면 내 행동 패턴을 족히 헤아릴 수 있었을 거야.

바로 그 때문에 맨 처음 아크 타라텍트 이하 거미 군단은 내가 사력을 다하면 간신히 승리하겠다고 판단할 만큼 미묘한 구성이었을 수도 있겠다.

실제로 꼼수를 쓰지 않고 정정당당히 맞서 싸웠다면 아마도 아슬아슬하게 졌을 것이다.

아크 타라텍트 하나뿐이라면 이겼겠지만 말이야.

그렇지만 다른 부하 거미들이 함께 있는 상황 때문에 승산이 낮아지거든.

낮아진다는 부분이 포인트.

절대로 못 이긴다는 수준은 아니다.

불리할지언정 승산이 보인다면 나는 도망치지 않는다.

결과만 보면 우리 본체가 여유롭게 승리했지만 말이지.

어쨌든 마더가 아슬아슬한 계산하에 거미 군단을 투입했다고 가정한다면 마더는 상당히 영악하다.

인간과 비슷한, 혹은 그 이상의 지능을 보유했을지도 모르겠다.

그렇다면 아무런 반격을 하지 않는 현재 상황에 더 많은 의문이 피어오른다.

아무것도 하지 않으면 언젠가 우리 정신체에게 패배할 터인데도 불구하고…….

가만히 있으니까 이상하다?

마치 뭔가를 기다리고 있는 사람처럼 가만히 있는다?

마치가 아니라 정말로 뭔가를 기다리고 있는 게 아닐까?

그렇다면 뭘 기다리고 있지?

나의 불길한 예감을 긍정하는 듯 이제껏 미동도 하지 않았던 마더와 주위의 거미 군단이 움직임을 보였다.

일제히.

거미 군단은 아크 타라텍트를 주축 삼아서 몇 개의 부대로 나뉘어 산개했고, 마더는 거대한 몸체만 보면 상상하기 어려운 빠른 속도로 이동을 개시했다.

당했다.

마더는 이때를 기다리고 있었구나.

〔본체한테 연락해!〕

【안 돼! 마더가 뭔가 방해하나 봐. 연결되질 않아!】

진짜?

큰일이다, 큰일 났다.

무슨 스킬을 썼는지 모르겠지만 모종의 수단으로 우리 정신체들과 본체의 연결을 일시적으로 차단한 듯했다.

이래서는 본체에게 위기를 전달할 수도 없다!

마더는 기다렸다.

본체가 바깥으로 나가는 순간을…….

본체가 무슨 일이 있을 때 도망쳐서 돌아올 이 미궁에 부대를 산개시켜 놓고 미리 퇴로를 막아 놓는다.

그리고 퇴로를 막은 상대를 추적하는 역할은 거미 군단의 정점이자 여왕이 직접 수행한다.

깊숙한 절벽 구덩이의 바닥에서 마더가 무시무시한 속도로 위로 향했다.

그리고 천장에 다다를 즈음에 제 입을 벌린다.

쏟아지는 기파는 모든 것을 파괴하는 브레스.

아마도 용종의 힘을 모방하는 용력(龍力)으로 발사된 유사 브레스.

하지만 가짜라고 해서 꼭 약하라는 법은 없었다.

오히려 진짜 용보다 강한 힘을 발휘하면서 브레스가 두꺼운 미궁의 천장을 날려버렸다.

천지가 뒤집히는 충격.

운석처럼 거대한 바위가 빗줄기처럼 절벽 구덩이의 바닥으로 떨어졌다.

그리고 비가 내려온 곳을 향해서 나아가면 푸른 하늘이 펼쳐지는 지상.

말도 안 되잖아. 한바탕 퍼붓고 싶어진다.

마더, 당신, 미궁을 깨부수고 밖으로 나와버렸어.

우리가 전제 조건으로 세워 놓았던, 마더는 몸집이 너무 커서 미궁 밖으로 못 나온다는 지레짐작이 깨져 나갔다.

미궁이라는 좁은 집에서 빠져나온 마더.

목적지는 물론 우리의 본체가 있는 곳.

본체는 아직 알지 못한다.

S2. 엘로 대미궁 돌입

“저기, 그게요. 내가, 수영을 못하는데요…….”

배스거스 씨가 미궁을 안내해준다고 나선 다음 날, 준비를 마친 우리는 드디어 엘로 대미궁에 돌입한다.

장소는 요새로 막혀 있는 엘로 대미궁의 입구가 아닌 해변.

“알겠냐? 이 벼랑에서 뛰어내린 바다 아래에 엘로 대미궁으로 연결되는 입구가 있다. 설마 수영도 못하는 얼간이 녀석은 없을 테지?”

그렇게 배스거스 씨가 물었을 때 처음 저 대사를 페이가 민망해하면서 말했다.

모두가 차마 안 믿긴다는 얼굴로 쳐다보자 견딜 수 없어진 페이는 몸을 움츠리고 말았다.

배스거스 씨도 농담으로 한 말이었는데 정말 수영을 못하는 녀석이 있을 줄은 예상 못했겠지.

겸연쩍어하면서 머리를 긁을 따름이었다.

참고로 지금 우리는 수영복 차림이었다.

즉 배스거스 씨에게 미리 수영을 해야 한다고 설명을 들었기에 준비도 갖춰 놓았다. 페이는 막바지에 이를 때까지 망설이다가 끝내 말을 못 꺼낸 듯했다.

“정말 수영할 줄 모르나?”

뭐라 말 못할 분위기를 깨뜨리면서 하이린스 씨가 심각한 목소리로 입을 열었다.

"네……."

페이가 기어들어 가는 목소리로 인정.

뭐라고 할까, 의외였다.

전세에서도 현세에서도 페이는 솜씨 좋게 뭐든지 쓱쓱 해치우는 이미지였다.

그런데 듣고 보니 나는 페이가 헤엄치는 장면을 본 적이 없었다.

이 세상은 애당초 수영장처럼 안전하게 헤엄칠 만한 장소가 없는 데다가 물속에 들어가서 헤엄칠 기회 자체가 드무니까.

전세에서 우리가 다녔던 고등학교에는 수영장이 있었지만, 남녀 따로따로 수업을 받았던 터라 페이가 헤엄치는 장면은 보지 못했다.

그래서 어느 정도로 맥주병인지 판단이 되지 않았다.

"페이, 얼마나 헤엄칠 수 있어?"

"잘 몰라. 전에는 25미터도 헤엄 못 쳤어. 이 몸이 되고 나서는 아예 물에 들어갈 일이 없었고."

참으로 미묘한 대답이었다.

25미터를 미처 헤엄치지 못했다는 말을 달리 해석하자면 조금은 헤엄칠 수 있다는 뜻이 되는 걸까?

아니라면 수영을 전혀 할 줄 모른다고 잘라 말했을 테고…….

그 점을 감안했을 때 페이의 지금 능력치라면 힘과 억지로 헤엄칠 수도 있겠다.

어쨌든 능력치만 비교하면 나보다 높으니까.

과연 용(竜)이라고밖에 달리 할 말이 없었다.

"어떡할까?"

하이린스 씨가 고민하는 얼굴로 침묵했다.

페이는 우리 중에서 최대의 전력.

유고와 대결할 때를 대비하자면 여기에 두고 가는 선택지는 없었다.

"만약 안 될 것 같으면 제가 받쳐서 같이 물속에 들어가죠."

그렇게 말한 나를 카티아가 가자미눈으로 쏘아봤지만 이번만큼은 어쩔 수 없었다.

페이의 몸이 무겁기 때문이다.

보이는 모양은 사람과 거의 흡사하지만 체중 자체는 용의 형태일 때와 다름없었다.

그 때문에 인간화하고 있는 도중은 중력을 관장하는 중압 마법으로 커버하고 있다.

하지만 물속에 잠긴 상태라면 세세한 제어가 어려운 관계로 마법을 해제해야 할 상황이 발생할 수도 있었다.

그때 능력치가 가장 높은 내가 아니면 페이의 몸을 제대로 받쳐줄 사람이 없다.

만에 하나의 사태를 대비하자면 나 말고 다른 사람에게 맡길 수는 없는 역할이었다.

사정을 알기 때문일까, 카티아도 가자미눈으로 째려보기만 할 뿐 입을 열지는 않았다.

오히려 입을 열지 않기 때문에 위압감이 장난 아니게 느껴진다는 생각도 들지만…….

"페이, 죽을 각오로 헤엄치세요."

페이에게 카티아가 위압감 가득 넘치는 목소리로 당부했다.

나한테 하는 말이 아니었는데도 등줄기가 오싹해졌다.

당사자 페이는 말없이 끄덕끄덕 고개를 오르내렸지만 약간 안색이 핼쑥해진 것이 분명 착각은 아니었다.

"어이쿠, 이 녀석들 괜찮은 거냐?"

"괜찮다고 말하기는 어렵겠습니다만 어쩔 수 없겠지요."

배스거스 씨의 기막혀하는 목소리와 하이린스 씨의 한숨 섞인 한탄이 꽂혀 들었다.

"자, 꼬마들. 긴장 단단히 해라! 바닷속은 수룡의 본거지다. 방심하다가는 픽픽 죽어 나갈 게다!"

배스거스 씨의 질타에 우리는 풀어진 마음을 다잡았다.

"이제 출발한다! 잘 따라붙어라!"

배스거스 씨가 벼랑에서 뛰어내렸다.

뒤따라서 우리도 벼랑 아래로 뛰어내렸다.

물속에 잠긴 채 주변을 확인한다.

바로 옆에서 페이가 팔과 다리를 어색하게 파닥파닥하면서 헤엄치고 있었다.

허우적거리는 것 같지는 않지만 앞으로 제대로 나아가지를 못한다.

하는 수 없이 손을 잡아서 당겨줬다.

중압 마법의 영향일까, 혹은 물속이기 때문일까. 페이의 무게가 버겁지 않았다.

이만하면 이대로 헤엄쳐도 문제없을 듯했다.

앞서 나가는 배스거스 씨의 등을 쫓아 헤엄을 시작했다.

점점 더 깊숙이 잠겨 들어가다가 목적지, 엘로 대미궁으로 통하는 입구가 보인 때는 수심으로 치면 10미터를 넘은 무렵이었을까.

배스거스 씨가 바위 표면에 떡 뚫려 있는 구멍으로 들어갔다.

뒤를 쫓아서 하이린스 씨, 선생님, 안나, 카티아의 순서대로 진입한다.

그때 불현듯 무언가의 기척을 뒤쪽에서 느꼈다.

불길한 예감에 돌아봤더니 여유롭게 물살을 가르면서 접근하는 거체가 눈에 들어왔다.

수룡(水龍).

겉모습은 마치 네시(Nessi) 같았다.

우리의 모습을 시야에 포착한 수룡은 머뭇거리지 않고 돌격을 개시했다.

"으응?!"

페이가 어떻게든 도망치겠다고 버둥거려도 괜히 물살을 헤치기만 할 뿐 좀처럼 앞으로 나아가지를 못했다.

나도 서둘러 헤엄치려고 했지만 물속의 움직임으로 수룡을 당해낼 수는 없기 마련인지라 이대로는 분명 입구로 들어가기 전에 따라잡힌다.

따라잡히면 끝장이었다.

물속에서 숨을 참은 채 수룡과 싸운다 함은 자살행위에 지나지 않을뿐더러, 무기를 배스거스 씨가 갖고 있는 공간 수납 효과를 지닌 아이템 주머니에 맡겨 놓았기에 비무장이었다.

초조해하는 나를 곁눈질한 뒤 페이가 고개를 돌리면서 입을 벌렸다.

페이의 입속에서 번쩍번쩍 빛나는 빛의 분류.

브레스!

페이의 입에서 용솟음친 브레스가 물살을 가르고 수룡을 향해 힘차게 나아갔다.

수룡도 브레스를 요격하기 위해 역시 브레스로 응전.

광룡과 수룡의 브레스가 바닷속에서 맞부딪치고, 충격파가 물을 타고 확산된다.

나와 페이의 몸이 파동에 휩쓸리면서 운 좋게도 미궁의 입구, 바위 표면의 구멍으로 빨려 들어갔다.

좁은 구멍 속 통로에서 몇 번이고 벽에 몸을 부딪치고 빙빙 돌며 휩쓸려 간다.

함께 있었던 페이를 떼어 놓지 않으려고 몸을 바짝 붙이고 끌어안았다.

안전 대책이 전혀 없는 워터 슬라이드를 타고 미끄러져 내려가는 감각이었다.

일순간의 부유감.

그 후에 성대하게 지면으로 나동그라졌다.

품속의 페이를 감싸려고 했기에 더한 충격이 몸 전체를 뒤흔들었다.

아마 물길에 휩쓸린 채 동굴의 종점까지 도착한 듯했다.

눈을 뜨자 횃불을 한 손에 들고 있는 배스서스 씨.

몸 군데군데에 찰과상이 났다.

배스거스 씨 말고 다른 일행도 크든 작든 살갗에 찰과상이 나 있었다.

제법 긴 거리를 상당히 빠른 속도로 휩쓸렸던 만큼 찰과상으로 끝나서 다행이라고 봐야 할지도 모르겠다.

적어도 수룡과 물속에서 맞붙기보다는 적은 피해가 맞다.

다만 상처는 얕을지언정 수영복은 곳곳이 찢어져버렸다.

유아 체형인 선생님은 그나마 괜찮다고 해도 카티아와 안나는 상당히 아슬아슬한 차림새였다.

바로 그 카티아가 찢어진 수영복을 손으로 가리면서 쏘아본다.

"앗, 미안."

"대체 무엇 때문에 미안하다는 말인지는 굳이 안 물을게요. 그러니까 이제 좀 떨어지지 그래요?"

카티아의 싸늘한 말에 나는 줄곧 페이를 끌어안고 있었다는 데 생각이 미쳤다.

그제야 몸에 밀착돼 있는 페이의 부드러운 피부를 의식하고 허둥지둥 떨어졌다.

"미, 미미, 미안!"

"응. 아, 뭐. 도와줬으니까 봐줄게."

페이의 관대한 판결에 머리를 수그렸다.

"크! 초장부터 이런 꼴이라니 앞날이 걱정되는구먼!"

배스거스 씨의 외침에 마음속으로 동의해 둔다.

일단 여기저기 생채기가 나기도 했고 상처를 먼저 치료해야겠다.

수영복을 벗고 복장을 제대로 갖춰야 하는데 우선 치료부터 끝내고 하는 게 좋으려나?

하지만 여성들을 아슬아슬한 차림인 채로 내버려 두기도 좀 뭣하

고…….

"뭐, 어쨌든 무사히 안으로 들어왔군그래. 환영하마. 여기가 현세의 지옥, 엘로 대미궁이다."

배스거스 씨의 거창한 말에 몸서리를 치면서도, 나는 치료를 시작하기 위해 마법의 발동을 준비했다.

3. 마더 습격

전생 이후의 첫 번째 산책을 만끽하면서 적당한 산을 하나 목적지로 골랐다.

전세에서는 집 밖으로 나가 봤자 학교를 오가는 것이 고작. 그 밖에 다른 장소는 거의 간 기억이 없을 만큼 절반쯤 은둔형 외톨이였지만, 이번 삶에서는 바깥을 열심히 돌아다니는 건강 우량아랍니다!

태어나서 지금껏 엘로 대미궁에서 나온 적이 없었으니까 어떤 의미로는 전세보다 더한 은둔형 외톨이였지만 이제는 전부 다 옛날이야기란 말씀!

산책 완전 즐거워라!

인간은 역시 햇볕을 쬐고 살아야 하는구나.

비타민 D를 합성하려면 햇빛을 받아야 하거든!

이제는 인간이 아니고 거미지만!

어쨌거나 햇볕만 쬐도 기분이 흥겨워지고 신이 나는걸.

태양의 위대함을 절감하는 기분이야.

이 세계의 항성이 태양이라는 이름으로 불리는지는 제쳐 놓고…….

참고로 태양은 한 개였다.

달이 있는지 없는지는 잘 모르겠다.

밤이 되고 직접 보면 알 수 있겠지만 어쩌면 이세계답게 달이 두 개 떠오를지도 몰라.

그런 광경도 한번 보고 싶었다.

별하늘도 아마 지구와는 다른 모양일 테고 살짝이나마 흥미가 동한다.

정말 어서 밤이 왔으면 좋겠다.

자연에 이토록 호기심이 생길 줄은 몰랐네. 게임만 하던 전세 때는 상상도 못할 일인걸.

자연이라, 그러고보니 여기저기에 자라난 화초에도 감정이 사용되었다.

풀 하나하나에도 제대로 된 명칭이 나오길래 놀랐다니까.

감정 레벨이 낮았다면 분명히 뭉뚱그려서 『풀』이라는 결과만 나왔을 거야.

신기해서 여기저기에 감정을 쓰며 나아가다 보니 생각보다 많이 이동하지는 못했다.

뭐, 딱히 서두를 필요도 없으니까 전혀 상관없지만…….

느긋하게 산책을 즐기면서 평원을 지나 숲으로 도착.

내가 접근한 순간 숲속의 동물들이 일제히 멀어져 가는 기척이 느껴졌다.

아, 예예.

나는 미궁에서 빠져나온 위험한 마물이에요.

일반 동물이라면 도망치고 싶어지겠죠.

왠지 현실로 다시 끌려 돌아온 느낌인걸.

흥겨웠던 기분이 살짝 가라앉았어.

뭐, 다시 기운을 내서 숲속을 탐색 개시.

동물은 도망쳐버렸지만 식물까지 도망칠 리는 없잖아.

숲속에 열려 있는 과일 비슷한 열매를 발견하고는 감정을 한 뒤 먹었다.

응, 응응~!

달아! 맛있어!

이게 바로 자연의 맛!

행복해라~.

아라크네로 진화에 성공할 때까지는 숲에서 과일을 따 먹는 생활도 나쁘지 않겠다.

응?

지금 살짝 흔들렸는데?

진도 3쯤 되려나?

이 세계에도 지진이 있었구나.

엘로 대미궁에 있을 적에는 흔들림을 느낀 적이 없었으니까 몰랐네.

일본처럼 땅이 자주 흔들리지는 않는다든가?

뭐, 일본은 지진이 너무 자주 일어나지만…….

그렇게 유유자적 딴생각이나 하던 때에 특대급 위험 감지.

온몸이 위험을 감지하고 굳어버린다.

오랜만에 느끼는 공포.

이미 경험한 바 있는 감각이었다.

내가 태어나서 처음으로 느꼈던 감정.

응? 거짓말이지?

그렇잖아, 미궁 밖으로 대체 어떻게 나오겠어.

하지만 머릿속에서는 위험을 알리는 경보가 땡땡 울려 퍼진다.

여기에 계속 있으면 위험하다고.

질주.

조금이라도 위험의 근원으로부터 멀어지고자 뒤도 돌아보지 않고 도망친다.

직후, 저 멀리 뒤쪽에서 거대한 힘이 한데로 모여드는 낌새가 느껴졌다.

위험하다, 진짜로.

방향을 전환해서 옆으로 도망쳤다.

태어날 때부터 갖고 있었던 위타천으로 줄곧 강화돼 왔던 속도를 활용해서 전력으로 그 자리를 떠나 피신.

직후, 방금 전까지 내가 있던 숲이 날아가버렸다.

시야 한쪽에 들어온 광경은 검은 에너지의 분류.

아라바의 브레스와 비슷했지만 속성은 물론이고 무엇보다도 위력이 달랐다.

아마도 속성은 어둠.

그리고 위력은 아라바의 전력 브레스보다도 뛰어나다.

어쨌든 킬로미터 단위의 거리에서 발사한 브레스가 숲의 일각을 날려버린 데다가 그에 그치지 않고 방금 전까지 내가 목적지로 나아가고 있었던 산의 일부를 무너뜨렸니까.

아라바의 브레스도 나의 마이 홈을 날려버릴 만큼 위력적이었다.

하지만 이래서는, 비교가 되지 않는다.

방금 전 어처구니없는 위력의 공격을 나는 딱 한 번 목격한 적이 있다.

장소는 중층, 화룡 렌드 이하 용의 무리를 쓸어버렸던 일격.

그때와 똑같은 일격을 뿜은 존재를 돌아봤다.

저편에서 내 예상대로 거대 괴수가 보였다.

직접 내 눈으로 보는 것은 이번이 세 번째.

첫 번째는 태어난 직후.

두 번째는 중층에서 화룡을 날려버렸을 때.

그리고 지금이 세 번째. 나를 죽일 듯이 노려보고 있는 그분, 나의 어미 되시는 퀸 타라텍트가 또다시 나타나셨다.

달려라!

달려!

무작정 달려라!

어떻게 미궁에서 나왔을까, 어떻게 내 위치를 알아냈을까. 신경 쓰이는 부분은 이래저래 많았지만 지금은 아무 생각 말고 오로지 도망쳐라!

마더를 내 눈으로 직접 목격하고는 승산이 없음을 통감했다.

거리가 멀어서 안 될 줄 알았는데 병렬 의사가 들러붙어 있는 특수한 사정 때문일까, 감정은 바로 성공했다.

〈퀸 타라텍트 (약체화 중) LV 89

스테이터스

HP: 20557/20557(MAX 24557) (녹) + 0 (상세)

MP: 18301/18301(MAX 22301) (청) + 0 (상세)

SP: 19097/19097(MAX 23097) (황) (상세)

: 19991/19991(MAX 23991) (적) + 0 (상세)

평균 공격 능력: 20439(MAX 24439) (상세)

평균 방어 능력: 20286(MAX24286) (상세)

평균 마법 능력: 17977(MAX 21977) (상세)

평균 저항 능력: 17946(MAX 21946) (상세)

평균 속도 능력: 20400(MAX 24400) (상세)

스킬

「HP 초속 회복 LV 4」「MP 고속 회복 LV 10」「MP 소비 대완화 LV 10」
「마신법 LV 3」「마력 부여 LV 5」「대마력격 LV 1」
「SP 고속 회복 LV 10」「SP소비 대완화 LV 10」「파괴 대강화 LV 5」
「타격 대강화 LV 6」「참격 대강화 LV 3」「관통 대강화 LV 5」
「충격 대강화 LV 5」「상태 이상 대강화 LV 10」「투신법 LV 9」
「기력 부여 LV 10」「기능 부여 LV 6」「대기력격 LV 6」
「신룡력 LV 6」「용 결계 LV 2」「맹독 공격 LV 10」
「강마비 공격 LV10」「외도 공격 LV 7」「독 합성 LV 10」
「약 합성 LV 10」「실의 재능 LV 10」「신직사」
「실부림 LV 10」「염력 LV 3」「투척 LV 10」
「사출 LV 10」「공간 기동 LV 10」「권속 지배 LV 10」
「산란 LV 10」「집중 LV 10」「사고 가속 LV 9」
「미래시 LV 3」「병렬 의사 LV 9」「고속 연산 LV 10」
「명중 LV 10」「회피 LV 10」「확률 대보정 LV 10」
「은밀 LV 10」「은폐 LV 2」「무음 LV 10」

「무취 LV 1」 「제왕」 「외도 마법 LV 10」
「그림자 마법 LV 10」 「어둠 마법 LV 10」 「암흑 마법 LV 4」
「독 마법 LV 10」 「치료 마법 LV 10」 「마왕 LV 5」
「포식 LV 10」 「파괴 대내성 LV 4」 「타격 무효」
「참격 대내성 LV 4」 「관통 대내성 LV 4」 「충격 대내성 LV 4」
「화염 내성 LV 2」 「수류 내성 LV 1」 「폭풍 내성 LV 1」
「대지 내성 LV 2」 「뇌광 내성 LV 1」 「빛 내성 LV 9」
「암흑 내성 LV 4」 「중압 대내성 LV 1」 「상태 이상 무효」
「산 대내성 LV 3」 「부식 내성 LV 8」 「기절 내성 LV 5」
「공포 내성 LV 8」 「외도 내성 LV 9」 「고통 무효」
「통각 무효」 「밤눈 LV 10」 「만리안 LV 1」
「오감 대강화 LV 10」 「지각 영역 확장 LV 8」 「신성 영역 확장 LV 2」
「천명 LV 10」 「천마 LV 10」 「천동 LV 10」
「부천 LV 10」 「강의 LV 10」 「성채 LV 10」
「천도 LV 10」 「천수 LV 10」 「위타천 LV 10」
「금기 LV 10」

스킬 포인트: 164500

칭호

「혈족 포식자」 「악식」 「독 술사」
「마물 살해자」 「실 술사」 「암살자」
「인족 살해자」 「공포를 불러오는 자」 「무자비」
「마물 살육자」 「용(竜) 살해자」 「용(龍) 살해자」
「패자」 「마물의 재앙」 「왕」

「인족 살육자」　「용(竜) 살육자」　「인족의 재앙」　〉

뭔가요, 완전 괴물인데요.

능력치가 전부 20000을 넘었거든요?

즉 단순 계산으로 아라바보다 다섯 배쯤 강하다?

어떻게 이기라는 거야.

언뜻 상상했던 수치보다 훨씬 더 높았다.

모든 능력치 만 자릿수쯤은 각오했었지만 실제로는 곱절이었구나.

그나마 위안이라면 왠지 몰라도 능력치가 하락했다는 점이려나.

모든 능력이 최대치보다 4000가량 하락했다.

아마도 병렬 의사들이 열심히 제 몫을 해준 덕분이겠지?

그렇다면 내 힘으로 저 괴물을 이만큼 약체화시켰다는 뜻이 된다.

나도 은근히 굉장한걸~.

하지만 그래 봤자 아직은 승산이 전혀 안 보인다.

약체화됐는데도 불구하고 가장 낮은 능력치의 수치마저 나의 가장 높은 수치를 뛰어넘고 있으니까.

그러니까 도망친다.

가망 없는 승부에 도전해 봤자 자살행위와 뭐가 다른가.

설령 마지막 순간이라도 아무렇게나 내던지고 싶지는 않았다.

퇴로가 완전히 끊어졌다면 화려하게 스러지겠냐는 각오로 자포자기할 수도 있겠지만, 지금은 아직 도망쳐서 몸을 빼낼 가능성이 있었다.

마더하고는 아직 거리가 제법 있다.

속도는 상대편이 더 빠르니까 계속 추격전을 벌이면 머지않아 따라잡힌다 해도 일순간에 차이가 좁혀질 거리는 아니었다.

극대 브레스는 거리를 무시하고 단번에 날아들었으나 그만한 공격이라면 예비 동작으로 날아오는 전조를 알 수 있다.

그렇다면 방금 전처럼 효과 범위의 바깥으로 도망치는 것도 불가능하지는 않다.

어쨌든 마더로부터 도망치는 한편 허겁지겁 장거리 전이 마법을 구축해 나갔다.

단거리 전이와 달리 장거리 전이 마법은 준비에 시간이 걸린다.

내가 마도의 극의를 갖고 있어도 준비에는 분 단위의 시간이 필요했다.

그런 데다가 복잡한 술식을 구축해야 하는 관계로 다른 마법을 쓸 여유가 사라져버린다.

따라서 전투 중 대뜸 사용할 만한 방법은 아니었다.

하지만 도망치려면 딱 좋은 마법이기는 했다.

찾아간 경험이 있는 장소에 한해 설령 얼마나 멀리 떨어졌다 해도 순식간에 이동할 수 있으니까.

마법이 완성되는 대로 엘로 대미궁으로 되돌아가서 마더를 따돌린다.

이렇게 된 이상 경치가 보기 좋다고 바깥을 돌아다니면 오히려 위험하다.

복잡하게 뒤얽힌 엘로 대미궁에 몸을 숨긴 채 마더가 들어오지 못할 좁은 통로에 있는 편이 더 안전하겠지.

전이 준비가 완료될 때까지 걸리는 몇 분, 어떻게든 버텨 내겠다.

등 뒤에서 무시무시한 기세로 쫓아오는 마더의 기척이 느껴졌다.

빨랏~?!

어떻게 저리 큰 몸뚱이로 저런 속도가 나오는 거야?!

흘깃 뒤쪽을 돌아다봤다.

뭐랄까, 이동만 하는데도 대재해가 발생하고 있답니다.

마더가 다리를 디딘 장소는 지면이 지층 단위로 뜯어져 나가고, 통과한 장소는 마치 토네이도가 발생한 것처럼 척 봐도 무참한 광경으로 바뀌어버린다.

마더가 지나가기만 해도 발생하는 거대한 풍압이 진행 방향에 있는 전부를 휩쓸어버렸다.

괴수 영화에서 괴수가 지나가기만 해도 건물이 무너지는 장면이 나오는데 그와 비교가 되지 않을 만큼 압권이었다.

마더 본인이 이미 존재만으로도 파괴의 화신.

마더가 마음먹고 이동한다? 그러기만 해도 대재해 발생.

대체 어쩌라는 거야!

저래서는 돌진하는 기세에 슬쩍 부닥치기만 해도 내 조그만 몸뚱이가 산산조각 난다고!

그래도 겁에 질리기는 아직 일렀다.

뭐랄까, 그게 말이야, 마더의 입에서, 쓱, 브레스의 전조처럼 뭔가 기운이 모여들고 있거든?

이쪽으로 빠르게 닥쳐들면서…….

응? 잠깐만, 기다려봐.

저 브레스를 이동하면서도 날릴 수 있는 거야?

저런 특대 공격은 보통 충전도 발사도 멈춘 상태에서만 하는 거 아니었어?

완전 치사하다고 생각합니다!

허둥지둥 옆으로 방향 전환.

브레스가 날아오리라고 예상되는 직선상에서 물러났다.

하지만 미래 예지가 발동, 나는 전율의 광경을 직접 목격하게 된다.

위험하다!

횡 이동을 그만두고 공간 기동을 써서 공중으로 달려 나갔다.

직후, 마더가 점프.

전방의 공중으로 뛰어오른 자세에서 브레스를 뿜어냈다.

고개를 휘휘 저으면서…….

요동치는 브레스는 광범위한 지면을 폭발시키고, 흩뜨리고, 파괴했다.

공중으로 도망친 나도 브레스의 여파에 세차게 휩쓸리는 바람에 빙글빙글 회전하면서 휙 날려가버렸다.

그럼에도 피해는 경미.

계속 지면에 있었다면 브레스에 직격을 당했을 거다.

그에 비하면 HP가 3할쯤 줄어든 피해 따위는 아무것도 아니야!

여파만으로도 이만한 대미지를 먹었으니까 직격당했다면 먼지도 안 남았겠지!

공중에서 간신히 자세를 제어한 뒤 그대로 도주.

지면에 내려설 시간도 아까웠다.

음, 실은 지면이 날아가버린 탓에 내려서려고 해도 마땅한 자리가 없었다.

이게 약체화된 상태라고? 만전의 상태로 전력 브레스를 날렸으면 대체 뭔 일이 벌어지는 걸까 무서워지는걸.

등 뒤의 마더를 확인.

마더는 지면이 붕괴했는데도 아무 일이 아니라는 듯 대량의 흙먼지 속으로 착지했다.

착지 순간 지면이 흔들리는 걸로 보였는데 분명 착각은 아니었을 거야.

게다가 착지의 충격을 무시하고는 곧장 이쪽을 향해 이동을 개시한다.

흙먼지를 가르고 씩씩하게 나타난 모습은 난처하게도 살짝 멋있어 보였다.

어휴, 정말 영화의 한 장면 같았다.

그 이상으로 공포가 앞섰지만…….

저 거체로 점프해서 착지하고 그대로 달려 나가다니 얼마나 기운이 넘치는 거야.

영화의 CG가 아니라 눈앞에 현실로 닥쳐드는 공포.

할리우드도 새파래질 전개가 대체 왜 하필 내 앞에서 일어나고 있냐고!

상호 간의 거리는 처음 때보다 절반쯤으로 줄었다.

즉 이제 절반이면 따라잡힌다는 뜻.

전이 발동까지 남은 시간이 아슬아슬하지만 그 전에는 먼저 완성

되겠다.

이대로 긴장을 풀지 않으면 살 수 있다!

아차, 딴생각하면 안 되지.

마더가 달리면서 마법을 발동했다.

나도 달리면서 마법을 준비하는 처지인 터라 방금 전 브레스처럼 불만을 늘어놓지는 못했다.

불평은 안 하겠지만 그래도 너무하잖아!

마더가 날린 마법은 구성을 보니 어둠 마법의 어둠탄.

어둠 마법 중에서도 위력이 낮은 간단한 마법.

그래야 한다.

하지만 양과 비거리가 범상하지 않았다.

마법은 비거리가 멀어지면 멀어질수록 위력이 점점 줄어든다.

킬로미터 단위로 떨어져 있는 나에게 대미지를 가하려고 들자면 그만큼 MP를 과도하게 소비해야 했다.

연속 발동에 적절한 노하우도 필요하고.

마더라면 그쯤이야 해치운다 해도 놀랄 일은 아니었다.

놀랄 일은 아니지만 뭐든 정도가 있잖아! 죽죽 내리는 빗발처럼 한가득 왕창 쏟아붓는 건 좀 너무하잖아요!

쏟아지는 마법의 빗속을 좌로 우로 회피하면서 달려 나갔다.

그만큼 앞으로 나아가는 속도가 떨어진 탓에 마더와의 거리가 좁혀진다.

피하지 말고 마법을 받아 내면서 전진하는 방법도 일순간 떠올렸다.

나는 마법 방어력이 높을뿐더러 용력(龍力)에 의한 마법 저해 효과도 있었다.

아마 직격당해도 아주 큰 대미지는 받지 않는다.

하지만 문제는 대미지가 아니라 공격을 받아 냈을 때 발생하는 경직.

공격이니까 당하면 대미지는 물론 충격을 받는다.

그때 충격으로 속도가 떨어진다면?

더군다나 충격 때문에 걸음이 꼬여서 균형을 잃어버리고 나동그라진다면 그야말로 삶의 종막.

불확정 요소를 배제하기 위해서라도 피하는 선택지가 제일이었다.

내 판단은 옳다고 생각한다.

아마도 옳았지만 전제 조건이 틀렸다.

마법 공격의 목적은 진로 방해라고 생각했었다.

하지만 아니었다.

진짜 목적은 눈가림이었다.

깨달았을 때는 이미 늦었다.

마더의 입에 세 번째 브레스의 조짐.

회피 동작을 취할 틈도 없이 입에서 브레스가 쏟아진다.

닥쳐드는 파괴의 파동에 몸이 휩쓸려버린다.

직진에 전이 마법이 완성.

즉시 발동하고 나는 아슬아슬하게 엘로 대미궁으로 도망쳤다.

살았다.

콤마 1초만 전이가 늦었더라면 나는 이미 죽었다.

어쨌든 몸이 4분의 1쯤 소실돼버렸으니까.

뒷다리 둘이 사라진 데다가 몸체도 일부 소멸.

그럼에도 살아 있다는 것은 거미의 생명력 덕분일까, 아니면 스테이터스의 위력일까.

어쨌든 이대로 가만히 있을 수는 없었다.

당장 치료 마법으로 회복해야지.

그렇게 생각한 직후 나는 새삼스럽게 주변을 확인했다.

중층과 상층의 중간점 격에 해당하는 이 장소.

나는 마이 홈을 건설해 놓았던 이곳으로 전이했다.

언제 매복했는지 이곳에 거미 대군이 꿈틀거리고 있었다.

S3. 엘로 대미궁 공략

어디인지 모를 장소.

광대한 공간.

그곳에 한 명의 여성이 있었다.

여성은 상반신을 일부만 남긴 채 몸의 대부분이 공간에 녹아든 형색이었다.

너무나도 애처로운 모습.

그리고 입에서는 기계적인 말이 흘러나온다.

『숙련도가 일정 수치에 도달했습니다.』

『경험치가 일정 수치에 도달했습니다.』

『숙련도가 일정 수치에 도달했습니다.』

…….

『괴로워.』

벌떡 몸을 일으켰다.

허둥지둥 주변을 확인한다.

희미하게 불빛을 밝히는 램프.

빛을 받은 벽면은 자연 그대로의 바위 표면이고 지면 또한 침낭의 안쪽에서도 느껴질 만큼 딱딱했다.

엘로 대미궁 상층.

자신이 있는 장소를 떠올리고 상황을 떠올린다.

그렇다. 우리는 대륙을 건너기 위해 이곳 엘로 대미궁으로 진입했었다.

미궁으로 진입한 지 오늘로 이틀째.

지금은 시간이 밤중이라는 듯 교대로 불침번을 서면서 수면을 취하고 있는 참이었다.

미궁 공략은 처음부터 한바탕 수룡에게 습격당한다는 해프닝이 벌어졌지만, 그 이후는 배스거스 씨의 안내로 순조롭게 진행 중이었다.

마물과의 전투도 지금까지는 문제없이 대처할 수 있었다.

이곳 엘로 대미궁 상층의 마물은 독을 지닌 종류가 많기에 보통은 고전하는 경우가 많았으나, 우리는 거의 전원이 치료 마법으로 해독할 수 있었다.

그뿐 아니라 뛰어난 스테이터스를 지닌 우리는 애당초 마물에게 피해 자체를 거의 받지 않은 채 격파해 냈다.

방패수 하이린스 씨가 능숙하게 마물의 주의를 끌어서 자신에게 공격을 집중시킴으로써 우리를 지켜주기에 큰 도움을 받고 있다.

그 덕분에 이제까지는 딱히 고전을 겪지 않은 채 전진해 왔다.

걱정했던 미궁병도 지금 시점에서는 아무도 걸리지 않았다.

미궁 안쪽은 햇빛이 전혀 들어오지 않는 데다가 시간 감각이 어긋날뿐더러, 언제 습격할지 모르는 마물의 위협으로 인해 항상 경계를 늦추지 못한 채 시간을 보내야 했다.

그 때문에 생활 리듬의 변화 및 정신적인 영향으로 몸 상태가 나빠지는 사람이 많았다.

그러한 증상을 한데 모아서 미궁병(迷宮病)이라고 부른다.

나도 솔직히 말하자면 미궁 안에 들어온 첫날에는 녹초가 됐었다.

미궁 안은 덥지도 춥지도 않았지만 폐색감 때문에 기분이 무겁게 가라앉는다.

배스거스 씨가 들고 온 횃불의 불빛이 없으면 눈앞도 보이지 않는 암흑.

빛이 들지 않는 장소에서 갑작스럽게 덮쳐드는 마물.

언제나 긴장감을 풀지 못하는 환경은 걸어서 전진하기만 해도 평소와는 피로의 축적 정도가 달랐다.

이런 길을 며칠씩 나아가야 한다는 사실을 되새길 때마다 기분이 침울해지지만 어쩔 수 없는 일이었다.

우리는 유고가 엘프의 마을에 도착하기 전에 앞질러서 도착해야 했다.

날수를 헤아려보면 조금이라도 빨리 미궁을 돌파하고 싶었지만 그러한 초조함이 대미궁에서는 목숨을 좌우하기도 한다.

마음에 여유를 지니고 무리하지 않는 페이스로 전진하지 않으면 순식간에 미궁병의 먹잇감이 되어버릴 것 같았다.

우리는 첫날 이동하면서 배스거스 씨에게 그렇게 설명을 들었다.

다행히도 예정한 날짜대로 미궁을 빠져나간다면 유고의 진군보다 충분히 빨리 엘프의 마을에 도착할 수 있다.

조바심은 금물이었다.

흐르는 땀을 닦았다.

방금 전 꿈은 대체 뭐였을까?

"괜찮아요?"

옆에서 선생님이 내 얼굴을 들여다보며 말을 건넨다.

불침번은 두 사람이 한 조로 교대하고 있었다.

지금 불침번은 선생님과 배스거스 씨.

내가 가위눌리다가 벌떡 일어나는 모습을 보고 걱정돼서 말을 건넨 듯했다.

"괜찮아요. 그냥 꿈자리가 좀 뒤숭숭해서요."

웃으면서 얼버무렸다.

실제로 틀린 말은 아니었다.

"흠, 안 좋은 징조로구먼."

가볍게 받아넘기려고 했던 내 말을 배스거스 씨가 물고 늘어졌다.

"징조가 안 좋습니까?"

"그래. 혹시 아는가? 미궁의 악몽이라고."

"아뇨, 못 들어봤습니다."

평소는 호통치듯 큰 목소리로 말하는 배스거스 씨도 주변에 동료들이 잠들어 있는 지금 상황에서는 목소리를 낮춰서 말했다.

나지막한 목소리가 마치 괴담을 이야기할 때처럼 음산한 분위기를 자아내고 있었다.

"저는 들어봤어요. 분명히 10년도 전에 미궁에 갑자기 나타난 신화급 마물을 가리키는 말이었죠?"

선생님의 대답.

"잘 알고 있군. 옛날이야기니까 아가씨 나이쯤 되는 어린아이는 모를 줄 알았는데."

"네. 우연히 알게 될 기회가 있었거든요."

신화급 마물.

사람의 힘으로는 대처 불가능하다고 일컬어지는 위험도 오버 S랭크의 마물을 말한다.

"악몽은 여왕과 나란히 엘로 대미궁의 살아 있는 재앙이다. 꿈자리가 사나워서 가위눌렸다, 혹시 악몽이 행차하실 전조일지도 모르잖냐?"

"그렇지만 그 마물은 분명 예전에 죽었다고 하지 않았습니까?"

"세간에서는 그런 말들을 하더군."

"세간에서는?"

"그래. 일반적으로는 죽었다고들 한다만, 나는 도저히 믿기지가 않아. 그 괴물이 그리 간단히 뻗을 것 같냐? 분명 지금도 어딘가에 살아 있어. 호시탐탐 먹잇감을 노리면서 기다리고 있다는 게 내 생각이거든."

"마치 실물을 본 듯한 발언이군요."

"아무렴. 사실은 말이야, 악몽을 첫 번째로 발견한 사람이 바로 나란다."

배스거스 씨는 어째서인지 자랑스럽게 말했다.

뭐, 어떻게 보면 대단하기는 한가?

"당시에 마물이 이상 발생하는 사건이 벌어졌거든. 사태의 원인을 규명하고 마물을 솎아 내기 위해서 기사단이 파견됐는데, 그때 안내를 맡았던 놈이 바로 나였어. 아무튼 원인을 알아보니까 악몽이 주변의 마물을 쫓아냈기 때문이었다는 말이지. 우리는 그런 줄도 모르고 어슬렁어슬렁 악몽의 본거지까지 발을 들였던 거야. 그때 기억은 지금도 안 잊히는군. 그 녀석하고 눈이 맞은 순간에는 어찌나 아찔하던지 정말 죽는 줄 알았다고."

배스거스 씨는 그때의 기억이 떠올랐는지 부르르 몸을 떨었다.

"용케 살아 돌아오셨네요."

"그게 말이야. 악몽은 묘한 습성이라고 해야 하나, 아무튼 간에 이쪽에서 먼저 건드리지 않으면 도망쳐도 그냥 눈감아주거든. 게다가 상처를 치료해주기도 하고."

"네?"

"차마 안 믿기지? 다음번에 조직된 토벌대는 역린을 건드렸는지 모조리 전멸시켰다고 들었다만, 더 나중에도 터무니없는 대사건을 일으켰거든. 그런 주제에 변덕을 부리면서 사람을 구해주기도 하니까 행동 양식을 통 알 수가 없는 불가사의한 마물이라고들 하더구먼."

뭐지, 마물의 행동이 맞나?

그게 정말로 마물인가?

"뭐, 악몽에 관해 확실히 할 수 있는 말은 터무니없이 강하다는 사실뿐이야. 이제껏 치른 전투에서 꼬마들이 얼마나 상한지 잘 봤다만, 그래도 역시 하늘 위에는 하늘이 있는 법이지. 이 세상에는 손쓸 도리가 없는 상대도 있으니까 머릿속에다가 잘 새겨 넣으라고."

배스거스 씨의 말을 듣고 떠오른 사람은 소피아와 로난트 옹이었다.

나는 두 사람에게 속수무책으로 당했었다.

"그럼요. 알고 있습니다. 하늘 위에는 또 하늘이 있죠."

주먹을 굳게 부르쥐었다.

앞으로도 쭉 유고와 대적하겠다면 두 사람과 다시 싸우게 될 수도 있었다.

그때 나는 그 두 사람을 이길 수 있을까?

아니, 어떻게든 이겨 내야만 한다.

인족 전체를 지키기 위해서도 세계에 혼란을 불러일으키는 유고를 방치할 수 없었다.

그 때문에라도 나는 그 두 사람을 반드시 이겨 내겠다.

"뭔가 꼬마에게도 사정이 있는 눈치다만 과도하게 부담 가질 필요는 없지 않겠냐? 인간에게는 제 한계와 깜냥이 있는 법이니까 말이다. 어림없는데도 억지로 하겠다고 덤벼 봤자 불가능한 일은 불가능하다고. 네가 가능한 범위 안에서 하면 되는 거야."

배스거스 씨는 그렇게 위로해줬지만 이번만큼은 순순히 받아들일 수 없었다.

"그래도 꼭 해내야만 합니다."

불가능하다고 마냥 도망친다면 대체 언제가 돼야 이룰 수 있겠는가.

어림없다는 사실은 인정하겠다.

내가 지금 이대로라면 아마도 소피아에게도 로난트 옹에게도 이기지 못한다.

그럼에도 반드시 이긴다.

이길 수 있도록 바뀌겠다.

게다가 무엇보다도 딱히 나 혼자 전부를 완수해야 하는 것은 아니었다.

내게는 신뢰하는 동료가 있으니까.

"그러냐? 뭐, 안 죽을 정도로 힘내보라고."

"그러겠습니다."

"꼭 그래라. 앞뒤 안 가리고 억지로 덤벼들다가 죽어 나가는 인간이 참 많아. 고작 인간이란다, 한 대 잘못 맞아도 죽어버린다고. 너무 열을 올리다가 죽어버리면 그야말로 주객전도 아니겠냐?"

배스거스 씨가 들려준 뜻밖의 진지한 조언에 나는 의표를 찔린 심정이었다.

분명 배스거스 씨는 그러한 사람들을 몇 사람이고 봐 왔을 테지.

"꼬마, 뭔가를 지키기 위해 싸우는 놈은 분명히 훌륭한 인간이야. 그래도 말이다, 못 당할 적을 상대로 도망치는 행위는 결코 수치가 아니란다. 발악하다가 죽어버리면 다시 한 번 맞서 싸우지도 못하잖냐? 지난번에 못 이겼으면 도망친 다음 힘을 길러서 다시 한 번 도전하면 되는 거야. 뭐, 세상 어딘가에는 아무리 힘을 쌓은들 당할 도리가 없는 괴물도 있기 마련이다만."

미궁이라는 가혹한 환경에서 많은 시간을 보내는 안내인.

그중에서도 노령이 되도록 끊임없이 미궁에 도전하는 사람이 하는 말이었다.

분명히 나로서는 상상도 못할 수많은 경험을 쌓아 왔겠지.

"만약 도망치는 행위가 용납되지 않는다면요?"

나는 신경 쓰여서 물어봤다.

앞으로 우리가 맞닥뜨려야 하는 싸움에서는 결코 도피가 허락되지 않는다.

아마도 인족의 운명이 걸려 있는 싸움이니까.

지금 우리가 패배한다면 세계는 줄곧 유고의 손에 놀아나면서 점점 더한 혼란에 빠지게 된다.

그래서 더더욱 질 수 없었고 또한 도망칠 수 없었다.

"앙? 그딴 건 신경 쓰지 말고 도망치면 되잖냐. 살고 싶다는 게 뭐가 잘못인데? 도망쳤다고 욕하는 놈이 있다면, 그럼 네놈이 알아서 하라고 받아쳐버려."

그럼에도 불구하고 배스거스 씨에게서 돌아온 말은 시원스러운 대답이었다.

"방금 전에도 말했잖냐. 불가능한 건 불가능하다고. 인간 한 명이 제아무리 발악해 봐야 결국은 별거 아니야. 그런데 전부 다 모조리 해내겠다고 나댄다면 그게 도리어 오만한 거지. 주제 파악부터 해야 되지 않겠냐?"

배스거스 씨의 신랄한 발언에 나뿐 아니라 선생님도 눈이 휘둥그레졌다.

"물론 나도 아무 때든 책임을 내팽개치라고 하는 소리는 아니야. 나 역시 미궁 안내인답게 손님의 안전은 내 목숨과 바꿔서라도 지켜 낸다고. 그런데 말이다, 인간에게는 분수라는 게 있거든. 분수를 넘는 책임을 떠안아야 한다면 도망치는 선택을 고려 대상으로 넣어둬도 손해 보지는 않아. 꼬마들은 과도한 책임을 굳이 다 짊어지고 있지는 않냐?"

나는 곧바로 대답하지 못했다.
책임.
용사니까.
유고와 마찬가지로 전생자니까.
그렇게 말하면서 자신을 납득시킬 수는 있었다.
하지만 정말로 거기에 내가 꼭 짊어져야 하는 책임이 있느냐고 자문해봐도 대답은 나오지 않았다.
"뭐, 제 분수를 넘어서라도 꼭 완수해야 하는 목표가 있다면 다른 사람이 뭐라 참견할 입장은 못 되지. 제 자신의 신념을 따라 힘차게 돌진하면 되는 거야. 결국 가장 중요한 건 자신이 어떻게 하고 싶느냐, 바로 그거니까."
자신이 어떻게 하고 싶은가.
이제 와서 다시 자문할 까닭은 없다.
나는 율리우스 형님의 뜻을 이어받겠다고 결심했으니까.
그리고 율리우스 형님이었다면 절대로 도망치지 않는다.
진실로 세계의 평화를 바라는 진정한 용사였던 형님이라면.
"귀한 조언 감사드립니다. 하지만 저는 역시 도망치지 못할 겁니다. 저는 용사니까요."
힘 있게 선언했다.
소피아나 로난트 옹은 강적이지만 이런 데서 머뭇거릴 틈은 없었다.
유고를 쓰러뜨린 다음에는 마족하고도 전투가 기다리고 있지 않았던가.
그들에게는 율리우스 형님을 쓰러뜨렸다고 알려진 하얀 소녀도 있었다.

그토록 강했던 형님을 그야말로 단숨에 해치운 뒤 사라졌다고 했다. 괴물이라는 표현이 실로 아깝지 않은 소녀.

그런 상대와 언젠가 맞붙어 싸워야 한다.

그 순간을 맞이할 때까지 나는 멈춰 설 수 없었다.

하물며 도망 따위는 언어도단이다.

"걱정해주셔서 감사합니다. 하지만 제가 진실로 원해서 하는 일이니까요."

"그러냐? 그럼 내가 더 할 말은 없지. 잘 견뎌 내봐라."

머리 숙이는 내 어깨를 배스거스 씨가 척척 두드려줬다.

은근히 아프다.

"진실로 원하는 것. 맞아요. 응. 나는, 후회하지 않아요."

배스거스 씨가 가차 없이 어깨를 두드리는 통에 나는 조그만 목소리로 중얼거렸던 선생님의 말을 못 듣고 말았다.

미궁에 들어온 지 닷새째.

우리는 미궁의 절반을 주파했다.

소수 인원이었고 전원이 뛰어난 전투력을 지닌 덕에 상당히 빠른 속도로 최단 경로를 돌파했기 때문이었다.

미궁병의 우려가 적지 않았지만 베테랑 안내인 배스거스 씨가 빈틈없이 페이스 조절을 해주는 덕분에 무리하지 않고 전진할 수 있었다.

도중에 제국병이 미궁 안에서 매복하고 있지는 않을까 걱정도 했었는데 배스거스 씨의 말에 의하면 말도 안 된다고 한다.

제국은 미궁을 기피하고 있기도 했고 무엇보다 안에서 매복해 봤자 효율이 나쁜 데다가 위험도도 높았다.

미로처럼 복잡한 미궁 안에서 어느 루트를 지나올지도 모르는데 노리고 매복하기는 불가능하다는 설명이었다.

그런고로 미궁 안에서 적이라고 할 만한 대상은 마물뿐이었다.

마물도 아직까지는 커다란 위협이 되지 않았다.

하이린스 씨를 방패수로, 전위와 후위를 둘 다 수행 가능한 나와 카티아와 페이, 그리고 후위로 선생님.

배스거스 씨는 안내역이기에 적극적으로 전투에는 참가하지 않았지만, 때때로 참전했을 때 보여주는 실력은 우리 멤버에 있어도 위화감이 없을 정도였다.

즉석에서 꾸린 팀이었지만 빈틈없이 돌아간다고 평할 수 있겠다.

단 한 명을 제외하고—.

"그만. 이제 잠시 휴식을 취하도록 하지."

배스거스 씨의 외침에 걸음을 멈추는 일행들.

배스거스 씨는 재빨리 주위의 안전 여부를 확인한 뒤 휴식을 취하기 위해 짐을 펼쳐 놓았다.

제각각 편할 대로 자세를 잡는 일행 가운데 딱 한 명, 어깨를 들썩이며 주저앉는 안나.

"뭐라 드릴 말씀이 없습니다."

기어들어 가는 목소리로 내게 소곤거린다.

나는 말없이 고개를 가로저으면서 안나의 어깨를 살며시 토닥여줬다.

안나는 우수한 마법사였다.

하지만 이곳에 모인 멤버와 비교하면 어쩔 수 없이 뒤처지는 축에 속했다.

게다가 능력치와 스킬이 마법 쪽으로 치우친 탓에 완력이며 체력은 낮았다.

이렇게 짬짬이 휴식을 취하지 않으면 안나의 체력으로는 우리의 이동 속도에 따라붙지 못했다.

선생님도 성장이 느린 엘프이기 때문에 물리 계열의 능력치가 낮았지만 흘러넘치는 마력으로 육체를 강화했다.

겉보기는 어린아이였지만 근접전도 수행 가능하다.

순수 엘프와 하프 엘프의 차이일까, 아니면 선생님이 특별한 걸까.

아마 후자로 짐작되지만 안나는 역력한 차이를 몸소 겪은 까닭에 체력적으로도 정신적으로도 몹시 쇠약해졌다.

애당초 상당히 궁지에 몰린 심리 상태였지만, 이곳에 오고도 다른 일행의 발목을 잡고 있다는 중압감이 더한 정신적인 부담으로 작용하는 듯했다.

미궁병의 조짐이 보인다.

이대로는 위험할 수도 있겠다.

배스거스 씨는 안나의 몸 상태를 신경 쓰면서 적절하게 페이스 조절을 해주고 있으나 안나 본인은 우리에게 맞추겠다고 무리를 했다.

데리고 오겠다는 판단은 역시 틀렸을지도 모르겠다.

하지만 그대로 남겨 놓았더라도 역시 걱정스러운 상황이었음은 변하지 않는다.

어느 쪽이든 완벽한 정답은 아니었겠지.

그렇다면 따라오는 안나의 요청을 승낙한 내가 책임감 있게 잘 돌봐줘야 했다.

다른 일행들도 내 마음을 아는지 아무 말 없이 지켜봐줬다.

배스거스 씨는 물론 사정을 모를 테지만 어떤 손님에게든 책임을 다하는 프로 안내인이었다.

설령 손님의 걸음이 느리더라도 불평을 늘어놓지는 않는다.

다만 카티아만은 조금 불만을 지닌 듯 보였다.

나중에 슬쩍 대화를 나눠봐야겠다.

"어디 보자. 미궁도 이제 절반을 지나왔겠다, 다음 루트를 정해볼까?"

배스거스 씨가 내게 말을 건넸다.

그래서 일단 안나는 가만히 놓아두기로 했다.

"이 앞쪽은 몇 개로 루트가 나뉜다. 위험한 최단 코스, 비교적 안전한 우회 코스, 위험의 존재 여부는 불분명하지만 사연이 있는 코스. 대강 이런 식인데 어느 쪽을 고를 테냐?"

"그렇군요. 최단 코스가 위험하다고 하셨는데 얼마나 위험합니까?"

"엘로 대미궁 상층의 길은 두 종류란다. 지금 우리가 있는 길처럼 좁은 일반 통로. 그리고 또 하나가 대통로라고 불리는 곳이야."

거기에서 일단 말을 멈춘 뒤 내게 음료수를 내밀어줬다.

고맙게 받아 마셨다.

"대통로라는 곳은 대(大)자를 붙인 만큼 지금 있는 통로보다도 훨씬 넓은 통로를 말한다. 통로라고 해도 되려나, 차라리 공간이라고 해야 옳겠군. 그런 공간이 쭉쭉 이어지는 곳이 대통로다. 그런데 말이야, 대통로를 지나가는 길이 방금 말했던 최단 루트가 맞기는 한데, 대통로에는 일반 통로와 비교도 되지 않는 강력한 마물이 돌아다니거든. C클래스의 마물이 우르르. 때때로 A클래스의 마물도 출현하는 위험 지대다."

A클래스.

그 정도면 군대를 파견하는 수준의 위협이었다.

일반적으로 B클래스의 마물이 소수 인원의 파티로 쓰러뜨릴 수 있는 한계라고 일컬어진다.

인간은 마물과 비교하면 능력치로는 뒤처졌다.

그럼에도 대항하기 위해 스킬을 연마하고 조직을 만들고 지혜를 쥐어짜서 연합한다.

그리함으로써 더 높은 능력치를 보유한 마물을 상대로 승리할 수 있다.

하지만 단체의 힘이 먹히는 마물은 B클래스가 한계.

A클래스의 마물은 여타의 마물과 일선을 달리한다.

우선 높은 능력치는 말할 필요가 없고 스킬까지도 우수하게 갖추고 있다.

보통은 인간이 어드밴티지를 점하는 스킬에서 같은 대열에 올라선다.

개중에는 마물 고유의 특수 스킬을 지니고 있는 개체도 존재하는데 그러한 종류는 특히 더 까다로웠다.

A클래스, 대표적인 예는 상위 용(竜).

일찍이 학원을 습격했던 페이의 어미가 바로 상위 용이었다.

페이도 일단 분류로는 상위 용에 속하지만, 지닌 바 실력은 전생자여서 그런지 용종(龍種)에도 뒤지지 않는다.

얼마 전 조우했던 수룡도 육상에서 싸운다면 페이가 아마 이길 것이다.

"그럼 안전한 우회 코스와 최단 코스를 비교하면 날짜가 얼마나 차이 납니까?"

"글쎄다. 지금 페이스로 보자면 나흘쯤 되겠군."

의외로 차이가 나는구나.

상당히 돌아서 가나 보다.

"마지막 코스는요?"

"아, 그쪽 말이냐?"

어째서인지 배스거스 씨가 말을 머뭇거렸다.

다음 말을 기다리고 있자니 겸연쩍어하면서 머리를 긁고는 입을 열었다.

"솔직히 나는 그다지 가고 싶지 않은 코스거든."

"너무 솔직하시네요. 뭔가 이유라도 있습니까?"

"악몽."

"네?"

"거기는 말이야, 악몽이 옛날에 제 둥지로 삼았던 영역이거든. 그러니까 안내인들은 그쪽 코스로 접근하고 싶어 하지 않아. 까닭 없이 찜찜하니까. 특히 나는 그 녀석과 직접 마주쳤었지. 되도록 접근하고 싶지 않다는 게 본심이군."

악몽.

얼마 전 얘기했었던 신화급 마물인가.

하지만 그 녀석은 이미 사라졌다고 하지 않았나?

"참고로 그쪽 코스는 빠릅니까?"

"최단 코스보다 조금 느리다고 보면 된다. 최단 코스가 약간 더 빠를 게다. 차이는 대강 하루쯤 될 테고."

위험한 최단 코스, 안전하지만 멀리 돌아가야 하는 코스, 잘 모르겠는 코스.

"악몽은 이제 없는 거지요?"

"그래, 악몽의 본체는 없지."

"본체?"

배스거스 씨의 묘한 발언에 고개를 갸웃거렸다.

마치 악몽이 아닌 뭔가가 있다는 말투였다.

"우리는 악몽의 잔재라고 부른단다."

"악몽의 잔재?"

"그래. 악몽과 쏙 빼닮은 마물이야. 지금은 넓은 상층에 두루 흩어져 있지만, 가장 많이 서식하는 곳이 바로 그 코스라고 보면 된다."

"그 마물은 강합니까?"

"강하지. 그리고 골치 아파."

배스거스 씨의 입에서 강하고도 골치 아프다는 말을 나오게 하는 마물.

되도록이면 마주치고 싶지 않구나.

"다만 그것들도 또 악몽과 같은 습성을 갖고 있거든. 이쪽이 먼저 위해를 가하지 않는 한 덮쳐들지 않아. 그러니까 혹시 악몽의 잔재와 맞닥뜨린다면 아무것도 하지 말고 지나가주기를 기다리는 게 제일이다."

"그게 정말입니까?"

기가 막혀서 되물었다.

그런 이상한 습성을 지닌 마물을 마물이라고 불러도 되나?

마물이라면 뭐랄까, 음, 문답무용으로 덮쳐드는 이미지잖아.

"다만 말이다, 눈에는 보이지 않는 실을 여기저기에 펴 놓고 있거든. 그 실을 자르거나 하면 덮쳐든다."

"실이요?"

"그래. 그러고 보니 말을 안 했었군. 악몽은 거미 마물이다. 악몽의 잔재도 물론."

거미였구나.

"보이지 않는 실, 더구나 붙잡히면 좀처럼 빠져나올 수가 없는 강력한 점착성과 내구력을 겸비하고 있지. 실도 충분히 골치 아픈데 본체 쪽도 강하니까 참 대책이 없는 마물이야. 옛날에는 거미집을 발견하면 일단 태우라는 게 상식이었는데, 악몽의 잔재가 나타난 뒤부터는 거미집을 보면 일단 도망치라는 식으로 바뀌었거든. 상층에서 가장 까다로운 마물이야."

듣고 보니 참으로 터무니없이 골치 아픈 마물이었다.

실이라는 까다로운 도구를 쓰면서 본체도 강하다니.

마치 인간의 교활함을 지닌 마물 같지 않은가.

"그쪽 코스는 포기하는 편이 좋겠다."

나와 배스거스 씨의 대화를 말없이 듣고 있었던 하이린스 씨가 끼어들었다.

"나는 예전에 율리우스와 다닐 때 일행들과 함께 악몽의 잔재를 토벌한 적이 있어. 그때는 간신히 승리했지만 몹시 아슬아슬했지. 되도록 피하는 편이 좋겠다."

율리우스 형님의 파티로도 고전을 겪어야 하는 상대인가.

최대한 마주치고 싶지 않은걸.

그렇다면 그쪽 코스는 안 되겠구나.

남은 길은 최단 코스와 우회 코스.

"잠깐만 모여줄래? 위험한 최단 코스와 돌아가더라도 안전한 코스, 어느 쪽으로 나아가야 할지 모두의 의견을 듣고 싶어."

나는 휴식 중이던 다른 멤버에게 의견을 구했다.

솔직한 심정으로는 최단 코스로 진입하고 싶었다.

여유가 있다고는 해도 빨리 엘프의 마을에 도착하는 것이 가장 좋을 테니까.

그렇지만 지금도 이미 한계에 가까운 안나에게 더한 부담을 지워도 되는 걸까? 나로서는 판단이 어려웠다.

"저는 최단 코스를 나아가야 한다고 봐요."

선생님의 발언.

선생님의 실력은 이제껏 여정에서 잘 봤다.

일찍이 유고를 단숨에 제압했었던 선생님의 실력은 솔직히 내 예상 이상이었다.

또한 마법 능력에 한한다면 나를 앞서지 않을까 예상하고 있다.

카티아도 선생님의 의견에 찬성하는 눈치였다.

"하지만 위험하지는 않나? A랭크의 마물이 다수로 나타난다면 우리로도 도저히 대처가 어려울 텐데."

"아, A랭크의 마물이 무리를 짓는 경우는 일단 없을 테니까 안심해라. 맞닥뜨린다고 해도 상대는 한 마리뿐이야."

"그렇다면 충분히 감당할 수 있겠군요."

배스거스 씨의 말에 카티아가 자신 있게 선언했다.

어릴 적부터 함께 지냈기에 카티아에 대해서는 잘 알고 있다.

저 자신감이 분명한 실력에 기반하고 있음도…….

"음음. 나도 최단 코스가 좋겠어. 마물쯤은 어떻게든 처리할 수 있을 테고."

페이도 최단 코스.

페이의 의견은 다소 낙관적이 아닌가 하는 생각도 들지만 그런 소리를 해도 용납될 만한 힘을 페이는 가지고 있었다.

우리 멤버 중 가장 강력한 카드는 페이였다.

"그래도 굳이 위험한 다리를 건널 필요는 없다는 것이 내 생각이군."

하이린스 씨는 안전한 우회 코스.

엘프의 미을보다 우리의 안전에 더 우선순위를 두고 있다.

이것으로 3대 1.

배스거스 씨는 중립을 지킨다고 하고, 남은 사람은 나와 안나였다.

이미 반수가 최단 루트를 선택했지만 안나의 의견도 듣고 싶었다.

"안나는 어떻게 해야 된다고 생각해?"

"모자란 제 의견은 무시하셔도 됩니다."

"그건 아니야. 안나도 동료니까. 사양하지 말고 자신의 의견을 말하도록 해."

조금 강한 어조로 안나에게 말을 건넸다.

안나는 송구스러워하는 기색이었지만 잠시 생각에 잠긴 뒤 결연하게 말했다.

"최단 코스로 나아가는 것이 좋겠습니다."

"진심이야?"

넌지시 따라붙을 수 있겠느냐고, 괜찮느냐고, 그런 뜻을 담아서 되물었다.

"네."

돌아온 대답에는 힘 있는 긍정이 담겨 있었다.

그렇다면 내가 더 할 말은 없다.

"최단 코스를 돌파하지요."

위험을 감수해서라도 돌진하겠다고 결정했다.

4. 사중구활(死中求活)

전이를 마친 뒤 안전권으로 탈출한 줄 알았건만 그곳에 매복이 있었다.

전부 다 마더의 계략이겠지?

하필 이런 타이밍에 마이 홈이 있는 장소에 우연히 거미 군단이 있다는, 운석이 머리에 딱 들어맞는 불운이 어쩌다 보니 일어날 리는 없었다.

없겠지?

지금껏 내가 겪었던 불우함을 돌이켜보면 없다고 단언하지도 못하기에 무섭다.

그렇다지만 평범하게 생각해봐도 이곳으로 내가 전이해 오리라고 예상한 뒤, 마더가 사전에 부하를 잠복시켜 놓았다고 생각하는 편이 자연스럽다.

조금 마더의 수완을 얕봤나 보다.

전투력이 아니라 두뇌 쪽으로.

마더의 거대한 몸뚱이로는 뭘 어떻게 한들 엘로 대미궁의 좁은 통로를 촐싹촐싹 이리저리 도망치면 쫓아올 방도가 없었다.

그렇다면 내가 이곳에서 나가기를 기다리면 된다.

마더는 분명 내 행동을 훤히 들여다봤던 거다.

아니면 이렇게까지 빈틈없이 일이 진행될 리 없었다.

바깥으로 나온 나를 쫓아서 자신도 바깥으로 나온다.

직접 해치운다면 더할 나위 없음.

혹시 놓친다 해도 단순하게 속도로 뒤떨어지는 내가 도망칠 방법은 장거리 전이밖에 없다.

그리고 전이로 돌아갈 만한 장소는 바로 이곳, 엘로 대미궁.

그중에서도 마이 홈은 내가 얼떨결에 도피처로 선택할 가능성이 가장 높은 장소.

거기에 전력을 배치해 놓으면 전이한 직후의 무방비한 나를 습격할 수 있다.

지금이 바로 그런 상황이라는 건데…….

예전에 아크 타라텍트를 전이를 써서 함정에 빠뜨려 해치웠던 내가, 전이를 역이용하는 함정에 빠졌다.

제대로 당했다.

아크 타라텍트의 이빨이 들이닥치는데도 나는 피할 엄두를 내지 못한 채 꿰뚫려버렸다.

전이 직후인 탓에 긴장을 풀기도 했고, 그 직후 거미 군단에 둘러 쌓여 있다는 말도 안 되는 광경을 보고 경직되기도 했고, 마더에게 당한 부상 때문에 반응이 느려지기도 했고…….

여러 요소가 겹쳐서 나는 회피 동작조차 취하지 못했다.

아크의 거대한 이빨이 나의 조그마한 몸을 파고들어 왔다.

관통은 되지 않는다.

이래 보여도 나의 물리 방어력은 2000을 넘어섰다.

지금 나를 물고 늘어지고 있는 아크의 능력치는 감정은 안 해서 잘 모르겠지만 전에 싸웠던 개체와 큰 차이가 없다는 가정하에 공격력이 대강 4000을 넘는 수준이라고 짐작된다.

거기에 기투법이나 마투법 같은 강화를 더해야겠지만 관련 스킬의 레벨은 아마도 내가 더 우위에 있을 터.

그러니까 몸이 관통당하고 찢겨 나가는 그런 최악의 사태가 벌어지지는 않았다.

최악의 사태는 아니었지만 대미지는 컸다.

애당초 마더에게 상당히 중상을 입었었는데 거기에 또 이번 대미지.

통각 대경감 스킬이 없었다면 통증 때문에 실신하고도 남았을 만큼 심각한 부상.

게다가 몸에 파고든 이빨에서 뭔가가 몸속으로 흘러들어 오는 감촉이 느껴졌다.

그야 나도 가지고 있으니까 얘도 가지고 있겠지.

독 공격. 게다가 맹독.

아무리 내성이 있다고는 해도 무효가 아닌 한 과신은 못 한다.

지금 당장 이 이빨에서 탈출하지 않으면 흘러들어 오는 독에 미처 다 저항하지 못하고 사망.

그 전에 단순히 대미지로 죽을 수도 있겠지.

이제껏 경험한 적 없는 위기에 역으로 침착해졌는지 최고 속도로 마법을 발동시켰다.

발동한 마법은 흙 마법.

지면에서 흙으로 된 창이 뻗어 올라서 아크의 목을 강타했다.

대미지는 기대하지 않는다.

단지 나를 물어뜯고 있는 턱의 힘이 충격으로 헐거워지는 것을 기대한 공격.

기대한 대로 아크가 마법의 충격에 비틀거리면서 일순간 구속이 헐거워졌다.

짧은 한순간을 놓치지 않고 추가 마법을 아크의 안면에 때려 넣은 뒤 이빨에서 탈출.

대미지는 기대하지 않았었는데도 내 예상 이상으로 아크를 주춤거리게 만들었나 보다.

그러고 보니 아크에게는 마법을 방해하는 용린(龍鱗) 계통 스킬이 없었구나.

용 비늘 스킬 때문에 나는 용(龍)과 싸울 때 일격으로는 커다란 대미지를 가할 수 없었지만, 딱히 방해가 없다면 용종 클래스의 스테이터스를 자랑하는 아크에게도 큰 타격을 입힐 수 있다는 소리네.

그렇다지만 어디까지나 방어 면의 상황일 뿐.

공격력으로 봤을 때 아크는 아라바에게도 뒤지지 않는 능력치와 스킬을 자랑하고 있다.

마더처럼 천재지변을 일으킬 만한 힘은 없다 해도 아라바처럼 미궁의 일각을 변모시킬 정도의 힘은 있다.

그런 힘을 지닌 개체가 이 자리에 다섯 마리.

쪼끄만 거미 한 마리한테는 차고 넘치는 전력 아닌가요?

그만큼 마더가 진심으로 나를 죽이려고 한다는 뜻이다.

또한 마더의 계획은 지금 이 순간에도 순조롭게 진행 중이라고 말할 수밖에 없었다.

마더의 브레스로 몸 일부를 잃은 데다가 아크의 이빨에 몸을 꿰뚫

렸고 그때 주입된 독이 몸을 좀먹고 있다.
내가 봐도 왜 아직껏 살아 있는가 의문이 들 만큼 너덜너덜했다.
뭐, 인내 덕분이지만…….
내 HP는 벌써 옛날에 0을 찍었다.
하지만 인내 스킬은 MP를 HP대신 소모시킬 수 있다.
MP가 바닥나는 순간 나는 죽는다.
줄어든 MP는 마도의 극의 덕분에 빠르게 회복되니까 나는 그리 간단히 죽지 않는다.
하지만 이미 입은 부상까지 치료해주지는 않았다.
인내는 단지 MP를 임시로 HP 삼아서 목숨을 붙여 놓을 뿐.
이대로 몸이 안 움직여질 만큼의 큰 부상을 입는다면 그 시점부터 내 MP가 회복되는 양보다 아크 놈들이 내게 가하는 대미지가 더 높아진다.
요리 전의 문어처럼 흠씬 두들겨 맞고, 아니면 몸을 조각조각 뜯어 먹혀서…….
인내가 아무리 대단한들 신체가 통째로 없어져버리면 제 효과를 발휘하지는 못할 테니까.
이미 나는 그렇게 되기 일보 직전의 궁지에 몰려 있었다.
그리고 만회의 수단을 궁리할 틈도 없이 다섯 마리의 아크가 일제히 내게 덮쳐들었다.
더 이상 앞뒤 가릴 상황이 아니었다.
덮쳐드는 아크 놈들을 피해 우왕좌왕 도망쳐 다녔다.
지면에는 무수한 거미가 바닥에 잔뜩 깔려서 꿈틀거리고 있었기에 공간 기동을 구사하여 공중을 박찼다.

다리가 모자란 터라 평소의 속도가 나오지 않았다.

그 탓에 초조함과 짜증을 느끼면서도 내게 날아드는 무수한 실을 역시 실을 써서 받아쳤다.

도망치는 곳은 중층.

그곳은 내게도 위험하지만 그 이상으로 거미 군단에게는 치명적이다.

중층의 열기는 내성이 없는 거미에게는 버거운 환경이었다.

아크와 그레이터라면 혹시 견딜 수도 있겠지만 그 이하의 잔챙이들은 가만히 서 있어도 저절로 죽게 된다.

이런 내 행동마저 예측했을까, 중층의 입구로 향하는 장소에 그 녀석이 있었다.

겉모습은 마치 인형 같았다.

인형 같달까, 정말 인형이었다.

밋밋하게 표정이 없는 머리통.

구체 관절을 지닌 무기질적인 몸체.

백화점에서 보는 마네킹 같은 외견.

이 미궁 안에서 인공물로 보이는 물체가 있다는 데 위화감이 느껴졌다.

하지만 인형의 내용물을 안 순간 내 위화감은 사그라든다.

인형의 내부에 조그만 거미가 있고, 또한 실을 가득 채워 놓았다는 사실을 감정으로 간파했다.

인형의 핵이 되는 거미는 모든 능력치 10000을 넘는 괴물이라는 사실도…….

퍼펫 타라텍트, 감정에 표시된 결과는 이러했다.

하지만 나는 그런 타라텍트종을 알지 못한다.

예지의 진화 트리에도 그런 이름을 지닌 마물은 존재하지 않았었다.

듣도 보도 못한 미지의 마물이었지만 마더의 히든 카드 중 하나임을 직감했다.

인간을 모방한 인형이 손에 든 검을 겨눈다.

숫자는 모두 여섯.

겉으로 보이는 모습은 인간에 가까웠지만 팔은 여섯이나 있었다.

다리를 더하면 여덟, 거미의 원래 다리 숫자와 일치한다.

내가 쓸데없는 사실을 떠올리는 동안에도 여섯 개의 검이 날아들고 있었다.

미처 피하지 못하고 앞다리 둘을 절단당하고 말았다.

마물 주제에 무기를 쓰지 말라고 소리치고 싶다.

인간에게 뺏었을까, 아니면 스스로 제작했을까. 잘은 모르겠지만 무기를 쓰는 건 진짜 반칙이잖아!

한 자루라면 넘어가주겠지만 여섯 자루의 칼을 동시에 휘두르는데 어떻게 피하라는 거야.

나는 지금껏 속도로 뒤진 적은 거의 없었다.

방금 막 마더와 처음으로 조우했을 때와 지룡 아라바, 그리고 화룡 렌드가 전부였다.

자랑거리로 삼았던 속도와 사고 초가속, 미래시의 조합으로 뛰어난 회피력을 과시했었다.

하지만 그 일각을 담당하는 속도로 뒤쳐졌다.

사고 초가속도 미래시도 어떻게 피하면 될지 최적의 해답을 사전에 도출할 뿐, 실제로 회피하려면 당연히 몸을 직접 움직여야 했다.

몸의 움직임이 따라가지 못할 만큼 빠른 속도의 공격이 날아들면 그야 피할 도리가 없었다.

반사적으로 마법을 써서 인형 거미의 몸체를 날려버리는 데 성공했지만 상황은 전혀 호전되지 않았을뿐더러 오히려 악화되고 말았다.

전방의 인형 거미, 후방의 아크 다섯 마리.

그에 더해서 다리가 반으로 줄어 기동력이 폭삭 떨어진 엉망진창 몸뚱이.

아라바와 싸웠을 때 이상으로 죽음이 바로 목전까지 닥쳐들었다.

죽고 싶지 않다.

죽고 싶지 않다.

죽고 싶지 않아!

절대로 포기 안 해!

마지막 최후의 순간까지 나는 삶을 위해 발버둥 친다!

설령 이곳에서 죽는다 하더라도 한 놈이라도 더 많이 저승길로 데려갈 테다!

반쯤 자포자기하면서 견제의 의미도 담아 마법을 난타.

탄막을 두껍게 하기 위한 마법인 터라 위력은 별로 대단하지 않았다.

하지만 용린 계통의 스킬을 지니지 않은 거미라면 이런 마법으로도 대미지를 받는다.

비록 미미한 대미지라고 해도 흔쾌히 돌진을 감행할 만큼 만만하지는 않을 것이다.

아니나 다를까, 인형 거미도 아크도 걸음을 멈춘 채 방어 태세를 갖췄다.

검이며 마법을 구사하면서 내 마법을 요격하는 인형 거미와 아크.

그렇지만 나의 최저 랭크 마법마저도 요격할 실력이 못 되는 여타의 거미들은 탄막 세례를 받아 피해가 연발하고 있었다.

오오?

될 대로 되라고 저지른 짓이었지만 의외로 잘 먹히네?

인형 거미와 아크의 접근 봉쇄를 최우선으로 틈틈이 다른 거미를 노려서 쏘아 댔다.

되도록 경험치가 많을 법한 성체 거미를 노려서…….

유체 거미 따위는 여파에 휩쓸려 이미 멋대로 죽어버렸고, 그에 더해서 효과를 기대할 수 없는 정지의 사안 대신 주원의 사안으로 교체했다.

미래시를 위해 눈을 하나만 남겨 놓은 채 나머지는 전부 주원의 사안에 동원해서 적으로부터 MP 등등을 흡수한다.

그렇게 회복한 MP로 또 탄막을 넓혀 나갔다.

안달 난 아크 한 마리가 대미지를 각오하고 돌진을 감행했지만 나는 무리하게 요격하려 하지 않고 거리를 벌렸다.

이렇게 탄막을 펼치는 중에 다른 마법을 준비하는 곡예는 내가 아무리 대단해도 혼자서는 불가능하다.

간단한 이동 방해는 가능해도 본격적으로 아크 놈들의 움직임을 멈출 수는 없었다.

그 사실을 깨달은 다른 아크가 다소의 대미지를 무릅쓴 채 돌격해 왔다.

예상보다 시간을 많이 벌지는 못했다.

병렬 의사가 하나라도 더 있었다면 상황은 달라졌겠지만 없는 애를 찾아 봤자 달라지지는 않는다.

고립무원.

나 홀로 이 상황을 타개해야 했다.

탄막을 펼치기를 포기하고 위력 높은 마법으로 바꾼 뒤 바싹 달라붙는 아크를 향해 쏘았다.

과연 이번에는 무시하지 못할 대미지임을 알아차린 아크가 방어를 위해 걸음을 멈췄다.

그 틈에 거리를 벌린 뒤 겸사겸사 방금 전보다는 두껍지 않게 탄막을 펼쳐서 다른 거미들을 견제.

내가 중층으로 도망치지 못하도록 막기 위해서일까, 인형 거미만큼은 중층의 입구 바로 앞에서 진을 치고 움직이지 않았다.

딱히 좋다고도 나쁘다고도 말하기 어려웠다.

스테이터스를 확인한 뒤 아직인가, 하고 초조해한다.

아크의 추격을 마법과 실로 피해 나가고 있었으나 아주 오래 버틸 수 없다는 사실은 내가 잘 알고 있었다.

아크의 스테이터스를 감았했을 때 나의 돌격 저지는 짧은 시간밖에 버티지 못한다.

더군다나 다섯 마리나 있으니 더더욱 무리다.

그리고 그 순간은 쓱 다가왔다.

아크의 다리에 달린 발톱이 나를 포착했다.
강제로 지면에 나동그라진 내 몸이 꽁꽁 묶여버린다.
몸을 움직이지 못하게 된 나를 다섯 마리의 아크가 둘러싼다.
절체절명의 위기.
그럼에도 활로가 없지는 않았다.
나는 너덜너덜해진 몸을 확인한 뒤 스테이터스의 어느 항목을 확인했다.
바로 경험치.
아크를 견제하면서 다른 거미를 쓰러뜨리고 벌어들인 수치와 다음 레벨 업까지 필요한 수치를 본다.
아슬아슬.
다음 레벨 업까지 필요한 수치, 그리고 내 몸이 버텨줄까 하는 이중의 의미로…….
도박이 되겠지만 승부를 하지 않으면 나는 확실하게 죽는다.
그렇다면 아무리 불리한 도박이라 해도 승부에 나설 수밖에 없지 않겠는가.
재빨리 아크 놈들을 감정한 뒤 가장 HP가 줄어 있는 개체에게 조준을 맞췄다.
사멸의 사안, 발동!
내가 지금의 에데 사이네로 진화했을 때 획득했던 스킬.
부식이라는, 죽음을 관장하는 속성에 의한 즉사급 공격.
현재 내가 지닌 스킬 중 심연 마법 다음으로 살상력이 높은 스킬.
다만 대가도 크다. 이 스킬을 발동하면 내게도 반동으로 대미지가 들어온다.

지금의 너덜너덜해진 몸에는 상당히 위태로운 대미지가…….

과연 피해를 견딜 수 있겠는가. 내 예측으로는 반반이었다.

그리고 용케 견뎌 냈다는 전제로 아크의 숨통을 끊을 수 있을지는 또다시 절반.

게다가 경험치가 레벨 업까지 다다를 수 있느냐 하는 점까지.

모든 조건을 만족시키는 확률은 8분의 1.

《경험치가 일정 수치에 도달했습니다. 개체, 에데 사이네가 LV 29에서 LV 30으로 성장했습니다.》

그리고 나는 승리를 거머쥐었다.

아크의 숨통을 끊어 놓으면서 들어온 경험치가 내 레벨을 올렸다.

탈피가 발생하고 부상이 회복된다.

사라졌던 몸체 일부가 원래대로 복원되고 잃어버린 다리가 재생된다.

하지만 HP는 완전히 회복되지 않았다.

아무래도 레벨 업에 따른 탈피 회복도 회복 가능한 상한선이 있는 듯했다.

그럼에도 절체절명에서 살아남을 길이 보일 만큼은 상황이 호전됐다.

어디까지나 살아남을 길이 보이는 수준에 불과했지만…….

사멸의 사안에 의해 먼지가 되어 흩어지는 아크.

그 광경을 보고 경악했을까, 나를 지면에 꽁꽁 묶어 놓았던 다리의 힘이 살짝 헐거워졌다.

참사를 써서 아크의 다리를 베어 내고 구속 상태에서 탈출했다.

그리고 동시에 다리를 타고 올라가서 아크의 몸체에 달라붙는다.

아크는 몸을 비틀며 나를 떨쳐 내려고 했지만 어림도 없지, 단단히 들러붙은 채 아크의 몸에 보답 삼아서 이빨을 박아 넣었다.

아크가 괴로워하고 몸부림쳤다.

내 몸째로 지면에 몸을 부닥치면서 어떻게든 떼어 내려고 했으나 근성으로 끝까지 달라붙어서 독을 주입.

다른 아크는 나를 공격하려면 내가 매달려 있는 아크도 공격해버리기 때문에 손을 쓰지 못하고 있었다.

아크가 날뛰고, 내가 달라붙고, 다른 거미 등등이 아무것도 못한 채 지켜보는 상황이 이어졌다.

가장 먼저 내 속셈을 알아차린 놈은 역시나 인형 거미였다.

아크가 피해에 휩쓸리든 말든 아랑곳 않고 매달려 있는 나와 함께 양단하겠다는 기세로 공격을 날리려고 했다.

그렇지만, 안됐네.

이미 늦었거든.

장거리 전이 발동.

인형 거미의 칼이 눈앞으로 닥쳐들었지만 끝까지 닿기 전에 내 몸은 전이를 완료했다.

내 몸은 매달려 있던 아크와 함께 중층으로 이동한다.

애당초 상태 이상 내성이 상당히 높은 아크에게 내 독이 먹힐 리는 없었다.

그러니까 물고 늘어지면서 독 공격을 펼친 것은 단순한 시간 끌기.

그렇게 끈 시간으로 전이를 준비했었다.

내 승리 조건은 거미 군단의 전멸이 아니다.

어디까지나 살아남는 것.

그 상황에서 내가 철저 항전을 펼쳐 살아남을 가능성은 거의 전무했다.

나머지 아크 네 마리만으로도 버거울 텐데 게다가 아크를 아득하게 뛰어넘는 인형 거미가 있었으니까.

솔직히 인형 거미는 일대일의 상황이어도 못 이긴다.

못 이길 싸움을 하는 취미는 없다.

그러니까 도망치는 길을 택했다.

뭐, 선물 삼아서 아크 한 마리를 데리고 왔지만…….

이빨을 떼어 내고 마그마 위에서 아크와 대치하는 중.

입장은 역전됐다.

얼마간 열기에 내성이 있는 나와 달리 아크는 열기에 약했다.

이제껏 나를 실컷 몰아붙인다고 신났지? 이제 내 울분을 모조리 쏟아부어주겠어.

몇 분 뒤, 뭐라 표현할 수 없는 주검이 된 아크가 중층의 바닥을 굴러다녔다.

S4. 엘로 대미궁의 괴물

왠지 모르게 흐릿흐릿한 시야.

마치 오래된 영화를 보고 있는 듯한, 얇은 막을 사이에 두고 있는 듯한 현실감 없는 풍경.

횃불의 불빛에 비추이면서 주변에 사람의 모습이 있음을 깨달았다.

잘 아는 얼굴이 몇몇 보인다.

하이린스 씨, 그에 더해서 성녀 야나 씨.

다른 두 사람의 남성은 본 적이 없지만 다른 남자 한 명은 배스거스 씨의 아들 고이에프 씨 같은데?

그들은 어딘가로 나아가다가 그것과 조우했다.

거미 마물, 악몽의 잔재.

고전 끝에 간신히 적을 쓰러뜨렸을 때 불현듯 하얀 소녀의 환영이 보인 듯싶었다.

윤곽도 알아볼 수 없는, 오로지 하얗다고밖에 달리 표현할 길이 없는 소녀의 환영을…….

벌떡 일어났다.

지금 본 광경은, 꿈?

율리우스 형님이 과거에 악몽의 잔재를 토벌했을 때의 광경일까?

배스거스 씨에게 악몽의 잔재의 이야기를 들었기 때문에 이런 꿈을 꾼 걸까?

아니면 율리우스 형님이 뭔가 전하기 위해서 내게 꿈을 보여줬을까?

꿈과 메시지를 떠올리는 나는 꽤나 낭만주의자일까.

나도 모르게 형님의 유품을, 하얀 목도리를 움켜잡고 있었다.

"여기부터 앞쪽이 대통로다. 마음들 단단히 먹으라고."

배스거스 씨의 안내를 따라 우리는 문제의 대통로로 발걸음을 들였다.

대통로로 들어와서 놀랐다.

넓다.

말로는 들었지만 직접 목격한 넓이는 지금껏 지나 왔던 좁은 통로와 비교도 되지 않는다.

폭이 족히 100미터는 되어 보였다.

천장까지 높이도 그쯤 되지 않으려나.

배스거스 씨의 말대로 통로가 아닌 거대한 공간 같았다.

어안이 벙벙했던 것도 일순간—.

금방 정신을 차리고 주변을 빈틈없이 둘러봤다.

근처에 마물의 기척은 없다.

살짝 안도하고 이동을 개시했다.

대통로는 넓었다.

하지만 상당히 커다란 바위 따위가 자리 잡고 있었기에 시야가 확 트이지는 않았다.

바위의 그림자에 무엇이 숨어 있을지 모를 일이었다.
기척을 감지하며, 그러나 페이스를 늦추지 않고 전진했다.
한동안 나아가던 중에 배스거스 씨가 걸음을 멈췄다.
“왜 그러시죠?”
“묘하군. 마물이 통 안 보여.”
배스거스 씨의 말과 표정에는 미처 숨기지 못한 조바심이 보였다.
어지간히도 위험한 상황인 걸까?
“평소에는 마물이 더 많았습니까?”
“그래. 이만한 거리를 전진하면서 전혀 마물과 마주치지 않는 건 이상하다고.”
마치 악몽과 마주쳤을 때 같아, 그렇게 입속으로 슬쩍 중얼거리는 배스거스 씨.
그 혼잣말이 나 또한 긴장시켰다.
“다른 루트로 나가는 길은 있습니까?”
모종의 돌발 사태가 발생했다고 가정하는 편이 좋겠다.
그렇다면 안전을 우선적으로 행동해야 한다.
“조금 더 가면 샛길이 있어. 거기에서 다른 루트로 옮기도록 하세.”
배스거스 씨도 내 의견에 찬성하는 듯 곧바로 방안을 내놓았다.
다른 일행도 배스거스 씨의 분위기에서 무언가를 느꼈는지 반대 의견은 내지 않았다.
하지만 우리의 판단은 조금 늦었다.
뭔가가 이쪽으로 향하고 있었다.
다름 아닌 용(龍)이었다.

티라노사우루스를 조금 마른 형태로 만들어 놓은 실루엣.

다만 손만큼은 이상하리만큼 커다랬고 손톱은 하나하나가 이름난 검공이 만든 명검처럼 광채를 발하고 있었다.

“지룡. 쳇! 왜 상층에 저런 놈이. 진화했나?!”

배스거스 씨가 혀를 찼다.

모두가 전투 준비를 갖춘다.

나는 각오를 다지면서 상대를 감정했다.

〈지룡 에키사 LV 2

스테이터스

HP: 2808/2808(녹) MP: 1312/1312(청)

SP: 3655/3655(황) : 2032/3645(적)

평균 공격 능력: 2498 (상세) 평균 방어 능력: 2455 (상세)

평균 마법 능력: 1298 (상세) 평균 저항 능력: 2452 (상세)

평균 속도 능력: 3600 (상세)

스킬

「지룡 LV 1」	「역린 LV 4」	「견갑각 LV 1」
「강체 LV 1」	「HP 고속 회복 LV 1」	「MP 회복 속도 LV 1」
「MP 소비 완화 LV 1」	「마력 감지 LV 3」	「마력 조작 LV 3」
「마력격 LV 1」	「SP 고속 회복 LV 2」	「SP 소비 대완화 LV 2」
「대지 공격 LV 5」	「대지 강화 LV 5」	「파괴 강화 LV 7」
「참격 대강화 LV 6」	「관통 대강화 LV 6」	「타격 대강화 LV 6」
「공간 기동 LV 3」	「명중 LV 10」	「회피 LV 10」

「확률 보정 LV 4」 「위험 감지 LV 7」 「기척 감지 LV 7」
「열 감지 LV 7」 「동태 감지 LV 5」 「흙 마법 LV 1」
「파괴 내성 LV 2」 「참격 내성 LV 5」 「관통 내성 LV 5」
「타격 내성 LV 6」 「충격 내성 LV 2」 「대지 무효」
「벼락 내성 LV 7」 「상태 이상 대내성 LV 2」 「부식 내성 LV 1」
「고통 무효」 「통각 경감 LV 4」 「밤눈 LV 10」
「시각 영역 확장 LV 5」 「시각 강화 LV 5」 「청각 강화 LV 4」
「후각 강화 LV 4」 「신명 LV 7」 「마력 기관 LV 1」
「천동 LV 1」 「부천 LV 1」 「강대 LV 5」
「강고 LV 5」 「도사 LV 1」 「호부 LV 5」
「위타천 LV 1」

스킬 포인트: 19500

칭호

「마물 살해자」 「마물 살육자」 「용(龍)」
「패자」 〉

높은 능력치.

개중에서도 속도가 특히 뛰어났다.

"다들, 놈은 속도가 빨라. 조심해!"

소리쳤다.

동시에 지룡이 땅을 박찼다.

휘둘러지는 발톱을 하이린스 씨가 방패로 받아 낸다.

"크?!"

하이린스 씨가 고통에 얼굴을 찡그렸다.

하지만 하이린스 씨 덕분에 지룡의 움직임이 일순간 멈췄다.

빈틈을 놓치지 않고 나와 배스거스 씨가 저마다 좌우의 다리를 베어 냈다.

더욱이 카티아와 선생님의 마법이 작렬한다.

카티아의 화염 마법이 지룡의 안면을 태웠고 선생님의 바람 마법이 몸체를 날려버렸다.

고통에 찬 비명 소리를 내지르며 지룡이 나뒹굴었다.

하지만 대미지는 크지 않았다.

내가 벤 오른쪽 다리는 절반 정도까지 잘려 나갔다.

하지만 배스거스 씨가 벤 왼쪽 다리는 거의 잘리지 않았다.

단단한 방어력을 돌파하지 못했기 때문이었다.

지룡이 일어선다.

제 얼굴에 화염 마법을 직격당했는데도 화상 자국 하나 없었다.

"난처하군, 거참."

배스거스 씨가 식은땀을 흘리면서 중얼거렸다.

나도 예상 이상으로 단단한 상대의 방어력을 목격하고 저절로 손에 땀이 배어나고 있었다.

방금 전 일격은 다리를 아예 절단하고자 휘둘렀다.

하지만 결과는 절반 정도밖에 잘리지 않았다.

그뿐 아니라 생각 이상의 저항감에 하마터면 검을 놓칠 뻔했다.

마법도 별로 먹히지 않는다.

역린이라는 스킬이 마법의 힘을 격감시키고 있었다.

카티아도 선생님도 인간으로서는 최고봉의 마법사였다.
두 사람의 마법을 맞고도 지룡은 태연히 몸을 일으켰다.
그렇다고는 하나 대미지가 아주 없지는 않았다.
못 쓰러뜨릴 상대가 아니다.
지룡이 몸을 날렸다.
날개가 없는데도 불구하고 공중을 달리는 듯한 동작으로 이동한다.
공간 기동 스킬을 쓴 공중 이동.
지룡의 목표는 가장 후열로 물러나 있는 안나였다.
안나가 마법을 날린다.
발사된 전격 마법은 지룡에게 대미지를 입히지 못했다.
지룡은 벼락 내성을 갖추고 있었다.
안 그래도 높은 마법 저항력을 지닌 데다가 내성까지 갖추고 있는 전격 마법은 별 소용이 없었다.
하이린스 씨가 들이닥치는 지룡과 안나의 사이로 파고들었다.
방패가 또다시 지룡의 발톱을 막아 냈다.
방금 전과 거의 똑같은 광경.
하지만 이번에는 지룡도 방금 전처럼 당하지 않고 곧바로 후퇴했다.
빠른 속도 때문에 제때 추격하지 못했다.
"전격은 내성이 있으니까 안 먹혀! 흙도! 다른 속성으로 바꿔야 해! 카티아는 계속 마법 위주로! 배스거스 씨도 마법으로 견제해줘요!"
나는 지룡이 지닌 내성을 알렸다.
물리 공격에도 내성이 갖춰져 있었지만 이것만큼은 어쩔 도리가 없었다.

배스거스 씨의 공격력으로 별반 대미지를 입힐 수 없다면 물리 공격으로 지룡의 HP를 깎을 수 있는 사람은 나와 다른 한 사람뿐이었다.

"얍!"

다른 한 사람, 페이의 주먹이 지룡의 안면을 후려쳤다.

지룡의 거체가 우스개처럼 휙 날려 가서 지면을 나뒹굴었다.

어안이 벙벙하여 움직임을 뚝 멈춘 사람이 나 하나뿐은 아닐 것이다.

카티아에게서 곧잘 사기 캐릭이라고 불평을 들어 왔었지만 진짜 사기 캐릭은 나 말고 페이가 아닐까?

몸을 일으킨 지룡은 페이를 증오스럽다는 듯 노려보다가 포효를 지르며 달려들었다.

페이를 향해 내리치는 발톱.

그 발톱을 페이는 팔을 들어 방어했다.

팔에서 발하는 하얀 금속질의 광채는 눈의 착각이 아니었다.

강체라고 불리는 몸을 금속처럼 만들어주는 스킬.

게다가 견갑각이라고 불리는 외피를 단단하게 해주는 스킬에 의해 페이의 방어력은 능력치의 숫자 이상을 자랑하고 있었다.

인간화를 하고 있어도 본래 모습은 뛰어난 방어력을 지닌 전직 지룡이자 현재는 광룡.

용(竜)이면서도 용(龍)과 정면으로 맞붙는 판국이다.

지룡도 설마 정면으로 공격을 막아 낼 줄은 예상 못했는지 움직임이 멈췄다.

그 순간을 노려서 선생님이 마법을 발동시켰다.

바람의 소용돌이가 지룡의 몸을 둘러쌌다.

대미지를 목적으로 하는 마법이 아니었다.

상대를 구속하기 위한 마법.

폭풍 마법의 박풍(縛風)이라는 마법이었다.

지룡은 바람의 구속력에서 빠져나오려고 버둥거렸다.

역린의 효과도 있는 까닭에 오래 버티지는 못할 것이다.

가만히 보고 있지 않았던 카티아의 화염 마법이 용솟음친다.

선생님의 바람에 뒤섞이면서 화염의 회오리바람이 지룡의 몸을 감쌌다.

고통스럽게 소리 지르는 지룡.

추가 공격으로 또 바람 마법을 날리는 안나와 어둠 마법을 날리는 배스거스 씨.

하이린스 씨는 이 틈에 자신에게 치료 마법을 사용하고 있었다.

지룡의 공격은 방패로 막아 냈는데도 하이린스 씨에게 대미지를 입혀 놓았다.

지룡의 HP가 잇따라 줄어들었다.

하지만 지룡이 화염의 회오리바람을 날려버린다.

입속에서는 브레스의 광채가 빛나고 있었다.

숨을 들이켜는 동료들의 앞으로 내가 나아갔다.

지룡의 브레스와 내 마법이 맞부딪쳤다.

내가 발동한 것은 성광 마법 LV 7의 마법.

성광선(聖光線)이라는 이름의 상당히 멋없고 촌스러운 마법이었다.

그렇지만 이름과 달리 효과는 뛰어났다.

발사된 광선은 지룡의 브레스를 밀어내고 역으로 대미지를 입혔다.

주둥이가 날아간 지룡의 몸이 천천히 쓰러진다.

지룡의 HP는 0이 되어 있었다.

《경험치가 일정 수치에 도달했습니다. 슈레인 재건 애너레이트가 LV 28에서 LV 29으로 성장했습니다.》

《각종 기초 능력치가 상승했습니다.》

《스킬 숙련도 레벨 업 보너스를 습득했습니다.》

《스킬 포인트를 입수했습니다.》

《조건을 충족시켰습니다. 칭호 〈용(龍) 살해자〉를 획득했습니다.》

《칭호 〈용 살해자〉의 효과로 스킬 〈천명 LV 1〉과 〈용력 LV 1〉을 획득했습니다.》

《〈천명 LV 1〉이 〈천명 LV 6〉에 통합되었습니다.》

《숙련도가 일정 수치에 도달했습니다. 스킬 〈천명 LV 6〉이 〈천명 LV 7〉로 성장했습니다.》

아무래도 용을 쓰러뜨림으로써 칭호를 얻은 듯했다.

"용 살해자로군요. 이제 저희들도 전설의 파티라고 행세할 수 있겠어요."

카티아가 농담조로 말했다.

아마도 이 칭호는 마지막 일격을 가한 나뿐 아니라 전투에 참여한 전원에게 주어진 듯했다.

"후유. 한때는 어떻게 되는 줄 알았는데, 설마 용 살해자를 달성할 줄이야."

배스거스 씨가 방심하지 않고 지룡의 시체로 접근했다.

"이놈의 시체는 내가 맡아 두도록 하마. 문제없겠지?"

"그럼요. 잘 부탁드립니다."

마물의 소재는 부위에 따라 다양한 용도로 활용된다.

용처럼 강한 마물이라면 가치를 가늠하기 어려웠다.

공간 수납용 도구를 갖고 있는 배스거스 씨라면 거대한 시체라 해도 운반할 수 있었다.

용의 거체는 배스거스 씨가 지닌 가방 속으로 빨려들어 갔다.

"이 녀석이 대통로에서 가장 위험한 마물입니까?"

"바보 같은 소리. 이런 거물은 보통 없다고. 대통로에서 가장 까다로운 놈은 더 아래의 랭크에 있는 지룡(地竜)이야. 이놈은 아마도 지룡(地龍)으로 진화한 녀석이겠지."

"그렇군요. 어쩐지 레벨이 낮다 했습니다."

"그렇지? 다른 마물의 모습이 안 보였던 이유도 진화한 이놈이 닥치는 대로 잡아먹고 다녔기 때문일 게야."

경험을 쌓은 마물은 때때로 진화를 한다.

진화하면 레벨이 1로 돌아가면서 보다 상위의 존재로 거듭난다.

그리고 진화 직후의 마물은 급격한 시장기를 느끼기 때문에 대단히 호전적으로 활동한다.

지룡은 레벨도 낮았고 SP가 처음부터 줄어든 상태였다.

진화해서 아직 오래되지 않았다는 증거였다.

"용(龍) 살해자라. 율리우스와 같이 다닐 때는 용(竜)까지 쓰러뜨렸었는데. 저세상에 올릴 좋은 선물을 얻었어."

하이린스 씨가 복잡한 표정으로 웃었다.

"하이린스 씨가 지룡의 공격을 막아준 덕분이네요."

"막아내는 것이 고작이었지만 말이야. 그래도 방패수로서 제 역할은 했다고 봐도 되려나."

"물론입니다. 덕분에 부상자도 나오지 않았습니다. 정말 감사합니다."

"감사는 무슨. 내 역할인걸. 게다가 마무리를 지은 사람은 너잖냐. 아주 잘했다."

하이린스 씨는 그렇게 말하면서 내 머리를 살짝 거칠게 쓰다듬었다.

"그만하세요."

웃으면서 그 손을 피했다.

강적을 쓰러뜨렸기에 풀어진 분위기가 흐르고 있었다.

그때 오한이 치달렸다.

뒤돌아본다.

그것과 시선이 교차했다.

바위의 위에서 이쪽을 내려다보는 여덟 개의 무기질적인 시선.

악몽의 잔재라 불리는 마물이었다.

바위 위에 있는 그것.

새빨간 여덟 개의 눈이 무기질적으로 나를 응시했다.

크기는 별로 대단하지 않았다.

하지만 존재감은 이제껏 봐 왔던 어느 마물보다도 거대했다.

나는 움직이지 못했다.

다른 일행도 마찬가지였다.

돌멩이처럼 굳어버린 듯 미동도 하지 못한다.

저 하얀 거미의 모습을 지닌 마물에게 흡사 심장을 틀어잡힌 심정이었다.

『용사?』

불현듯 목소리가 들렸다.

소리로 들린 말은 아니었다.

염화였다.

나를 향해서 건넨 말도 아니었다.

나는 단지 누군가를 향해 발한 그 염화를 훔쳐들은 것에 지나지 않았다.

『용사.』

그리고 그 누군가는 어느새 그곳에 있었다.

여기저기에 있었다.

『지배자?』

『지배자.』『지배자.』『지배자.』『지배자.』『지배자.』

『감정 불능?』

『감정 불능.』『감정 불능.』『감정 불능.』『감정 불능.』

『지배자?』

『지배자.』『지배자.』『지배자.』『지배자.』『지배자.』

『전생자?』

『전생자.』『전생자.』『전생자.』『전생자.』『전생자.』

『그런데도 약하다?』

『약하다.』『약하다.』『약하다.』『약하다.』『약하다.』

『약하다, 약해.』『약하다, 약해.』『약하다, 약해.』『약하다, 약해.』

여기저기에서 울려 퍼지는 염화의 목소리.

어느새 바닥에, 벽에, 천장에, 온갖 장소에 그것들은 있었다.

무수히 많은 붉은 시선.

어디를 둘러봐도 빼곡한 백색.

너무나도 아찔한 광경에 사고가 정지했다.

아니, 생각해라.

이 녀석들은 분명한 의사를 지닌 채 언어를 구사하고 있다.

개중에는 흘려듣지 못할 단어도 있었다.

"전생자를 알고 있는 건가?!"

나는 각오를 다지고 말을 건넸다.

배스거스 씨의 눈이 휘둥그레지는 것이 보였지만 이것만큼은 반드시 묻지 않을 수 없었다.

『알고 있어.』『알고 있어.』

『모를 리 없지.』

대답이 돌아왔다.

의사소통이 이루어지고 있다.

이 녀석들은 지성을 지니지 못한 마물 따위가 아니었다.

"어떻게 그 말을 알고 있지?"

『마스터.』『마스터.』

『마더.』『마더.』

"너희가 말하는 마스터는 전생자인가?"

『금방 알게 될 거야.』

『곧 알 거야.』

『이제 곧.』

『얼마 뒤.』

"무슨 뜻이지?"

『선언.』

『선고.』

『종말의 시작.』

『세계가 시작된다.』

『세계가 종말한다.』

하얀 그림자가 천천히 사라져 간다.

"잠깐, 잠깐만! 대체 무슨 뜻이야?!"

『알아봐야 의미가 없어.』

『어차피 죽어.』

『모두가 죽어.』

『살려면 발버둥 쳐봐.』

직접 말로 하지는 않았지만 그때까지는 가만히 놓아주겠다는 선고를 들은 기분이었다.

그리고 악몽의 잔재는 우리의 앞에서 모습을 감췄다.

"멍청한 놈!"

배스거스 씨의 주먹이 내 안면을 후려갈겼다.

나는 저항하지 않고 그 주먹질을 순순히 감수했다.

더욱더 나를 때리려고 덤벼들려고 하는 배스거스 씨를 하이린스 씨가 양쪽 겨드랑이를 붙들어 잡아서 말렸다.

"말했을 텐데! 악몽의 잔재와 마주쳤을 때는 아무 짓도 안 하는 게 제일이라고!"

몸을 단단히 붙들린 상태에서도 배스거스 씨는 노여움을 숨기지 않고 고함쳤다.

당장에라도 하이린스 씨를 홱 내동댕이칠 기세였다.

"기분 푸세요. 어쨌든 아무 탈 없이 무사히 보냈으니까 괜찮잖아요."

선생님이 달래자 배스거스 씨는 그제야 움직임을 멈췄다.

아직 노여움이 가라앉은 것 같지는 않았지만 더 이상 주먹을 휘두르지는 않으려나 보다.

"죄송합니다. 꼭 물어봐야 하는 말이었습니다."

"죽더라도 말이냐?"

날카롭게 노려본다.

저런 말을 들으면 아무 대답도 못한다.

"꼬마가 멋대로 죽고 싶다면야 상관없다. 하지만 다른 사람들을 끌어들이면 안 되지. 자살을 하고 싶으면 혼자서 하란 말이다."

"배스거스 씨, 말씀이 지나치세요."

선생님이 배스거스 씨에게 주의를 줬지만 이번에는 배스거스 씨의 말이 옳았다.

나는 내가 알고 싶다는 이유 하나 때문에 위험한 악몽의 잔재를 상대로 돌발 행동을 벌였으니까.

배스거스 씨가 하이린스 씨를 밀어젖혔다.

이제 주먹을 휘두르는 일은 없으리라고 판단했을까, 하이린스 씨는 순순히 배스거스 씨를 놓아주었다.

배스거스 씨는 그대로 조금 떨어진 곳에 있는 바위에 등을 기댄 채 질질 주저앉았다.

잘 보니 안색이 안 좋았다.

배스거스 씨는 악몽와 옛날에 조우한 적이 있다고 말했었다.

트라우마를 자극당했을지도 모르겠다.

새삼스럽게 다른 일행을 돌아보니 카티아와 안나는 주저앉아 있었고 하이린스 씨도 약간 얼굴이 핼쑥했다.

심지어는 페이도 표정이 굳어져 있었다.

태연한 것은 선생님뿐이었다.

"괜찮아?"

주저앉아 있는 카티아와 안나에게 말을 건넸다.

"허리에 힘이 안 들어가서 못 일어나겠어요."

"면목 없습니다."

저마다 울상을 지은 채 올려다본다.

약간 소름도 돋아 있었다. 어지간히도 무서웠고, 징그러웠나 보다.

마물치고는 비교적 작은 편이었지만 커다란 거미에 둘러싸여 있었으니까 그야 징그러울 만도 하겠지.

나도 적잖이 징그러웠으니까 여성들은 더더욱 그랬겠다.

"그 녀석들이 덤벼들었을 때 페이라면 막아 낼 수 있었을까?"

"음, 무리 아니려나."

페이는 내 물음에 자신 없어 하면서 대답했다.

"한 마리라면 아마 괜찮겠지만 그 많은 숫자가 덤비면 자신 없어."

"그렇겠지."

한 마리뿐이라면 나도 어찌어찌 감당할 수 있었다.

감정은 당연히 삼갔기에 정확한 스테이터스는 알지 못했다. 그렇지만 직감한 전투력은 방금 전 지룡과 동일한, 아니, 훨씬 위였다.

방금 전 지룡과 호각 이상으로 맞붙었던 페이라면 악몽의 잔재도 아마 감당해 낼 것이다.

하지만 상대가 단 한 마리였을 때의 가정이었다.

헤아릴 엄두도 나지 않는 수많은 무리를 상대한다면 절대로 승리를 바랄 수 없었다.

그래서 더더욱 악몽의 잔재의 기분에 따라 어떻게 급변할지 모르는 상황에서, 내가 부주의하게도 말을 건넸던 것은 모두의 목숨을 위협하는 아찔한 행위였다.

배스거스 씨에게 한 대 맞았지만 불평할 수는 없었다.

안내인으로서 우리 전원의 목숨을 책임지고 있는 처지인 만큼 내 경솔한 행동을 용납할 수 없었을 테지…….

"선생님은 대단하시네요. 아무렇지도 않은 얼굴이세요."

조금 안색이 나빠진 카티아가 홀로 태연한 표정을 짓고 있는 선생님을 돌아봤다.

"아뇨. 저도 많이 놀랐어요. 겉모습만 보면 귀여웠지만요, 내용물은 조금 기분이 나빴어요."

"귀엽다고요……?"

아, 저 말은 캐릭터 만들기가 아니라 진짜로 좋아해서 하는 말이다.

선생님, 전세 때부터 징그러운 생물을 좋아했으니까.

캐릭터 만들기의 일환이라고 생각했었는데 정말 거미 같은 생물을 좋아하는가 보다.

의외였다.

"그나저나 저 애들이 했던 말을 어떻게 생각하나요?"

악몽의 잔재들이 남겼던 의문의 몇몇 발언들.

"모르겠습니다. 정보가 너무 적어요."

애당초 악몽의 잔재라고 불리는 저 괴물들은 도대체 뭐지?

이쪽의 정보를 간파했다는 점을 봐서 높은 레벨의 감정 스킬을 지녔다는 사실은 틀림없다.

그에 더하여 인간의 말을 이해할 수 있는 지능.

우리에게 감지당하지도 않고 그토록 많은 숫자로 모여드는 은밀성.

염화까지 구사하는 동료들 간의 연계.

단편만 봐도 이만한 능력을 지니고 있다.

단지 마물이라고 표현하기에는 너무나도 이질적이었다.

도대체 정체가 무엇일까?

저것이 나타났을 때 있었다고 하는 악몽이라고 불리는 마물과 어떤 관계가 있을까?

"종말의 시작. 모두가 죽는다고……."

악몽처럼 불길한 발언.

그것만이 머릿속에 달라붙은 채 떨어질 줄을 몰랐다.

Schlain Zagan Analeit

슈레인 재건 애너레이트

본명 슈레인 재건 애너레이트. 애너레이트 왕국의 측실의 아들로 태어난 제4왕자. 일본의 고등학생이었던 기억을 지닌 전생자. 전세의 이름은 야마다 슌스케. 전생 전에는 평범한 남자 고등학생이었지만, 전생하고 나서는 비범한 재능을 주위에 과시하며 천재 취급을 받는다. 거의 같은 시기에 태어난 정비의 딸 스우레시아와 쌍둥이처럼 자랐다. 용사이자 같은 어머니를 둔 율리우스를 동경한 까닭에 형의 신념을 이어받고자 결심했다. 본인은 싸움을 좋아하지 않는 성격이지만 시대의 흐름과 갖가지 사건이 그를 사건의 중심 무대로 이끌어 낸다.

5. 진화

아크 타라텍트를 처치하고 주위의 안전을 확인한 뒤 그제야 한숨을 돌렸다.

살았다~.

으으, 힘들어.

마더에게 쫓겨 다닐 때도 진짜 죽는 줄 알았는데 게다가 도망친 곳에 딱 매복이라니…….

살의가 풀풀 풍기네요~.

왜 자꾸 부득부득 죽이려고 드는 거야?

게임이었으면 망겜 확정이잖아.

자, 이제부터 게임이 시작된다. 그런 때에 갑자기 라스트 보스가 뿅 튀어나오고, 도망친 곳에서는 사천왕이 기다리고 있는 느낌이잖아.

내가 뭔 잘못을 했다고…….

살아남았다는 기쁨보다도 무시무시한 피로감이 닥쳐들었다. 육체적으로도 정신적으로도.

이제껏 죽음을 각오한 적은 몇 번이고 있었지만 그중에서도 이번은 가장 위험했다.

거의 봉인했던 자폭기, 사멸의 사안까지 썼는데도 살아남을 가능성이 더 낮은 대모험이었는걸.

지금껏 나는 한 방 맞으면 끝장이라는 상황은 의외로 자주 겪었지만, 방금 전처럼 한 발 한 발 궁지로 내몰리면서 죽기 직전까지 몰린 경험은 적었다.

처음 하층에 떨어져서 벌에게 쏘였을 때, 아라바와 싸웠을 때 정도가 아닐까.

한 방 맞으면 끝장인 상황은 오싹한 느낌이었는데, 한 발 한 발 궁지로 몰리던 때는 그와 또 다른 긴박감이 있더라고…….

끙, 진짜 좀 봐 달라고요.

어쨌든 급한 위기는 탈출했다.

지금 내가 있는 이곳 마그마 호수 필드는 마침 중층의 한가운데 지점에 해당된다.

불에 약한 거미들은 여기까지 못 쫓아올 거야.

아크마저도 중층에서는 천천히 HP가 줄어들었으니까 그보다 못한 타라텍트종은 가만히 있어도 죽음을 피할 수 없다.

문제는 처음으로 봤던 인형 거미.

그놈들은 중층에서도 자유롭게 활동할 수 있을지도?

어휴, 걔는 대체 뭐냐고.

예지 님의 진화 트리에 표시되지 않았으니까 통상적인 타라텍트종하고는 달리 특수한 진화 형태의 타라텍트겠네.

돌연변이인지 뭔지 모르겠지만 정말 터무니없는 히든 카드였다.

마더 정도는 아니라도 해도 10000을 넘는 능력치를 보니까 덤빌 마음도 안 들더라고.

그 녀석이 내가 도주할까 봐 경계하느라 솔선해서 돌격하지 않았으니까 다행이었지만 만약 아크와 역할을 바꿨다면 위험했다.

아크를 방벽으로 내 도주를 막고 인형 거미가 나를 토벌했다면?

아, 응, 죽었겠다.

그것만큼은 배역 미스였어.

마지막 최후의 순간에 마더가 소소한 실수를 범해주었기에 살았다.

그럼에도 일찍이 겪은 바 없는 대위기였지만…….

자, 앞으로는 어떻게 할까?

일단 마더가 지금 뭘 하고 있는지 확인하고 싶었다.

마더와 열심히 교전 중에 있을 병렬 의사를 불러봐도 도중에 통신이 방해되는 듯한 감각이 느껴질 뿐.

아마 병렬 의사와 연결 자체는 끊어지지 않았어도 통화는 방해되는 것 같다.

그 대신 마더와의 연결도 옅어진 상태.

아마도 마더가 내 행동을 그토록 완벽하게 파악했던 건 마더가 지닌 권속 지배 스킬로 내 행동을 감시한 까닭이라고 짐작한다.

원래 그 스킬의 영향을 알아차렸기에 마더에게 반격하겠다는 발상을 떠올렸었고 나와 마더는 아직도 권속 지배 스킬로 연결돼 있다.

지배당하지는 않는다고 방심했었는데 행동을 감시하는 정도는 가능한가 보다.

지금은 스킬의 연결이 옅어졌으니까 마더에게도 내가 안 보인다는 의미 아닐까?

그렇다면 연결이 회복됐을 때 마더는 다시 한 번 공세를 펼칠지도 모른다.

내 위치를 훤히 들여다보면서.

반대로 말하자면 지금은 아마 내 위치를 놓쳤을 테니까 잠시나마 마음을 놓아도 되겠네.

어디까지나 예상이니까 과신은 금물이지만…….

그렇다면 선불리 천리안 같은 스킬을 써서 마더의 근황을 훔쳐보지는 말아야겠다.

경솔한 짓을 했다가 들키면 무서우니까.

우선 이 장소에 머무르는 동안은 마더가 서둘러 이동한다고 해도 며칠은 여유가 있겠지.

그동안 병렬 의사가 마더를 쓰러뜨려준다면 만만세일 텐데.

어차피 정면으로 붙으면 승산이 없으니까 내게는 도망밖에 선택지가 없었다.

지금 경찰을 피해 도망치는 범죄자의 심정이 이해됐어.

거미 경찰 무섭네요.

일단은 지금 할 수 있는 일을 하자.

아까 아크를 쓰러뜨린 덕분에 레벨이 30에 도달했다.

그리고 스테이터스에 표시되어 있는 진화 가능이라는 문자.

후후후. 그렇다, 진화가 가능해졌다는 말씀!

특수 진화에 속하는 아라크네를 제외하면 마지막 진화였다.

후보는 하나뿐, 자나 호로와라는 마물로 진화가 가능하다고 한다.

자나 호로와, 진화 트리를 보면 마더와 같은 수준의 마물이었다.

그래 봐야 지금껏 거친 진화를 돌아보면 진화해도 능력치가 급격하게 뛰어오르지는 않을 듯싶었다.

진화를 했다고 해서 느닷없이 마더와 대등해지지는 않는다는 소리.

종족의 격으로는 대등해도 마더의 레벨은 89였고…….

진검 승부를 벌이려면 진화하고도 레벨을 89까지 안 올리면 무리.

그렇다지만 진화하면 조금이라도 능력치가 상승하는 데다가 스킬이 늘어날지도 모른다.

지금까지는 부식 공격이니 사멸의 사안이니 위력은 높아도 자폭 대미지가 커다란 댄저러스 스킬만 늘어났지만!

진화 중에는 무방비해져도 여기 근처의 마물은 아크를 때려눕히는 사이에 어딘가로 도망쳤으니까 문제없음.

옛날에는 이곳에서 진화를 하려면 목숨을 걸어야 했는데 이제는 마물들이 알아서 먼저 도망쳐준다.

식량을 확보하러 가는 건 귀찮아도 이런 때는 편리했다.

그런고로 진화 개시!

《개체, 에데 사이네가 자나 호로와로 진화합니다.》

넵.

다른 때처럼 의식이 흐릿해지지는, 않네?

어머나?

어찌 된 일이람?

앗, 혹시 수면 무효 때문인가?

나태의 지배자 칭호로 얻은 스킬, 수면 무효.

이 스킬은 수면 속성의 공격을 무효화할 뿐 아니라 수면을 취하지 않음으로써 발생하는 안 좋은 상태를 예방한다.

24시간 연중무휴여도 패널티가 발생하지 않는다.

게다가 잠들고 싶을 때는 평범하게 잘 수 있으니까 편리한 스킬이었다.

아마도 이 스킬 덕분에 진화할 때 정신을 잃어버리는 상황이 회피되나 보다.

그나저나 이게 진화구나.

조금 별난 느낌인걸.

통증은 전혀 없지만 몸이 안쪽에서 다시 만들어지는 감각이다.

전혀 다른 무언가로 바뀌는 느낌.

하지만 신기하게도 공포나 혐오감은 없었다.

《진화가 완료되었습니다.》

《종족이 자나 호로와로 바뀌었습니다.》

《각종 기초 능력치가 상승했습니다.》

《스킬 숙련도 진화 보너스를 습득했습니다.》

그 후 스킬이 줄줄이 레벨 업을 했다.

오오.

진화하면 스킬 레벨이 한꺼번에 올라간다는 사실은 알고 있었지만 이렇게 들으니까 새삼 굉장히 많은 스킬이 레벨 업을 하는구나.

《진화에 의해 스킬 〈불사〉를 획득했습니다.》

《스킬 포인트를 입수했습니다.》

응?

응응?

응응응?!

뭔가 지금 절대로 흘려들으면 안 되는 소리를 들었는뎁쇼?

넵?

뭐를 획득했다고요?

〈불사: 시스템 내의 죽음으로부터 벗어나게 된다.〉

이보세요~?!

진짜 이래도 되는 거요?!

요건 좀 아니잖소?!

이런 스킬을 쏙 끼워 넣다니, D 녀석은 얼마나 바보인 거야?!

고금동서 수많은 인간이 애타게 찾아 헤맸던 궁극의 사기 스킬이 아닙니까요, 요놈!

우하! 승리가 보이는구나!

안 죽는다면 마더를 상대로 돌격해도 문제없다는 소리잖아?

응, 절대로 안 죽는걸!

브레스를 얻어맞든 밟혀 뭉개지든 마법으로 산산조각이 나든 안 죽는다.

마음껏 좀비 어택.

아무리 마더가 대괴수라도 죽지 않는 상대와 줄곧 싸우다 보면 언젠가는 힘이 다한다.

우하하하하!

설마 진화했더니 느닷없이 문제가 해결될 줄은 상상 못했네!

이런 사기 스킬을 진화 한 번 했다고 입수할 줄이야, 그야 마더와 동격의 마물이라고 해도 수긍이 간다.

후유.

일단 진화로 줄어든 붉은색 스태미너를 보충하기 위해서라도 아크의 시체나 먹어 치울까.

아크의 시체를 우걱우걱 뜯어 먹으면서 스테이터스를 오픈.

〈자나 호로와 LV 1, 이름 없음

스테이터스

HP: 4293/4293(녹) + 1800 (상세)

MP: 13292/13292(청) + 1800 (상세)

SP: 2873/2873(황) (상세)

　: 1445/2873(적) + 0 (상세)

평균 공격 능력: 2833 (상세)　　평균 방어 능력: 2904 (상세)

평균 마법 능력: 12599 (상세)　　평균 저항 능력: 12545 (상세)

평균 속도 능력: 8361 (상세)

스킬

「HP 고속 회복 LV 9」	「마도의 극의」	「마신법 LV 3」
「마력 부여 LV 8」	「마력격 LV 1」	「SP 고속 회복 LV 2」
「SP 소비 대완화 LV 2」	「파괴 강화 LV 7」	「참격 강화 LV 9」
「상태 이상 대강화 LV 2」	「투신법 LV 1」	「기력 부여 LV 6」
「용력 LV 8」	「맹독 공격 LV 7」	「부식 공격 LV 5」
「외도 공격 LV 6」	「독 합성 LV 10」	「약 합성 LV 8」
「실의 천재 LV 1」	「만능 실 LV 7」	「실부림 LV 10」
「염동 LV 3」	「투척 LV 10」	「사출 LV 4」
「공간 기동 LV 9」	「집중 LV 10」	「사고 초가속 LV 1」
「미래시 LV 1」	「병렬 의사 LV 8」	「고속 연산 LV 7」
「명중 LV 10」	「회피 LV 10」	「확률 보정 LV 9」
「은밀 LV 10	「미채 LV 3」	「무음 LV 9」

「폭군 LV 2」 「단죄」 「나락」
「퇴폐」 「불사」 「외도 마법 LV 10」
「바람 마법 LV 7」 「흙 마법 LV 10」 「대지 마법 LV 3」
「그림자 마법 LV 10」 「어둠 마법 LV 10」 「암흑 마법 LV 5」
「독 마법 LV 10」 「치료 마법 LV 10」 「공간 마법 LV 10」
「차원 마법 LV 5」 「심연 마법 LV 10」 「인내」
「오만」 「노여움 LV 4」 「포식 LV 8」
「나태」 「예지」 「파괴 내성 LV 6」
「타격 내성 LV 7」 「참격 내성 LV 7」 「관통 내성 LV 2」
「화염 내성 LV 3」 「바람 내성 LV 4」 「흙 내성 LV 9」
「중압 대내성 LV 2」 「상태 이상 무효」 「산 내성 LV 7」
「부식 내성 LV 8」 「기절 내성 LV 6」 「공포 대내성 LV 1」
「외도 무효」 「고통 무효」 「통각 대경감 LV 5」
「밤눈 LV 10」 「천리안 LV 8」 「주원의 사안 LV 7」
「정지의 사안 LV 6」 「인척의 사안 LV 3」 「사멸의 사안 LV 5」
「오감 대강화 LV 2」 「지각 영역 확장 LV 6」 「신성 영역 확장 LV 7」
「성마」 「천명 LV 3」 「순신 LV 8」
「내구 LV 8」 「강의 LV 3」 「성채 LV 3」
「위타천 LV 7」 「마왕 LV 5」 「금기 LV 10」
「n%I=W」

스킬 포인트: 3600

칭호

「악식」 「혈족 포식자」 「암살자」

「마물 살해자」　「독 술사」　「실 술사」
「무자비」　「마물 살육자」　「오만의 지배자」
「인내의 지배자」　「예지의 지배자」　「용(竜) 살해자」
「공포를 불러오는 자」　「용(龍) 살해자」　「나태의 지배자」
「마물의 재앙」　「패자」〉

흠흠.

단순한 능력치 상승 폭은 별로 안 높네.

지금까지 진화했을 때의 능력치 상승 폭이 대체로 레벨 업 때와 비슷했는데 이번에도 그런가 보다.

변함없이 마법 관련의 능력치만 만 단위이고 그다음으로는 속도가 높았다.

스킬 중 주목할 만한 부분은 불사 말고는 상태 이상 무효이려나.

불사의 임팩트 때문에 흘려들을 뻔했지만 진화가 완료됐을 때 패자인가 하는 칭호를 획득했었다.

그때 상태 이상 내성이라는 스킬을 득템했는데 이제껏 갖고 있었던 독 내성이며 수면 무효 등등 상태 이상 관련의 내성 스킬이 전부 통합돼서 단번에 무효 수준에 도달했다.

〈패자: 습득 스킬「파괴 강화 LV 1」「상태 이상 내성 LV 1」. 습득 조건: 패자로 인정받는다. 효과: 제 모습을 목격한 사에게 외도 속성「공포」의 효과를 부여한다. 설명: 패자로 인정받은 자에게 수여하는 칭호.〉

해냈구나, 거미 양! 공포가 늘어났다고!

뭐랄까, 참, 소심한 사람이나 마물은 나를 보기만 해도 기절하겠네?

아니, 그보다 패자로 인정받는다는 건 뭔 소리야?

누구한테?

『물론 관리자랍니다.』

굉장히 아름답지만 그럼에도 듣다 보면 불안감이 치솟는 목소리가 들렸다.

어느새 바로 근처의 지면에 스마트폰이 떨어져 있었다.

내 마음속의 의문에 대답한 것은 스마트폰에서 들려오는 목소리.

저 물건은 본 기억이 있다고 할까, 이 세계에서 스마트폰은 딱 한 번밖에 못 봤으니까 잘못 볼 수가 없다.

바로 자칭 사신(邪神) D의 물건이었다.

응, 못 본 걸로 하자.

못 봤어. 나는 아무것도 못 봤어. 안 들려.

『여보세요? D예요.』

아~ 아~.

안 들려요, 안 들려요.

『어머나, 어찌 된 영문일까요? 내 손에 어째서인지 거미 자폭 버튼이 있네요?』

잘못했어요, 봐주세요!

아니, 그 버튼은 또 뭔데?!

대체 언제 만들어 놨어?!

『농담이에요. 그런 버튼은 없답니다. 없어도 거미 한 마리로 검뿌

연 불꽃을 피우는 정도는 간단하니까요.』

아, 예.

전혀 안심이 안 되는데요.

『안심하세요. 당신처럼 재미있고도 우스운 인재를 헛되이 불사르지는 않아요.』

아, 그러쇼?

영광인뎁쇼.

그러면 이놈은 이만.

『자폭.』

잘못했어요!

『농담이에요. 농담.』

전혀 억양이 없는 목소리로 그런 소리를 하면 농담으로 안 들린다고…….

『자주 듣는 말이네요.』

그래, 또 무슨 용건인데?

『단순한 축하 인사예요. 불사에 다다랐잖아요?』

맞다.

저기, 도대체 왜 불사라는 스킬을 만들었어?

『인간은 가질 만큼 가지고 나면 최종적으로 무엇을 목표로 삼을까요?』

응?

『부, 명성, 무력, 권력, 그리고 불로불사. 어느 세계에서도 인간의 목표는 거기서 거기예요. 그리고 그런 목표를 정말 손에 넣을 수 있음을 안다면 어떻게 할 것 같아요?』

어떤 짓을 해서라도 거머쥐려고 하겠지.

아, 그런 건가?

『그런 거예요. 설령 손이 닿지 않음을 안다 해도 인간은 매달리고 싶어지거든요. 무엇을 제물로 바쳐서라도. 열심히 힘내보지만 결국은 손에 넣지 못한 채 힘이 다하죠. 그렇게 열심히 노력한 결정을 관리자가 냠냠 받아먹어요. 실로 효율적이지 않나요?』

여전히 성격 참 나쁘구나.

『사신이니까요.』

그런데 나는 불사를 뽕 얻어버렸잖아. 어떻게 된 거야?

『자나 호로와는 원래 불사의 마물이라는 설정이니까요. 설마 정말로 진화를 해내는 개체가 나올 줄은 예상을 못 했지만요.』

이보세요?

진화하면 안 되는 마물이었어?

『안 되지는 않아요. 다만 처음의 조아 에레도 대단히 발생이 드문 종이고요, 발생한다고 해도 진화 전에 죽도록 설계해 놓았거든요.』

응? 또 뭔 소리래?

『조아 에레한테는 부식 공격이 있잖아요? 하지만 부식 내성은 없고요.』

응? 그랬던가?

『네. 그러니까 보통 조아 에레는 부식 공격을 쓴 순간 자신도 죽음을 맞이하게 돼요. 다행이네요. 내성을 미리 갖고 있어서.』

맙소사?!

진짜냐~.

나도 모르는 사이에 죽을 뻔했던 거야?

『내성을 갖고 있던 덕분에 낫이 망가진 정도로 끝났던 거예요. 보통은 즉사예요.』

깜짝 놀랄 불량 스킬.

『상대를 죽이고 자신도 죽는다. 그런 모습 때문에 불길함을 상징하는 마물이라는 이야기가 전해 내려올 정도니까요.』

아~.

듣고 보니 진짜 불길한걸.

완전 함정 스킬이었잖아.

『에데 사이네도 본질은 바뀌지 않았어요. 보다 강력한 사멸의 사안을 획득하게 되니까요. 진화하기 전에 죽어버리겠지요.』

지금껏 자나 호로와로 진화한 개체가 있기는 했어?

『없었어요. 축하해요. 당신은 세계 유일의 유니크 몬스터가 되었답니다. 짝짝.』

기쁘기는 한데 댁한테 축하한다는 소리를 들어도 별로 기분 안 좋거든?

『어머, 내가 직접 축하해줬는데요?』

음, 그게 말이야. 지금까지 이런 일 저런 일을 떠올리면, 좀 그렇잖아?

『사신이니까요.』

어휴.

금기도 그렇고 불사도 그렇고 진짜 성격 나쁘다.

『조금 더 품위 있는 어휘를 사용해주면 기쁘겠는데요. 예를 들면 순수한 악의라든가.』

자기 입으로 말하는 시점에서 이미 아웃이잖아.

댁은 참 야비한 작자라고.

『금기는 잘 만들어진 시스템이라고 생각하지 않아요?』

생각 안 하거든?

나는 반쯤 외부인이니까 불쾌한 기분을 겪는 정도로 끝났지만, 원래부터 이쪽 세계에서 살았던 주민은 금기가 최고 레벨이 된 시점에서 발광하지 않았을까?

『과거에 금기를 최고 레벨까지 올린 인간은 제대로 된 최후를 맞이한 적이 없었네요.』

그렇겠지.

『그것을 포함해서 금기랍니다.』

역시 야비하잖아.

뭐, 자업자득이지만 말이야.

『그렇죠, 지금의 당신은 거기에 신경 쓸 상황이 아니겠지요.』

맞아.

마더를 어떻게든 처리 못하면 내일 아침 해를 만나 뵙지도 못한단 말이야.

주로 바깥에 못 나간다는 의미로…….

『전혀 자각을 못하는 것 같아서 말해주는데요, 그건 시스템 외 공격이거든요?』

아, 그런 거야?

『적어도 나는 당신이 지금 하고 있는 행위를 가능하게 해주는 스킬을 설치해 놓은 적이 없어요.』

흠흠.

뭐, 확실히 지금 내가 병렬 의사를 써서 마더를 공격하고 있지만 스킬로 어떻게 되는 방법은 아닌 것 같다.

그렇다면 나는 신의 영역을 편린이나마 쓰고 있다는 뜻이네?

『그렇게 되네요.』

후후후.

이제 내가 신이 되는 날도 가까워졌나 보군.

『기대하고 있어요.』

아니, 이런 때는 쓱 받아넘기지 말고 면박 한마디 할 줄 알았는데.

『진심이에요. 나는 당신이 우리의 영역에 도달하기를 기대하고 있어요.』

진심?

『그럼요.』

네 목적은 뭐야?

『말하지 않았던가요? 놀이라고요.』

아, 그랬다.

그랬었지.

『오늘은 기분이 좋으니까 서비스로 이것저것 설명을 조금 해줄까 하는데요?』

진짜로?!

『물론이에요. 내가 가르쳐줄 수 있는 범위라면 그 세계의 사정을 이것저것 알려줄게요.』

오오, 진짜입니까!

그러면 뭘 물어볼까?

우선은 말이야, 나는 왜 이쪽 세계로 전생한 거야?

『아, 그건 처음부터 자세히 설명할게요. 먼저 당신은 지구의 일본에서 죽었어요. 여기까지는 알고 있죠?』

넵.

역시 죽었구나.

그럴 것 같기는 했지만…….

『그 죽음의 원인 말인데요, 선대 용사와 마왕이 관계돼 있어요.』

응?

이 세계의 용사랑 마왕이 어떻게 지구에 간섭했다는 거야?

『선대 용사와 마왕은 둘 모두 차원 마법을 구사할 줄 알았고 상당한 천재였어요. 그들은 차원 마법을 개변해서 마침내 세계의 벽을 넘는 마법을 고안해 냈던 거예요.』

그런 게 가능해?

『가능하답니다. 불가능할 이유가 없잖아요? 다만 시스템 외의 기술까지도 시스템이 보조해주지는 않으니까요. 시스템의 보조에 익숙해져버린 이 세계의 주민들은 그런 고도의 술식을 제어하지 못했어요. 그 결과 술식은 폭발. 차원을 넘을 때 MA영역을 일부 파괴했고 세계의 벽을 넘은 끝에 지구의 일본의 어느 고등학교의 교실에서 폭발해버렸다는 사정이 있었네요.』

와.

어마어마한 민폐잖아.

MA영역을 파괴했다고? 멍텅구리 아니야?

아니, 그보다 거기에 말려들어서 죽은 나는 대체 뭐가 되는데.

『그러게 말이에요. 덕분에 나는 만들어 놓고 방치했던 그 세계의 시스템을 다시 점검해야 하는 신세가 됐었지요.』

방치라뇨.

『말했잖아요? 그 세계에서 나는 외부인이라고요. 그 세계를 관리하는 의무는 어디까지나 그 세계의 관리자에게 있어요. 나는 비록 시스템을 제공했지만 더 이상 개입하지는 않아요.』

그런 소리를 하면서 요즘 들어 꽤 간섭하고 있잖아.

『어쩔 수 없는걸요. 그 세계의 용사와 마왕이 폭주한 결과라지만 아무 죄도 없는 고등학생들이 죽은 데다가 시스템에 말려들었으니까요. 나도 원인의 일부이고 시스템의 구축자로서 최저한의 보상은 해야겠다고 판단했어요.』

응?

원인의 일부?

고등학생들?

『지금 그 세계에는 스물다섯 명의 지구인 출신 전생자가 있어요. 수업 중 교실은 차마 못 볼 만큼 무참하게 파괴됐고 생존자는 아무도 없었거든요. 그리고 당시의 충격으로 그때 죽었던 인간의 혼이 시스템으로 역류해 들어간 탓에 그쪽 세계에서 전생하게 된 거예요. 나는 그대로 두면 분해될 혼을 보존시키고, 본래 지녔던 혼의 힘과 기억이 온전한 상태로 살아갈 수 있도록 n%I=W 스킬을 부여

했어요. 그리고 적성에 따라 적당한 스킬을 하나씩 선물한 뒤, 되도록 혼의 파장이 비슷한 종족으로 전생할 수 있도록 주선했어요. 이만하면 최저한의 보상은 해줬다고 생각해요.』

어라, 진짜로?

나 말고도 있었구나.

응?

우리 반 학생은 몇 명이었더라?

분명히 스물다섯 명이었지?

그리고 선생님을 포함하면 스물여섯 명 아니야?

한 명이 부족한데?

『아, 그건 나예요.』

댁이라고?!

응응?

교실에 댁이 있었어?

『네. 그러니까 용사와 마왕의 마술이 하필이면 그 교실로 향했던 거예요.』

응응?

참고 삼아 묻겠는데 네 이름은?

『비밀이랍니다.』

응?

누구지?

그런 애가 있었나?

『뭐, 내 신변 이야기는 그만두고요. 시스템의 최고 관리자인 내가 교실에 있었으니까 사고가 일어난 셈이죠. 따라서 원인의 한 부분은 내게도 있어요. 나는 책임을 지기 위해서 이렇게 그쪽 세계에 간섭하고 있는 거고요.』

아하.

태어났을 때부터 위타천을 갖고 있었던 이유가 그 때문이었구나.

그럼 예지는?

지금껏 들은 얘기로는 다시 태어난 시점에서 책임이나 보상은 이미 끝났다는 느낌으로 말하지 않았던가?

『그때도 말했지만 열심히 노력한 상이랍니다.』

아, 그래.

일단 인사는 해야겠네.

고마워.

『별말씀을요.』

그래서 예지 같은 스킬을 안겨주고 금기를 최고 레벨로 만들어 놓고, 나더러 이 세계를 구하라고?

『그런 소리는 하지 않아요. 그 세계에서 당신은 무엇을 하든 자유인걸요. 나는 말리지도 않을 테고, 지시도 하지 않을 거예요. 방관자거든요.』

그럼 좋을 텐데 말이야.

『신용을 못 하겠어요?』

응, 사신이잖아.

『틀린 말은 아니네요.』

아, 맞다.

용사랑 마왕은 결국 뭘 어쩌려고 그런 멍청이 짓을 한 거야?

『짐작인데요, 나를 해치우려는 목적이 아니었을까요?』

왜?

『아마도 관리자를 적으로 간주하는 세력이 있나 봐요. 선대 용사와 마왕은 그들의 부추김에 넘어가지 않았을까 싶어요.』

구제 불능의 바보 멍청이라는 소리구나.

아아~.

그런 놈들이 교통사고와 다를 바 없는 불행한 사고를 일으킨 탓에 휘말려 죽었다니.

재수도 없지~.

『뭐, 보상은 해드렸으니까요. 이세계에 전생해서 무엇을 하든 당신의 마음이에요.』

아, 응.

그렇지.

사신 주제에 사후 처리를 성실하게 해줘서 고마워.

진지하게 하는 얘기야, 덕분에 살았어.

『별말씀을요.』

그래, 용사랑 마왕을 꼬드긴 놈들은 또 누구야?

『내가 가르쳐주면 재미가 없어질 테니까 본인의 눈으로 확인해보세요.』

와.

여기에서 끊기야?

『그래야 더 재미있잖아요.』

진짜 못됐다~.

그런데 말야, 아까 혼의 파장이 가까운 종족으로 전생했다고 말했는데. 나는 거미잖아?

『거미네요.』

내 혼이 거미에 가깝다고?

『파장이 꽤 잘 맞았나 봐요. 다른 분은 대부분 인족으로 전생했거든요.』

뭐라~?!

왜 나만?!

왜 하필 거미?!

나도 가능하면 인간으로 태어나고 싶었는데?!

태어난 순간부터 데스 서바이벌은 너무 파란만장이잖아!

『그렇지만 거미로 태어났으니까 이렇게 플라잉 스타트 비슷하게 활동해 왔던 거예요. 아주 꽝은 아닐지도 모른답니다?』

플라잉?

『네. 다른 분들은 아직 갓난아기거든요.』

아, 그런다.

알겠다.

아직 내가 태어난 지 별로 안 지났구나.

『그것도 있지만요, 출생도 인족보다 이른 시기였으니까요. 지구의 날짜 계산으로 말하자면 대강 반년쯤 빨리 태어났어요.』

흠흠.

그럼 반년만큼 플라잉을 한 데다가 갓난아기들이 옹알옹알하는 동안에 쭉쭉 성장했다는 건가.
『그렇게 되네요. 또 질문 있나요?』
그럼 말이야, 시스템이니 뭐니 귀찮을 텐데 왜 만들었어?
굳이 안 만들어도 댁이라면 어떻게든 수습이 되지 않아?
『굳이 수습할 이유가 없잖아요? 나는 사신이니까요.』
뭐, 맞는 말이네.
『당신의 행적은 앞으로도 즐겁게 지켜보도록 할게요.』
아니, 보지 말라고…….
『볼 거예요. 감자칩을 한 손에 들고 게임이나 하면서 구경할 거예요.』
아이고, 부러워라.
댁은 아직도 일본에 있는 거야?
『네.』
나도 돌아갈래!
『감자칩 맛있어요. 아, 새로 나온 아이스크림이 있었죠. 나중에 먹어야겠네요.』
죽어버려!
아이스크림!
『초콜릿이랑 바닐라가 있는데 어느 쪽이 더 맛있을까요?』
시끄러워, 닥쳐, 죽어라!
나한테 맛있는 간식 이야기를 하지 말란 말이다!
『아니다, 아끼면 뭘 하나요. 둘 다 먹어야겠어요.』
끄앙~!

『뭐, 농담은 이쯤 하고, 당신이 그녀에게 이길 수 있기를 기원할게요. 바라건대 살아남아서 좀 더 나를 즐겁게 해주세요.』

그래, 언젠가 댁의 따귀를 날리고 아이스크림 빼앗을 때까지는 안 죽을 테야!

『기대할게요. 또 봐요.』

스마트폰이 휙 사라졌다.

결국 자칭 사신은 수다만 떨고 사라졌잖아.

스마트폰이 사라진 다음 충분히 시간을 두고 몸의 긴장을 풀었다.

가볍게 수다를 떠는 듯 보였지만 나는 사실 상당히 긴장했었다.

D는 자칭 사신.

그리고 농담조로 거미 자폭 버튼이라는 소리를 해 댔지만, 정말 나를 죽이는 정도는 아무 일도 아닐 거다.

그야말로 텔레비전의 리모컨으로 전원을 켜는 가벼운 기분으로 나를 죽일 수 있다.

무슨 까닭인지 좋게 봐주고 있는 덕에 지금은 아직 죽일 것 같지 않지만 결국 D의 변덕에 따라 전부 달라져버린다.

본인이 말한 대로 D에게는 세계의 운명이니 개인의 삶과 죽음이니 하는 전부가 단지 놀이에 지나지 않았다.

살리든 죽이든 내키는 대로…….

자신에게 즐거움을 준다면 족하다는 거지.

전생자를 전생시킨 이유도 본인이 말한 대로 도의 때문은 아닌 듯 싶다.

아마도 그러는 편이 더 재미있으니까.

그런 이유 때문이겠지.

전생시켜줬다는 점은 감사한다.

하지만 우리 전생자는 아무리 발악해도 D의 장난감 이상의 의미를 지니지 못한다.

그래서 분했다.

분하지만 아무것도 못한다.

잔혹한 신은 이런 내 심정마저도 꿰뚫어 보고 있겠지.

거기에서 즐거움을 느끼고 있을 테니까.

마물 도감

file.16 자나 호로와

status【능력치】

Lv.01

HP ???／???

MP ???／???

SP ???／???

???／???

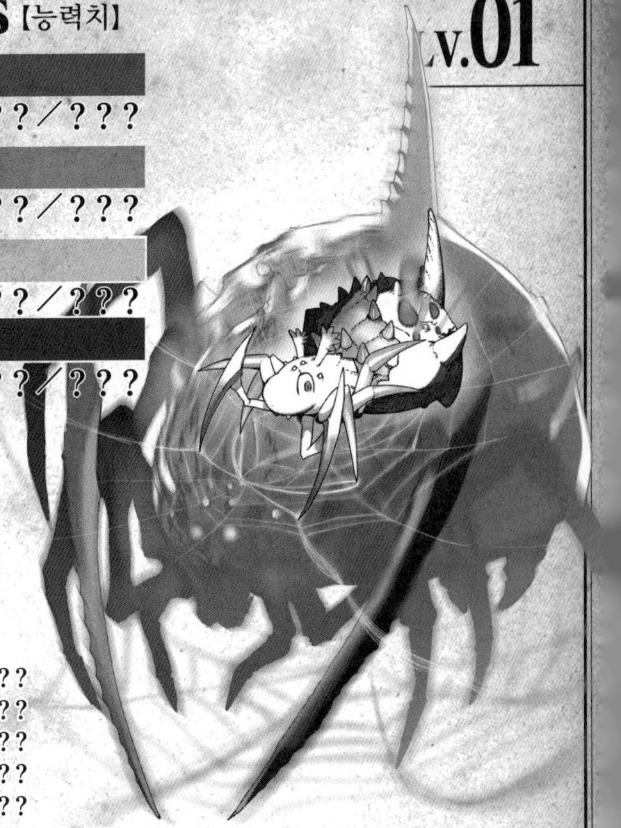

평균 공격 능력 : ???
평균 방어 능력 : ???
평균 마법 능력 : ???
평균 저항 능력 : ???
평균 속도 능력 : ???

skill【기술】

???

역사상 발견된 사례가 없는 마물. 그런 까닭에 자료가 없고 모든 사항이 의문에 감싸여 있다. 에데 사이네에서 진화한 형태라는 설이 있지만 역시 억측을 벗어나지 못한다. 자나 호로와 종으로 도달한 개체는「미궁의 악몽」하나뿐. 해당 개체는 신화급의 위험도로 추정된다.

S5. 엘로 대미궁 탈출

복도를 걷는다.

그러다가 교실에 도착해서 문을 열고 안으로 들어간다.

교실 안에는 이미 많은 학생들이 있었다.

남자가 몇 사람 모여서 서로 웃음 짓고 있다.

중심에 있는 사람은 나츠메였다.

옆에서는 사쿠라자키가 살며시 웃고 있다.

대화의 내용까지는 안 들리지만 분명 시시한 잡담이겠지.

내 자리로 향한다. 옆자리에 앉아 있던 하세베가 테마리가와, 후루타와 함께 열심히 수다를 떨고 있었다.

가방을 책상 위에 올려놓은 뒤 창가에서 쓸데없는 대화를 나누고 있는 카나타와 쿄야에게 다가간다.

도중 시야 한쪽으로 조용히 앉아 있는 와카바의 모습이 비쳤다.

시노하라가 아직 오지 않은 듯 와카바에게 괜한 시비를 붙이는 사람은 없어 보였다.

퍼뜩 카나타와 쿄야가 있는 위치와 반대쪽 창가에 쳐 있는 거미집이 눈에 들어온다.

까닭도 모른 채 거미집에 시선이 못 박혔다.

시선을 다시 떼었을 때 눈앞에는 소녀가 서 있었다.

마치 유령처럼 섬뜩한 용모.

그러면서도 눈은 형형하게 빛나고 있다.

리호코라고 뒤에서 수군거리는 소녀.

그 손이 내게 뻗쳐 오다가…….

"헉?!"

나도 모르게 몸을 벌떡 일으키고 말았다.

주변을 둘러보면서 이곳이 엘로 대미궁의 내부임을 확인한다.

그래, 예전에 내가 일본에서 다녔던 고등학교 교실이 아니다. 여기는 세계의 온갖 마물이 활개치고 다니는 미궁 안이다.

방금 꾼 꿈은 대체 뭐였을까?

모종의 암시인가?

엘로 대미궁에 진입한 뒤로 이상하게도 묘한 꿈을 꾸는 날이 많았다.

꿈에서 전세의 기억을 보는 건 대체 얼마 만이지?

이제는 이미 떠올리려고 해봐도 전세의 반 친구들 얼굴이 희미할 지경이었다.

나츠메의 얼굴을 떠올려봐도 이제는 유고의 얼굴밖에 떠오르지 않는다.

나 자신의 얼굴마저도 어느덧 희미해졌다.

그런데도 유독 리호코의 얼굴은 잊으려야 잊을 수가 없었다.

율리우스 형님의 유품인 하얀 목도리에 손을 뻗어 마음을 가라앉혔다.

아직 조금 더 잠들 시간이 있었다.

다시 수면을 취하고 체력을 회복시켜야 한다.

마음은 그랬는데도 결국 나는 그 이후 한숨도 잠들지 못하고 밤을 지새웠다.

악몽의 잔재와 조우한 뒤에는 놀랍도록 순조롭게 전진할 수 있었다.

막 진화한 지룡이 주변의 마물을 송두리째 잡아먹어준 덕에 거의 전투를 치르지 않아도 되는 부분이 컸다.

아마 마물이 적었던 이유는 지룡뿐 아니라 악몽의 잔재도 좋은 방향으로 작용했을 것이다.

악몽의 잔재와는 그날 이후로 일절 마주치지 않았다.

그리고 마침내 우리가 엘로 대미궁의 출구 부근까지 도착한 참이었다.

"절벽 구덩이?"

"그래, 맞다."

배스거스 씨의 말을 앵무새처럼 따라 했다.

미궁의 본래 출구는 아마도 제국병이 지키고 서 있다.

그들을 피하기 위해서라도 처음 진입할 때와 마찬가지로 정규 루트와는 벗어난 다른 출구로 나갈 필요가 있었다.

그 출구가 절벽 구덩이라고 한다.

배스거스 씨는 걸어가면서 설명해줬다.

"절벽 구덩이는 미궁에 몇 군데 나 있는 거대한 구멍을 가리키는 말이란다. 소문으로는 그 구덩이를 타고 아래로 쭉 내려가면 하층에 다다를 수도 있다던데 내려갔다가 돌아온 녀석은 거의 없어. 몇 안 되는 생존자의 증언에 따르면 절벽 구덩이의 바닥에 터무니없이 많은 마물이 득실거리고 있다던가. 게다가 상층에 있는 마물하고는 격이 다른 강력한 놈들뿐이라더군."

엘로 대미궁에는 아직도 불가사의가 많았다.

배스거스 씨조차 상층밖에 알지 못한다고 한다.

엘로 대미궁의 하층.

그런 위험 지대에는 가보고 싶지도 않군.

"그래서, 그 절벽 구덩이 중 하나가 지상까지 뚫려 있거든. 예로부터 미궁의 주인 격으로 대접받았던 신화급 마물, 퀸 타라텍트가 꿰뚫어 놓은 구멍이지."

이어진 설명에 의하면 우리가 아직 갓난아이였을 시절에 예의 악몽이라고 불리는 마물이 미궁의 바깥으로 나왔다고 한다.

그리고 그에 호응하듯 퀸 타라텍트 또한 암반을 붕괴시키면서 미궁의 바깥으로 출몰.

곧바로 파괴 활동을 개시해서 숲을 날려버린 데다가 산조차 무너뜨렸다.

다행히도 해당 지역에는 사람이 살고 있지 않았기에 인적 피해는 적었다지만, 지금도 당시에 발생했던 파괴의 흔적이 또렷하게 남아 있다고 한다.

말을 듣고도 금방은 믿기지 않았지만 실화가 맞다는 설명이었다.

만약 그 힘이 사람들의 거주지에 쏟아졌다고 생각하면 오싹해진다.

퀸 타라텍트와 동격의 신화급으로 분류되는 악몽과 직접 대면했었다면 배스거스 씨 수준의 전사라도 트라우마가 생길 만하겠다.

나도 그런 괴물과 마주친다면 털썩 주저앉을지도 모르겠다.

"이 절벽 구덩이에는 핀지고어트라는 마물이 둥지를 만들어 놓고 진을 치고 있지. 커다란 벌 마물이다. 한 마리 한 마리는 별로 강하지 않지만 숫자가 엄청나게 많거든. 게다가 괜히 구덩이겠냐, 단애 절벽을 등반하며 싸워야 해서 위험하기 때문에 출입구로는 거의 쓰이지 않지."

그렇구나.

수룡의 영역, 바닷속에 있던 입구처럼 절벽 구덩이 역시 출구로 사용되지 않는 이유가 있다는 셈이군.

그렇지만 우리에게는 페이가 있다.

페이의 등에 타면 마물 무리를 강행 돌파해서 올라갈 수도 있었다.

"사정은 알겠지? 믿고 부탁할게."

"나만 믿으시라. 음, 일단 뒤로 돌아서고."

절벽 구덩이의 앞에서 우리는 페이에게 등을 돌린 채 기다렸다.

허겁지겁 페이가 옷을 벗는 소리가 등 뒤에서 들려온다.

용 형태로 돌아갈 때 미리 벗어 놓지 않으면 커다래지는 몸을 견디지 못하고 옷이 찢어져버린다.

따라서 알몸이 될 필요가 있었는데 이곳은 미궁인 만큼 탈의실처럼 편리한 시설은 없었다.

결과적으로 우리가 등을 돌리고 보지 않는 사이에 용 형태로 변형하도록 했다.

다만 옷자락이 스치는 소리는 뭐라 표현할 수가 없었다.

어떻게 알아차렸는지 카티아가 내 귀를 틀어막았다.

나도 건전한 남자니까 소리를 듣는 정도는 용서해줘도 되지 않을까?

괜한 소리를 했다가 빈축을 살 테니까 말 안 하겠지만.

『기다렸지.』

페이가 염화로 말을 건넨다.

고개를 돌리자 용 형태로 변한 페이가 보였다.

곧바로 등에 올라탔다.

이제껏 의식하지 않았었지만 인간형을 봤기 때문인지, 페이도 여자아이였다는 생각에 퍼뜩 지금의 자신은 여자애의 등에 올라타 있다는 사실을 자각했다.

깨닫고 나니 왠지 모르게 안절부절못하게 된다.

"이상한 망상은 금지예요. 딴생각할 상황도 아니잖아요?"

내 생각을 읽은 카티아가 못을 박았다.

아니, 음, 알았어.

나도 엉뚱한 상상을 하지는 않는다고…….

하지만 건전한 남자로서 이런 부분은 어쩔 수 없이 저절로 의식하게 되니까, 그게 참 힘들다.

『남의 등에 타고 사랑싸움하면 혼난다? 떨어뜨릴까 보다.』

"미안."

뭔가 굉장히 기가 막히다는 듯 핀잔을 놓는다.

다시 마음을 단단히 먹고 페이에게 비행을 부탁했다.

절벽 구덩이에 돌입하자 금세 무수히 많은 벌이 날아들었다.

이름은 벌이었지만 상당히 컸다.

켰지만 감정해서 보니 별로 대단한 스테이터스는 아니었다.

페이가 꼬리와 발톱으로 후려치기만 해도 휙휙 나가떨어졌다.

우리도 마법을 날려서 윙윙 날아다니는 벌을 격추했다.

위협은 느껴지지 않았다.

다만 숫자가 너무 많아서 귀찮군.

『에잇, 짜증 나!』

아무래도 그렇게 느끼는 사람이 나뿐만은 아니었나 보다. 페이가 짜증스럽다는 듯 소리치고는 천천히 입을 벌렸다.

그리고 페이의 입에서 쏟아져 나오는 브레스.

브레스가 벌을 한꺼번에 숯덩이로 바꿔 놓았다.

암반을 꿰뚫었다는 퀸 타라텍트의 일격에는 미치지 못하겠지만 브레스를 다 쏘아 냈을 때에는 벌의 숫자가 눈에 보이도록 줄어 있었다.

『이대로 단번에 돌파할게!』

페이가 벌이 사라진 절벽 구덩이의 위쪽으로 상승했다.

잠시 후 좌우로 보였던 바위 표면은 사라지고 푸른 하늘이 펼쳐졌다.

오랜만에 보는 바깥 풍경.

며칠 만에 바라보는 햇빛이 눈부셔서 눈을 살짝 감았다.

이렇게 우리는 엘로 대미궁에서 탈출하는 데 성공했다.

6. 게릴라전

중층에서 며칠을 보냈다.

추후의 방침을 정하도록 하자.

우선 마더한테 무식하게 정면 돌격하는 어리석은 술책은 취하지 않는다.

아무리 진화 덕분에 불사 스킬을 얻었다 한들 못 당하는 상대는 못 당하니까.

스테이터스에서 압도적으로 뒤처지니까 좀비 어택을 해 봤자 효과는 미미하다.

그렇다면 병렬 의사가 성과를 올릴 때까지 기다리는 편이 차라리 현실적이었다.

게다가 D는 분명히 말했다.

『뭐, 농담은 이쯤 하고요. 당신이 그녀에게 이길 수 있기를 기원할게요. 바라건대 살아남아서 좀 더 나를 즐겁게 해주세요.』

살아남으라고…….

내가 불사 스킬을 획득했다는 사실을 알면서도 굳이 살아남으라는 표현을 썼다.

즉 불사 스킬을 보유했더라도 죽는 경우는 있다는 뜻.

모종의 꼼수를 쓰면 불사 스킬의 소유자를 죽일 방법이 있다든가 그런 식이겠지.

아니면 D가 굳이 살아남으라는 표현을 골라 쓰지는 않았을 것이다.

그 밖에도 불사자는 가둬 놓는 방법으로 대응할 수 있거든.

예를 들어 콘크리트 속에다가 봉인하면 어쩔 도리가 없잖아.

불사는 최후의 보험쯤으로 생각하는 편이 좋겠다.

그렇다면 내가 다음으로 해결해야 하는 문제는 역시 인형 거미였다.

하지만 인형 거미도 정면으로 싸워 봤자 승산이 없었다.

아라바 때처럼 말려 죽이는 방법도 가능하겠지만 승률이 낮았다.

그럼 나중으로 미루자.

마더와 인형 거미는 피하고 그 밖의 거미 군단을 표적으로 한다.

구체적으로는 상층에서 숨어 다니면서 틈을 노려 각개 격파하는 것.

게릴라전이로다!

인형 거미는 한 놈이 전부가 아닐 가능성도 있기에 조금 무서웠지만, 위험해지면 즉각 전이로 후퇴한다는 방침을 철저히 지키도록 하자. 그럼 어떻게든 견딜 수 있을 거야.

어디까지나 병렬 의사가 마더를 처리할 때까지 시간을 벌겠다는 취지로 소극적인 공세를 펼치면 된다.

잘 부탁한다고, 병렬 의사.

그런고로 위험이 들이닥치고 있는 중층에서 탈출합시다.

응. 아직 위치가 많이 멀지만 마더가 결국 중층에 나타났거든.

이제 여기에 머무르면 안 되겠다.

마더만 아니면 계속 중층에 틀어박혀 있고 싶은 심정이지만 마더는 용납하지 않을 테니까.

은둔형 외톨이 딸내미를 밖으로 쫓아내는 현모양처의 본보기.

알았어요, 마더.

저, 잠깐 나갔다 올게요!

그런고로 외출을 나왔습니다. 상층이에요.

왠지 거미 마물이 되게 많이 설치고 다니고 있는 상층이에요.

내가 아는 상층하고는 다른 느낌이 드는데 분명 기분 탓은 아닐 거야.

구체적으로는 이곳저곳에 거미 마물이 우글우글하다는 것.

못된 마더 같으니라고 산란을 쓰고 갔구나.

마더가 갖고 있는 산란 스킬은 이름 그대로 알을 낳는 스킬이다.

상대가 없어도 단성 생식으로 자식을 늘릴 수 있다.

나도 분명히 그런 방법으로 태어났을 거야.

그렇게 태어난 베이비 거미는 동족 포식으로 죽어 나가거나 약한 전투력 때문에 다른 마물에게 잡아먹히고 끝나는 것이 보통이겠지만, 이번에는 마더의 지배하에서 나를 몰아붙이겠다는 하나의 목표로 단결 중이었다.

물론 애네로 나를 해치우겠다는 기대는 안 할 테지만, 내가 어디에 나타났는지 이 녀석들을 써서 감시할 의도로 짐작된다.

그 수법에 감히 넘어가드리리다.

전이로 자유자재로 날아다니는 나를 따라잡을 수 있을까?

그런고로 거미 사냥이다~!

막 태어난 스몰 레서 타라텍트 따위는 전혀 두렵지 않도다!

아니, 애네는 가만히 내버려 둬도 알아서 죽어 나가거든.

옛날의 나처럼 너무 약했다.

약해, 약하다고!

뭐랄까 참 서글퍼질 만큼 약하다.

산란 한 번에 자식이 몇 마리나 태어나는지는 잘 모르겠지만 무사히 진화까지 해내는 개체는 한두 마리이거나 어쩌면 한 마리도 없지 않으려나?

그렇게 보면 나는 생존률 1퍼센트 미만의 가혹한 조건을 뚫고 살아남았다는 말이네.

물론 내게는 날 때부터 갖고 있었던 위타천, 전생 특전 스킬이 있었으니까 같은 조건은 아니지만…….

진화하기 전 겪었던 고생을 떠올리니까 왠지 서글퍼진다.

잠시간 우글우글 돌아다니는 남동생인지 여동생인지를 동정할 뻔했지만, 뭐, 이것도 약육강식의 숙명이라고 마음을 고쳐먹고 학살을 펼쳐 나갔다.

응? 너무하다고?

안 해치우면 내가 당할 테니까 너무하고 자시고 할 일도 아니랍니다.

그렇게 흘러넘치는 스몰 레서 타라텍트를 처치하다 보니 소란을 전해 들은 성체 타라텍트 등등이 달려왔다.

물론 평등하게 해치워준다.

성체 타라텍트가 되면 스테이터스가 쭉 성장하지만 지금의 내 상대는 못 된다.

최소한 그레이터 클래스가 아니라면 내 상대를 할 생각은 버리게나.

물론 그레이터가 된다 한들 기적이라도 일어나지 않는 한 나를 못

당하겠지만.

처음 하층에서 그레이터를 목격했을 때는 충격을 받았었는데, 지금은 그 수준을 훌쩍 뛰어넘었으니까 나 스스로도 깜짝 놀랄 일이야.

아차, 감개에 젖은 채 학살을 반복하는 사이에 급속도로 접근하는 기척이 탐지에 걸려들었다.

무시무시한 접근 속도와 인간 정도로 짐작되는 크기.

틀림없이 인형 거미였다.

놈을 감지한 순간 나는 전이 술식을 조합하면서 인형 거미가 들이닥치는 반대쪽으로 도망쳤다.

그리고 따라잡히기 전에 전이로 철수.

순식간에 풍경이 변한다. 이동한 곳은 마더에게 하마터면 죽을 뻔했던 미궁의 바깥.

미궁 안쪽에서만 이동하면 언젠가 도망칠 길이 막힐지도 모르기에 이렇게 짬 날 때마다 미리 행동 범위를 넓혀서 전이 가능한 포인트를 늘려 놓자는 계산이랍니다.

그런고로 잠시 열기가 가라앉을 때까지 바깥을 돌아다닌다.

그리고 하루쯤 지난 뒤에 또 상층으로 전이해서 거미 사냥을 재개했다.

그러기를 반복.

며칠 동안 이런 패턴으로 행동한 결과 미궁의 거미 사냥은 순조롭게 진행됐고 아크를 한 마리, 그레이터를 여섯 마리, 그 밖의 다수를 격파하는 성과를 냈다.

그중에도 아크를 한 마리 해치웠으니 큰 성과였다.

이러니저러니 해도 아크는 지금도 강적이었다.

달랑 한 마리라면 감당할 수 있지만 두 마리 넘게 동시에 덤벼들면 승률이 쭉 떨어진다.

앞으로도 아크가 몇 마리 더 남아 있을지 모르지만 한 마리라도 탈락시켰으니 커다란 전과였다.

그리고 거듭 덤벼드는 인형 거미를 보고 알아낸 사실인데 아무래도 녀석의 숫자는 한 놈이 전부인 듯했다.

매번 덤비는 놈이 전부 동일한 개체인 데다가 이런 상황에서도 전력을 아끼지는 않을 테니까 두 번째, 세 번째 인형 거미는 없다고 봐도 되겠다.

이것마저도 마더의 책략이고 방심했을 때 두 번째 인형 거미가 나타난다는 사태가 일어난다면? 별수 있나, 두 손 들어야지.

그런 수까지 쓴다면 순순히 패배를 인정할 수밖에 없겠다.

뭐, 타이밍을 딱 노려서 두 번째 놈을 보내지도 못할 테고. 애당초 있지도 않겠지만…….

한 마리가 전부인 지금도 결국 도주 말고 대책이 없고 말이야.

거미 사냥으로 내 레벨이 몇 번 올랐어도 그래 봤자 능력치의 차이가 단번에 줄어들지는 않는다.

마더를 쓰러뜨린다면 어쩌면 나를 추적하는 걸 포기할지도 모르겠지만 헛된 희망이겠지.

오히려 마더를 쓰러뜨렸다는 원한으로 더욱더 집념을 불태우면서 덤벼들지 않을까.

그렇게 생각하면 언젠가는 처치할 수단을 마련해야하는데 지금은 좋은 방안이 안 떠오른다.

아무튼 당분간 마더와 인형 거미를 피해 다니면서 그 밖의 전력을 줄일 수밖에 없겠네.

미궁 안은 대략 이런 상황이고 바깥에서는 바다에 도착했다.

해안선을 따라 쭉 이동하는 중인데 인간이 사는 마을이나 도시 등등은 아직 보이지 않는다.

바다를 따라 나아가다 보면 언젠가 항구나 어촌 같은 곳에 도착할 테니까 발견한 다음에는 어떻게 할까 고민해보자.

아마도 피해서 돌아가게 되겠지.

아직껏 병렬 의사하고는 연락을 취할 수 없었다.

그렇지만 연결이 느껴지는 만큼 마더한테 당하지는 않았을 거다.

분명 저쪽은 저쪽대로 열심히 싸우는 중이라고 믿도록 하자.

병렬 의사가 마더만 쓰러뜨려준다면 사태는 대폭 호전된다.

그때까지 나는 상대의 전력을 갉아먹으면서 버티면 된다.

이대로 시간을 끌면 분명히 마더를 쓰러뜨릴 수 있다.

지금 단계에서는 상황이 내 의도대로 진행 중이었다.

순조롭구나~.

만에 하나의 사태가 일어나도 불사라는 보험이 있고 말이야.

나는 방심했다.

방심한 줄 몰랐는데 그런데도 마음이 풀어졌었나 보다.

이때의 나는 알지 못했다.

D가 말했던 **그녀**가 마더라고 생각했었다.

실은 별개의 존재였고 나에게 접근하고 있었다는 사실을 그때는 물론 상상조차 못했으니까.

S6. 세계의 이면

"도움 많이 받았습니다."

우리는 배스거스 씨에게 머리 숙였다.

엘로 대미궁을 빠져나온 우리는 배스거스 씨의 근거지에서 하룻밤 신세를 졌다.

그리고 다음 날 아침 곧바로 엘프의 마을을 향해 떠나기로 했다.

배스거스 씨는 여기에서 이별이다.

"그래."

배스거스 씨는 짧게 대답하고 고개를 끄덕여줬다.

"그나저나 정말 지룡의 소재는 내가 전부 받아도 되는 거냐? 팔아넘기면 제대로 한몫 나올 텐데?"

"그럼요. 저희는 일정이 급한 데다가 가지고 다닐 여유도 없으니까요. 신세 진 보답으로 받아주세요."

"그러면 사양 않고 받도록 하마."

배스거스 씨는 히죽 웃었다.

"배스거스 씨. 혹시."

"꼬마야, 나는 보잘것없는 안내인이란다."

내 말을 가로막고 배스거스 씨는 불쑥 말했다.

저 말은 내가 지금 꺼내려고 했던 제안에 대한 대답이었다.

배스거스 씨는 역전의 전사다.

엘로 대미궁에서 겪은 전투로 충분히 실감할 수 있었다.

게다가 풍부한 경험으로부터 비롯된 뛰어난 판단력을 지니고 있다.
솔직한 심정으로 나는 이 사람과 계속 함께하고 싶었다.
그렇지만 배스거스 씨는 내 뜻을 부정하는 말로 답했다.
"안내인은 안내가 일이잖냐. 하물며 나는 벌써 전에 은퇴한 몸이고. 노인네가 설치고 다닐 자리는 이제 없을 게다."
그렇게 말하면서 웃음 짓는 배스거스 씨.
하지만 금세 웃음을 거둔 뒤 이번에는 진지한 얼굴로 입을 열었다.
"꼬마야, 그냥 내 감인데. 조만간 큰 사건이 벌어질 것 같구나. 근거는 없다. 다만 최근 몇 년 동안 차마 떨치지 못할 불안감이 언제나 들러붙어 다니던 건 사실이거든. 꼬마가 말려든 소동이 그 전조일지도 모르겠다."
분명 그랬다.
유고의 건이 전부는 아니었다.
마족과의 대규모 전쟁.
용사의 세대교체.
최근 들어서 세계의 동향은 대단히 활발해졌다.
"나는 꼬마들을 안내한 결과로 세계가 조금이나마 좋은 방향으로 나아가기를 바라고 있으마. 그렇게 된다면 안내인으로서는 더할 나위가 없는 행복 아니겠냐."
배스거스 씨가 손을 내민다.
"그렇게 될 수 있도록 최선을 다하겠습니다."
서로의 손을 꽉 맞잡고 우리는 굳은 악수를 나눴다.
"내 깜냥은 미궁을 안내하는 걸로 끝이다. 그렇지만 꼬마의 깜냥은 분명 훨씬 더 큼지막할 게다. 열심히 하라고."

배스거스 씨의 격려에 나는 무척 용기가 솟았다.

배스거스 씨와 헤어진 우리는 엘프의 마을을 향해 여행을 계속했다.

페이의 등에 타고 이동하기를 이틀.

사리엘라 국의 한쪽에 위치한 도시로 다라랐다.

도시에 들어가기 전 페이는 인간 형태를 취한 뒤 날개를 숨기기 위해 낙낙한 망토를 걸쳤다.

날개를 몸에 둘러 감고 그다음은 망토로 또 숨기는 거다.

그렇게라도 하지 않으면 페이의 날개는 눈에 띄었다.

이 세계는 판타지풍인데도 수인 같은 종족이 없었다.

따라서 필연적으로 날개 달린 인종도 존재하지 않는다.

망토 차림이라면 여행자의 장비라는 식으로 둘러댈 수 있겠지만, 사람들의 눈에 날개가 그대로 보였다가는 백안시당하거나 구경거리가 되거나 둘 중 하나였다.

내 생각은 그랬지만 사태는 예상보다 더 심각한 듯했다.

"사리엘라 국은 여신을 신봉하는 국가예요. 그리고 전승에 따르면 여신은 하얀 날개를 가지고 있다던가요. 페이의 날개를 보면 무슨 짓을 벌일지 모르겠어요."

그렇다고 한다.

선생님의 말로는 최악의 경우 여신을 흉내 내는 불순자로 낙인찍고 공격을 가할지도 모른다는 것.

혹은 반대로 우러러볼 수도 있다는 설명이었지만, 어쨌든 사고방식이 다른 터라 무슨 일이 일어날지는 선생님도 예상이 안 된다고 했다.

사리엘라 국은 여신교를 믿는 나라로 독자적인 사고방식을 지니고 있다.

그 때문에 신언교와 관계가 나빴고 심지어는 과거에 전쟁을 벌인 적도 있었다.

나 자신은 신언교도가 아니었지만 용사는 대대로 신언교의 관할하에서 활동해 왔다.

만약 내가 용사라는 사실이 발각된다면 쓸데없는 분쟁에 휘말려들게 된다.

최대한 눈에 띄지 않도록 처신할 수밖에.

페이는 좀 답답하겠지만 이 나라에 있는 동안은 부득이하게 참아줘야겠다.

지금의 나로서는 아무리 생각해도 이 세계의 종교가 수상쩍게만 여겨지니까.

“이 세계는 신의 유희로 인해 만들어진 세계예요.”

우리가 엘프의 마을로 출발하기 전날의 일.

선생님은 그렇게 전제한 뒤 말을 꺼냈다.

“우선 하이린스 씨와 안나 씨에게는 앞으로 엘프의 마을에 동행하는 데 있어서 저희의 정체를 말씀드리고 싶어요. 슌도 카티아도 괜

않을까요?"

나와 카티아에게 묻는 까닭은 우리가 전생자라는 사실을 말하고자 하는 의도로 짐작됐다.

나는 즉시 동의했지만 카티아는 수긍이 가지 않는 눈치였다.

"그 사실을 밝히는 이유는 엘프의 마을과 관련이 있기 때문인가요?"

"네. 거기부터 설명드려야 하거든요."

카티아의 물음에 망설임 없이 단언하는 선생님.

선생님의 단호한 태도에 카티아는 조금 고민한 뒤 고개를 끄덕였다.

"저와 슌, 카티아, 그리고 페이도 포함해서요. 저희는 이 세계가 아닌 다른 세계의 기억을 가지고 태어난 전생자예요."

선생님의 말에 하이린스 씨도 안나도 처음에는 영문을 모르겠다는 표정을 지을 뿐이었다.

그렇지만 다행히 이 세계에도 윤회전생이라는 개념은 존재하는 터라 거듭 설명하자 납득하는 분위기였다.

"그 말을 듣고 보니 이해되는 사안이 몇 가지 있군."

하이린스 씨의 발언.

"그런데, 오카 씨. 전생 운운과 방금 전 이야기는 어떤 관계가 있는 거지?"

"엘프의 의도와 제 희망에 관해서예요."

하이린스 씨의 질문에 선생님은 그렇게 대답했다.

"우선 슌이나 카티아에게는 이미 전달한 이야기지만, 엘프는 전생자를 보호하는 활동을 펼치고 있어요. 그 이유에 관해서인데요, 제 희망과 엘프의 의도가 합치된 결과예요. 제 희망은 물론 전생자의 신변과 안전을 확보하는 것. 이 세계는 여러분이 알고 계신 대로 마물이 돌아다니거니와 마족과 적대하고 있는 대단히 위험한 세계잖아요. 저희가 원래 살았던 세계는 평화로웠어요. 그래서 더더욱 전투에는 익숙하지 않죠. 저희 같은 전생자가 이 세계에서 살아가려면 힘든 일이 몹시 많아요. 저는 제 학생들을 구해 내기 위해서, 그리고 안전하게 생활할 수 있도록 엘프의 마을에 보호했어요."

보호라는 짧은 한마디로는 모자란 말이었다.

온 세계에 흩어진 전생자를 단서도 없이 찾아내는 것.

게다가 선생님 자신이 표현한 대로 위험이 도사리고 있는 세계에서…….

내가 느긋하게 유소년기를 보내는 동안 선생님은 온 세계를 뛰어다니며 전생자를 끌어모았다.

분명 상상 이상으로 가혹한 여행이었음이 틀림없었다.

그 편린은 뛰어난 마법 능력을 봐도 짐작할 수 있다.

"이게 제 희망이에요. 다만 엘프의 의도는 조금 달랐어요. 그들의 목적은 엘프가 적대하는 관리자라는 존재에게 전생자가 이용당하지 않도록 막기 위해서예요. 관리자란 다른 이름으로는 신을 의미하고요."

갑자기 이야기의 스케일이 거대해졌는데, 지금 발언이 이 세계가 신의 유희라고 운운했던 말로 이어진다는 사실을 알아차렸다.

"하나만 물어볼게요. 스테이터스란 뭐라고 생각하세요?"

"전투력을 나타내주는 숫자겠지?"

"맞아요. 그러면 어째서 그게 존재한다고 생각하세요?"

"그야, 신언의 신께서 그렇게 창조하셨으니까?"

선생님이 질문하고 하이린스 씨는 그에 대답한다.

하지만 나와 카티아는 선생님의 질문에 담긴 의미를 어렵지 않게 알아차릴 수 있었다.

이 세계에서 원래 태어났던 인간은 필시 의문으로 여기지도 않는다.

스테이터스란 무엇인가, 그런 의문 따위는 없었다.

태어났을 때부터 당연하다는 듯이 존재했으니까.

다만 우리 전생자는 스테이터스가 존재하지 않는 세계를 잘 알고 있다.

오히려 스테이터스라는 개념이 존재하기에 신기함을 느끼는 세계의 사정을…….

"옳은 말씀이에요. 신의 창조물이죠. 그러면 신은 무엇을 위해 스테이터스를 만들었을까요? 혹시 아세요?"

하이린스 씨는 질문에 대답하지 못했다.

"저희가 원래 살았던 세계에서는 신언이라는 소리가 들리지 않았어요. 레벨도 스테이터스도 스킬도 존재하지 않았어요. 노력하면 분명 능력을 성장시킬 수 있었죠. 하지만 숫자로, 눈에 보이는 형태로 나타낼 수단은 없었어요. 저희 전생자에게 레벨과 스테이터스, 스킬이라는 개념은 굉장히 이질적으로 보여요."

선생님의 말에 하이린스 씨는 놀란 눈치였다.

지금껏 당연하다는 듯 존재했던 개념이 다른 세계에서는 이질적인 존재로 취급받고 있다는 사실에…….

"레벨도 스테이터스도 스킬도 본래는 세계에 필요하지 않은 부분들이에요. 없어도 잘 돌아가는 세계가 있는 만큼 분명한 사실이죠."

그렇다, 지구에서는 스킬 따위가 없어도 생활할 수 있었다.

이 시점에서 나는 선생님이 어째서 이런 이야기를 하는지 조금은 알 수 있었다.

요컨대 관리자라는 존재가 레벨이나 스테이터스 및 스킬이라는 개념을 만들어 낸 다음 무언가에 이용하고 있다.

선생님이 들려주는 설명의 요지는 바로 그러했다.

"선생님, 전부 다 신이 만들어 냈다고 치고요. 그래서 목적은 뭐죠? 사람들을 싸움으로 몰아붙이기 위해서인가요?"

아마도 나와 같은 결론에 다다른 카티아의 질문.

하지만 카티아는 나보다 한 걸음 앞으로 나아간 듯했다.

사람들을 싸움으로 몰아붙이기 위해.

나는 하지 못한 발상이었다.

하지만 카티아의 말을 듣고 보니 이 세계의 스킬은 모두 전투와 관련된 것뿐.

마치 싸움을 권장하는 것처럼…….

"맞아요. 이 세계에서는 싸우면 싸울수록 레벨과 능력치와 스킬이 올라가죠. 그리고 싸움을 거듭하다 보면 언젠가 패배할 테고 그러면 죽게 돼요. 싸움이 많아질수록 사망자의 수도 많아지겠죠."

지당한 말이었다.

싸움이 많아지면 사망자도 많아진다.

자명한 이치를 굳이 설명하는 선생님의 의도를 알 수 없었다.

"그리고 생물이 평생토록 단련한 힘은 죽은 다음에 회수돼요. 관리자의 손에."

선생님이 꺼내 놓은 말은 천만뜻밖의 정보였다.

지금껏 들은 선생님의 이야기를 감안하면 힘을 회수하기 위해 관리자가 레벨이나 스테이터스 및 스킬을 만들어 냈다는 사실은 이해된다.

이해는 되지만 너무나도 황당무계한 이야기였기에 금방은 믿을 수가 없었다.

"관리자는 사람들의 힘을 거둬들이기 위해서 싸움을 조장하는 거예요. 인족과 마족을 전쟁으로 몰아붙이고, 또 양측의 대표가 되는 용사와 마왕을 지명하죠. 이번에 슌이 용사가 되었다고 들었을 때 저는 솔직히 눈앞에 캄캄해지는 기분이었어요."

내게로 화제가 돌아왔을 때 나는 심장에서 커다랗게 소리가 울리는 것을 느꼈다.

용사가, 관리자에게 지명당하는 인족의 대표라고?

게다가 인족과 마족을 전쟁으로 몰아붙이기 위해서?

"선생님, 그 정보의 신빙성은요?"

카티아가 의혹을 감추지 못한 채 물어봤지만 어쩔 수 없는 일이었다.

선생님의 이야기에 모순점이 없다고 해도 적당히 동화 같은 근거는 얼마든지 갖다 붙일 수 있으니까.

"예로부터 엘프에게 전해 내려오는 이야기예요."

"그래서 신빙성이 있다고 봐도 되는 건가요?"

카티아가 기막히다는 듯이, 그리고 난처하다는 듯이 되물었지만 무리는 아니었다.

엘프가 예로부터 믿어 왔다고 해서 반드시 사실이라는 법은 없었다.

"저도 사실 이 이야기가 모두 진실이라고 확신은 못하겠어요. 하지만 관리자라고 자칭하는 존재가 실제로 존재하는 건 분명해요. 제 눈으로 직접 관리자의 부하를 본 적이 있으니까요. 게다가 엘프는 다들 이 이야기를 진심으로 믿고 있어요. 굳이 위험을 감수하면서 전생자의 확보에 협력할 만큼은요."

선생님이 본인의 눈으로 관리자의 부하를 목격한 적이 있다면 관리자가 존재한다는 말은 분명 사실이 맞을 것이다.

하지만 엘프가 자신들의 속설을 믿는 것, 그로 인하여 전생자의 보호에 협력적으로 나온다는 데는 어떠한 관련이 있는 걸까?

이어지는 선생님의 설명이 내 의문에 대답해줬다.

"전생자는 태어날 때부터 강력한 스킬과 대량의 스킬 포인트를 보유하고 있어요. 이것들을 활용하면 전생자는 상당히 강력해질 수 있죠. 저희처럼요."

선생님이 나와 카티아를 돌아보면서 말했다.

확실히 나와 카티아, 그리고 그 자리에는 없었던 페이도 태어날 때부터 스킬은 물론 많은 스킬 포인트를 갖고 있었다.

그것들을 잘 활용하면 주변보다 일찌감치 강해질 수 있음은 우리가 몸소 증명해 보였다.

"그리고 모든 힘은 죽은 뒤 관리자에게 빼앗기게 돼요. 엘프는 그런 사태를 경계하기 때문에 전생자가 힘을 쌓는 것을 바라지 않았어요. 그래서 전생자를 모아 격리한 뒤 스킬이며 스테이터스를 단련하지 못하도록 한 거예요."

어째서 엘프는 그렇게까지 관리자에게 힘을 내주고 싶어 하지 않는 걸까.

전 세계에서 전생자를 수색하고 모아들인다는 어려운 과제를 직접 실행할 만큼…….

"그러면 혹시 힘을 기르기 전에 엘프들이 먼저 목숨을 빼앗는 건 아닌가요?"

카티아의 질문에 이때의 나는 숨을 멈췄다.

잘 생각해 보니 충분히 타당한 의문이었다. 아니, 오히려 그렇게 처리하는 편이 자연스럽다.

엘프는 선생님의 이야기를 들은 바 관리자인가 하는 녀석들에게 상당한 적의를 품고 있다.

장래에 전생자가 힘을 가지는 사태를 경계한다고 한다면 굳이 격리하고 감시하는 대신 아예 살해해버리면 훨씬 더 편하지 않겠는가.

카티아가 입에 담을 때까지 나는 그런 가능성의 존재 여부조차 헤아리지 못했다.

"그건 괜찮아요. 족장인 포티머스의 권위로 전생자를 살리기로 했으니까요. 저도 포티머스가 전생자를 살리려고 하는 정확한 이유는 잘 모르지만요."

왕도에서 우리가 탈출할 때 소피아에게 살해당했던 포티머스.

엘프의 친선 대사로서 왕국에 장기간 체류했던 포티머스가 엘프의 족장이었다는 사실은 처음 듣는 소리였다.

선생님의 말투로 보건대 엘프의 족장은 꽤나 강력한 권한을 보유한 위치임을 짐작할 수 있었다.

이미 죽어버린 이제는 그자의 본뜻을 알 도리가 없겠지만, 어쨌든 그는 전생자를 살리겠다는 선택을 했었나 보다.

"아마 포티머스에게는 모종의 의도가 있었을 거예요. 그는 합리주의자였거든요. 정 때문에 전생자를 살리려고 하지는 않았을 테죠."

선생님은 포티머스의 인품을 잘 이해하는 듯했다.

그도 그럴 것이 그자는 선생님의 부모였으니까.

"슌, 그런 표정 짓지 마세요. 분명히 포티머스는 제 부모지만, 별로 부모 자식다운 정이나 교분은 없었거든요. 저도 그렇고 그 남자도 그렇고 단지 서로를 이용했을 뿐이에요. 그러니까 슬퍼하는 마음도 별로 안 생기더라고요. 제가 박정한 걸까요?"

그때의 나는 어떤 표정을 지었을까.

곤란한 듯 쓴웃음을 짓은 선생님은 아무리 봐도 무리를 하는 것처럼 보였기에 견딜 수가 없었다.

"다시 설명드릴게요. 엘프의 비원은 관리자 타도예요. 그 때문에 우선 인족과 마족의 전쟁을 멈추고, 양 종족의 사이를 중재할 작정이었어요. 전쟁이 근절되면 사람들이 싸울 필요도 없을 테고, 스킬이며 스테이터스를 단련할 필요도 없죠. 그럼 관리자에게 넘어가는 힘도 줄어들어요. 인족의 입장으로 보자면 정신이 아득해질 만큼 원대한 계획으로 들릴 수도 있겠지만 엘프는 장수하니까요. 그런 계획을 실행할 시간과 끈기가 있는 거예요. 실제로 엘프의 시도는 잘 진행됐었대요. 선대 용사와 마왕이 싸움을 멈췄으니까요."

그렇지만요, 하고 선생님은 말을 계속했다.

"둘은 언젠가부터 모습을 감췄어요. 엘프는 관리자의 소행이라고 추정하고 있고요. 그리고 이번 대의 마왕에게는 아마도 관리자의 입김이 닿아 있어요. 아니면 이토록 대규모로 전쟁을 벌일 메리트가 없으니까요."

그때 하이린스 씨가 지은 표정은 잊지 못할 것이다.

분노하는 듯한, 괴로워하는 듯한, 어느 무엇이라고도 말할 수 없는 표정이었다.

하이린스 씨는 전쟁에 직접 참가했었다.

그리고 율리우스 형님을 포함한 동료 전원을 눈앞에서 잃어버렸다.

당시의 전쟁이 관리자인가 하는 녀석이 힘을 얻기 위한 목적만으로 발발했다는 설명은 인정하기 어려울 테지.

나 역시 그따위 시시한 이유 때문에 율리우스 형님이 죽어야 했다면 차마 용납할 수 없었다.

용납할 수 없었기에 더더욱 선생님의 이야기를 믿고 싶어지는 심정도 있었다.

그렇지 않은가.

누구보다도 세계의 평화를 바랐던 형님.

선생님의 이야기가 사실이라면 형님이 짊어졌었던 용사란 즉 전쟁의 기수일 뿐.

형님은 싸움을 끝내기 위해 손에 검을 쥐었다.

그럼에도 불구하고 선생님의 이야기는 애초의 시작을 부정하는 말이었다.

게다가 평화를 바랐던 형님의 힘이 하필이면 세계에 싸움을 강요하는 관리자의 손에 넘어갔다는 결말이니까.

그따위 현실을 어찌 용납하겠는가.

절대로 용납할 수 없었다.

형님의 신념을 짓밟아버린 관리자라는 존재를.

만약 선생님의 이야기가 진실이라면 나는 결코 관리자를 용서하지 못한다.

하이린스 씨도 분명 나와 같은 생각에 다다른 것이 틀림없었다.

그래서 더더욱 복잡한 표정을 짓고 있다.

"저는 이제껏 학원을 비운 동안에 전쟁을 막기 위한 엘프의 활동에 협력했었어요. 이런저런 의도가 있다고는 하나 엘프에게는 전생자의 보호를 맡아준 은혜가 있었으니까요. 그렇지만 저희의 활동이 허무하게도 전쟁은 일어나버렸네요."

"그랬군요."

선생님은 학원의 수업에 별로 참석하지 않았었다.

진상은 이래서였군.

구체적으로 어떠한 활동을 했는지는 가르쳐주지 않았지만 선생님은 그런 사람이었다. 학생에게 자신이 고생한 이야기를 늘어놓고 싶지는 않았을 테지.

"엘프의 활동은 관리자에게 전부 들여다보이고 있었나 봐요. 엘프에게 몰래 협력하고 있었던 마족분들은 숙청당했어요. 이번 사건의 목적도 역시 포티머스를 제거하는 것. 또한 엘프에게 협력했던 슌의 아버지, 국왕님과 레스톤을 살해하기 위해서였을 거예요."

"잠깐만요! 이번 반란은 유고의 소행이 아니었나요?"

선생님의 발언은 마치 관리자가 이번 사건을 일으킨 흑막이라는 것 같았다.

그리고 선생님은 긍정했다.

"유고……. 맞아요, 유고가 일으켰죠. 틀린 말은 아니에요. 다만 유고는 아마도 이용당했을 뿐이라고 생각해요. 곁에 소피아가 있었다는 사실이 바로 증거예요."

우리를 압도했던 소녀.

소녀의 정체를 선생님은 입에 담았다.

"그 아이의 이름은 소피아 케렌. 그리고 전세의 이름은 네기시 쇼코. 관리자의 편으로 돌아선 전생자 중 한 사람이에요."

Filimøs Harrifenas

필리메스 하이페너스

본명 필리메스 하이페너스. 엘프의 족장 포티머스 하이페너스의 딸. 일본의 고등학교 교사였던 기억을 지닌 전생자. 전세의 이름은 오카자키 카나미. 전생 전에는 학생들에게 오카 쌤이라는 친근한 애칭으로 불리면서 고전 문학을 담당했던 교사였다. 전생 후에는 어릴 적부터 옛 학생들을 보호하고자 활동에 나섰고, 많은 전생자를 엘프의 마을에 보호하는 데 성공했다. 하지만 행동 하나하나에 의문과 비밀이 많기 때문에 카티아는 수상쩍게 여기고 있다. 지금의 본명보다는 선생님, 오카 쌤이라고 불리는 경우가 더 많다.

「오카 쌤」

Character Collection

막간. 신의 앞잡이

나른한 표정을 하고 마차 바깥으로 휙휙 바뀌는 풍경을 바라보는 미녀.

맞은편에 앉아 있는 소피아 케렌의 자태를 보면 동성인 저마저도 눈길을 빼앗기는 기분입니다.

실제 연령은 아직껏 소녀라고 불리는 나이입니다만, 언제나 흘러나오는 아찔한 분위기 때문에 어른스럽다는 인상을 받습니다.

저 용모와 분위기는 그야말로 마성의 여인이라고 평하기에 모자람이 없겠습니다.

도저히 저와 같은 나이로 여겨지지 않는다는 것이 솔직한 감상입니다.

그렇지만 내면에는 의외로 어린아이 같은 부분이 있다는 사실은 별로 알려지지 않았습니다.

본인만 재미있고 즐거우면 족하다고 여길 뿐, 어떤 의미로는 가장 고집불통 같은 성격을 지니고 있습니다.

유감스럽게도 주인님의 나쁜 점을 이어받은 탓이죠.

지금도 마차의 바깥을 내다보는 자세는 한 폭의 그림 같습니다만, 머릿속에 있는 생각은 분명 심심하다든가 따분하다든가 하는 수준을 벗어나지 못했을 겁니다.

버릇없고 제멋대로이고 게다가 막무가내.

그렇지만 힘만큼은 흘러넘치도록 강합니다.

이보다 더 골치 아플 수가 없다는 말은 저 여성을 위해 만들어진 표현이겠죠.

제 쓰디쓴 내심을 알아차린 걸까요. 소피아 씨가 이쪽을 돌아봤습니다.

"뭐죠?"

"심심해."

아마도 제 속마음을 읽어 낸 것은 아닌가 봅니다.

그렇지만 심심한데 저더러 뭘 어쩌라는 걸까요?

"참으세요."

"후유. 이렇게 굼뜨게 이동하지 말고 차라리 내 다리로 달리면 훨씬 빠르겠네."

"그러고 싶으시다면 원하는 대로 하시죠."

쌀쌀맞게 받아치니 속을 다 드러내면서 얼굴을 찡그립니다.

어린아이 같습니다.

자기 다리로 달려가면 더 빠르다는 발상도 역시 어린아이 같기에 기가 막힐 따름입니다.

현재 저희는 유고 왕자가 지휘하는 제국군의 진군에 동행하고 있는 신분입니다.

진군, 즉 군대가 한창 단체 행동을 벌이는 중이죠. 저희가 비록 객장 대우를 받고 있지만 보조를 맞출 의무가 있습니다.

그런데 대체 왜 달려가면 더 빠르다는 발상이 나오는 걸까요.

분명 소피아 씨가 홀로 달리면 빠르겠지요.

그렇지만 혼자 앞서간들 결국 군대가 목적지에 도착할 때까지 시간을 때워야 하는 처지임은 변함이 없습니다.

이토록 간단한 예측도 할 줄 모르는 걸까요?

"너는 나를 싫어하지?"

"당연하지요."

뻔히 아는 소리를 왜 하나 모르겠습니다.

즉시 받아쳤더니 또 언짢은 표정을 짓습니다.

저 어린아이 같은 성격으로 벌이는 일을 수습하느라고 제가 떠안는 고생을 알려고도 하지 않기에 괘씸합니다.

이런 소리를 하는 저 또한 자신의 감정을 완전히 통제하지는 못하는 미숙한 사람입니다만…….

되도록 표정에는 내비치지 않으려고 노력한다 해도 내심의 감정을 완전히 억누르지는 못합니다.

더욱더 정진해야겠지요.

혹여 주인님께서 제게 소피아 씨의 감시역을 맡긴 까닭은 그러한 속뜻도 있는 것일까요?

아뇨, 주인님께서 아무리 대단한 분이셔도 그런 이유로 이 중대한 임무를 맡기지는 않으셨겠죠.

"좀 더 진지하게 집중하세요. 저희는 놀러 나오지 않았거든요?"

"나도 알아. 알긴 알겠는데, 심심한 건 심심하단 말이야."

저런 소리를 하면서 뭘 알겠다는 건가요.

"그런 생각은 머릿속으로만 하고 입 밖에 내면 안 됩니다. 바깥에서 행군하고 있는 다른 분들에게 미안하지도 않아요?"

저희는 마차에 타고 이동할 수 있도록 배려를 받았지만 행군하는 병사분들은 보행 중입니다.

개중에는 짐승의 등에 올라탄 기사도 있습니다만, 대부분의 병사는 보병인지라 무거운 갑옷을 입고 무기를 소지한 채 걷고 있습니다.

편하게 마차를 타고 가면서 심심하다고, 따분하다고 얄미운 소리를 한다면 뻔히 반감을 살 텐데 말이죠.

"왈도 님은 지금도 진지하게 일하고 계시는데 저희가 장난이나 치고 있으면 되겠습니까?"

저희의 동료인 왈도 님은 유고 왕자의 곁을 지키고 있습니다.

유고 왕자가 이쪽의 의도와 다른 행동을 벌이는지 여부를 감시하는 역할을 맡고 있죠.

"아, 걔는 얼마 전에 했던 실책을 벌충하려고 그러는 거니까 괜찮아. 조금이라도 만회하려고 애쓰는 꼴이 귀엽더라."

"그 말은, 본인에게는 하지 마세요?"

왈도 님은 저래 봬도 필사적이니까요.

얼마 전의 실책이라 함은 용사 일당이 도망할 적에 용의 브레스에 휩쓸렸던 건입니다.

애당초 용사 일행을 놓아주는 전제로 벌인 활동이었기에 전혀 문제는 없습니다만, 자신만 대미지를 입어버렸다는 사실이 본인으로서는 어쩔 수 없이 실책으로 여겨지나 봅니다.

게다가 반한 상대의 눈앞에서 벌어진 일이라면 더더욱이죠.

조금이라도 멋진 남자로 보이고 싶어서 귀찮은 업무를 선뜻 떠맡는 모습은 마치 충견 같았지만, 굳이 말하자면 제 호감도는 내려갔습니다.

소피아 씨의 호감도는 지금의 발언을 들어보니 올라가지도 내려가지도 않은 듯하네요.

연애 대상으로 보고 있기는 한지 모르겠습니다.

제게는 연애 경험이 아예 없기에 그러한 낌새를 두고는 뭐라 말을 못하겠군요.

"그 용도 전생자니까 졌다고 부끄러워할 일은 아닌데 말이야."

용사 일행과 벌인 전투에 끼어들었던 하얀 용.

주인님의 말씀으로는 역시 전생자라는 설명이었습니다.

소피아 씨도 실물을 본 다음 전생자라고 단언했으니까 틀림없겠죠.

"그럼에도 패배는 분한 일이죠. 또 좋아하는 사람 앞에서 꼴사나운 모습을 보이고 싶지 않다는 왈도 님의 마음을 좀 알아드리세요. 게다가 당신 역시 상대가 전생자라고 해도 만약 진다면 분할 테지요?"

전생자는 분명 강해질 수 있는 가능성을 품은 뛰어난 인재입니다.

제 눈앞에 있는 소피아 씨를 보면 잘 알 수 있습니다.

그녀도 전생자니까요.

그렇다고 당연히 패배한다는 식으로 단념하고 싶지는 않습니다.

"맞는 말이기는 하네."

소피아 씨도 오기를 부리는 구석이 있어서인지 순순히 제 말에 긍정을 표시했습니다.

"네가 그대로 용사와 싸웠으면 이겼을까?"

아주 갑작스러운 질문은 아니지만 주제가 살짝 어긋났습니다.

게다가 제가 바라지 않는 방향으로…….

"아마도 졌을 테죠. 제가 맡은 역할은 원거리에서 진로를 방해한 수준이었으니까요. 일대일 전투가 벌어졌다면 승산은 희박했을 겁니다."

용사와 싸웠을 때 저는 멀리 떨어진 곳에서 차크람으로 이동을 방해했었습니다.

그때 용사는 기절한 여성을 한쪽 손으로 안아 든 채, 게다가 병사에게 포위당한 상태였는데도 제 공격을 피했습니다.

이쪽도 견제에 그쳤을 뿐 본 실력을 발휘하지 않았다지만 난처한 상황에서도 버텨 낸 기량은 칭찬받기에 족합니다.

만약 만전의 상태에서 정면으로 맞부딪친다면 승산은 희박하다고 판단할 수밖에 없겠습니다.

전혀 승산이 없다고는 말하지 않겠습니다만…….

"흐음. 패배한다고 인정하는구나?"

소피아 씨가 얄미운 미소를 띠어 보입니다.

이러니까 저는 그녀를 싫어합니다.

"전력 분석은 정확하게 해야 합니다. 자기에 대한 과대평가도 상대에 대한 과소평가도 좋지 않지요. 공정하게 판단해야겠습니다."

"그래도 분하지?"

"안 되나요?"

그래요, 인정합니다.

저는 용사에게 뒤처지기에 분합니다.

그렇지만 그 이상으로 제 속내를 이 여자에게 지적당하는 지금의 상황이 짜증스럽습니다.

"안 되지는 않아. 누구든 지면 분한 법이니까."

게다가, 라고 요염한 입술을 움직이면서 다음 말을 흘려보냅니다.
"너의 그 짜증 난 얼굴을 보고 싶었거든."
"당신도 저를 싫어하지요?"
"물론이야."
정말이지 괘씸한 사람입니다.

7. 마왕 습격

둥실둥실 파도에 흔들리면서 떠다니는 나.

내리쬐는 햇볕.

푸른 바다.

주변이 이런 풍경이면 그야 헤엄치고 싶어질 만도 하잖아.

그런고로 해수욕을 즐기고자 바다로 돌격했지만 아무래도 나의 거미 몸뚱이는 물에 뜨기만 하고 가라앉지 않는 구조로 만들어졌나 보다.

덕분에 제대로 헤엄치지도 못하고 이렇게 둥실둥실 떠다니는 게 고작.

뭔가 생각했던 장면과 다르다.

이래서는 튜브 끼고 떠다니는 거랑 똑같잖아.

힘을 주면 일단 가라앉을 수는 있다.

하지만 잠깐 정신을 팔면 해수면으로 뿅 떠올라버리는걸요.

이래서는 수영이라고 할 수 없다.

전세의 내가 바다에서 헤엄칠 때면 그야말로 인어 공주가 이럴까 싶은 자태를 선보였었는데!

……잘못했어요, 거짓부렁이에요.

전세의 나는 익사체가 한계였는걸.

운동치를 얕보지 마라!

바다는커녕 수영장에서도 제대로 헤엄친 기억 따위 없도다!

푸른 하늘에 푸른 바다.

게다가 내 마음도 블루.

싫어~!

게다가 말이야, 떠나니고 있는데 뭔가 덮쳐들거든?

큼지막한 상어 비슷한 수룡(水竜)이.

전부 무찔러서 내 주변에만 피바다가 만들어졌단 말이야.

흘러나온 피가 또 다른 상어를 불러들인 탓에 내 주변에는 쉭쉭 헤엄치면서 돌아다니는 지느러미가 잔뜩 널려 있다.

끙, 왠지 귀찮아져서 마법을 쏟아붓고 피바다를 확대시킨 다음 뭍으로 올라왔다.

내가 대체 뭘 하는 거람.

요즘 들어서 거미 군단을 상대로 살벌한 생활을 보내서인지 조금은 놀아볼까 하고 기분 좀 내려는 것뿐이었는데.

결국 수룡을 학살해버렸잖아.

뭐가 이리 살벌하냐고.

거미 대 상어라니 B급 영화도 아니고…….

기분 전환을 하고 싶었는데 결과는 정신적으로 피로해지기만 했고 쓸데없는 시간만 보냈다.

아니, 상어가 꽤 강한 덕분에 경험치로는 유익한 시간이었다.

덕분에 레벨이 하나 올랐고…….

그렇지만 지금 상황에서는 레벨이 하나 올랐다고 아주 큰 변화는 아니란 말이야.

마더는 물론이고 인형 거미한테도 아직 멀고 멀었어.

마법만 견주자면 인형 거미하고 호각의 승부를 벌일 수 있겠지만 다른 부분은 전부 뒤지고 있으니까.

특히 속도 말고 물리 능력에는 아예 절망적인 격차가 있다.

어떻게 해야 할까.

〔드디어 연결됐다!〕

으앗?!

깜짝 놀랐네!

〔깜짝 놀랐을 텐데 미안하지만 본체, 지금 당장 도망쳐라!〕

넹?

꽤나 오랜만에 병렬 의사하고, 전직 마법 담당 1호하고 연결이 이어졌길래 놀랐는데 느닷없이 도망치라는 소리부터 해 댄다.

허둥지둥 주변을 확인해보지만 마더의 모습은 없음.

마찬가지로 인형 거미도 보이지 않고, 그뿐 아니라 다른 마물 역시 한 마리도 안 보인다.

위험 요소는 없어 보였지만 도망치는 편이 좋을까?

〔설명할 틈이 없어! 으으, 간단하게 말하면 그쪽으로 지금 괴물이 달려가고 있어!〕

응?! 마더가?!

〔아니야! 우리가 착각을 했어. 마더가 정점이라고. 하지만 아니었어. 마더보다 더 위가 있었던 거야!〕

응? 뭐라고?

이해가 잘 안된다.

대괴수 마더보다 위가 있다고?

그런 녀석이 세상에 존재한다고?

〔존재해. 게다가 지금 그쪽으로 가고 있다고.〕

금방은 믿기 어려웠지만 이렇게 병렬 의사와 통화가 가능해진 이유는 마더가 나의 위치를 파악하기 위해 본인과 나의 연결을 되살렸기 때문이었다.

그래, 뭔가 의미가 있어서 한 행동이다.

게다가 보고한 사람은 나 자신.

내가 나를 믿지 않는다면 누구를 믿겠어.

어쨌든 간에 일단은 도망부터 치고 보자.

하지만 내 판단은 늦었다.

아니면 도망치려고 했던 행위 자체가 처음부터 불가능했을 수도 있겠지만.

"****."

폭음.

그런 가운데서도 신기하게 또렷하게 들리는 목소리.

전체적으로는 혼란에 빠지며 무슨 일이 일어났는지 냉정한 부분의 내가 상황을 분석한다.

무언가가 이동해서 나타났다.

게다가 전이 마법 따위를 쓰지 않고 단지 고속으로…….

폭음은 뭔가가 착지했을 때의 충격.

방금 전까지만 해도 내 눈길이 가닿는 범위에 누구 하나 없었건만 시야의 바깥에서 순간 이동처럼 나타난 무언가가 착지한 충격.

말도 안 되는 속도였다.

파워 인플레이션 배틀 만화에서 뛰쳐나왔느냐고 따져 묻고 싶어질 만큼 상식을 내팽개치는 기막힌 방법으로 단번에 내 눈앞까지 나타났다.

그렇다, 눈앞.

마치 운석이 떨어진 것 같다고 생각되는 충격 때문에 내 몸은 여파만으로도 커다란 대미지를 입고 말았다.

그런데도 대미지 따위는 무시할 수밖에 없을 만큼 지금 나타난 존재는 파격적이었다.

《감정이 방해되었습니다.》

반사적으로 감정한 결과가 이것.

그래도 다시 한 번 예지의 힘을 담아 감정을 시도했다.

조금 저항이 느껴진 뒤 방어를 뚫고 감정이 성공하는 감각을 붙잡았다.

〈오리진 타라텍트 LV 139, 이름: 아리엘

스테이터스

HP: 90098/90098(녹) + 99999 (상세)

MP: 87655/87655(청) + 99999 (상세)

SP: 89862/89862(황) (상세)

: 89856/89856(적) + 99567 (상세)

평균 공격 능력: 90021 (상세) 평균 방어 능력: 89997 (상세)

평균 마법 능력: 87504 (상세) 평균 저항 능력: 87489 (상세)

평균 속도 능력: 89518 (상세)

스킬

「HP 초속 회복 LV 10」	「MP 고속 회복 LV 10」	「MP 소비 대완화 LV 10」
「마력 정밀 조작 LV 10」	「마신법 LV 10」	「마력 부여 LV 10」
「마법 부여 LV 10」	「대마력격 LV 10」	「SP 고속 회복 LV 10」
「SP 소비 대완화 LV 10」	「파괴 대강화 LV 10」	「타격 대강화 LV 10」
「참격 대강화 LV 8」	「관통 대강화 LV 9」	「충격 대강화 LV 10」
「상태 이상 대강화 LV 10」	「투신법 LV 10」	「기력 부여 LV 10」
「기능 부여 LV 10」	「대기력격 LV 10」	「신룡력 LV 10」
「신룡 결계 LV 10」	「맹독 공격 LV 10」	「강마비 공격 LV 10」
「독 합성 LV 10」	「약 합성 LV 10」	「실의 재능 LV 10」
「신직사」	「실부림 LV 10」	「염력 LV 10」
「투척 LV 10」	「사출 LV 10」	「공간 기동 LV 10」
「연계 LV 10」	「군사 LV 10」	「원화 LV 10」
「권속 지배 LV 10」	「산란 LV 10」	「소환 LV 10」
「집중 LV 10」	「사고 초가속 LV 6」	「미래시 LV 6」
「병렬 의사 LV 4」	「고속 연산 LV 10」	「명중 LV 10」
「회피 LV 10」	「확률 대보정 LV 10」	「은밀 LV 10」
「은폐 LV 10」	「무음 LV 10」	「무취 LV 10」
「제왕」	「감정 LV 10」	「탐지 LV 10」
「승화」	「외도 마법 LV 10」	「불 마법 LV 8」
「물 마법 LV 10」	「수류 마법 LV 5」	「바람 마법 LV 10」
「폭풍 마법 LV 10」	「남천 마법 LV 10」	「흙 마법 LV 10」
「대지 마법 LV 10」	「지진 마법 LV 10」	「벼락 마법 LV 10」

「전광 마법 LV 8」	「빛 마법 LV 10」	「성광 마법 LV 2」
「그림자 마법 LV 10」	「어둠 마법 LV 10」	「암흑 마법 LV 10」
「독 마법 LV 10」	「치료 마법 LV 10」	「공간 마법 LV 2」
「중압 마법 LV 10」	「심연 마법 LV 10」	「대마왕 LV 10」
「긍지 LV 5」	「격노 LV 9」	「폭식」
「찬탈 LV 8」	「휴식 LV 9」	「타음 LV 4」
「물리 무효」	「화염 내성 LV 5」	「수류 무효」
「폭풍 무효」	「대지 무효」	「전광 무효」
「성광 내성 LV 8」	「암흑 무효」	「중압 무효」
「상태 이상 무효」	「산 무효」	「부식 대내성 LV 7」
「기절 무효」	「공포 무효」	「외도 대내성 LV 6」
「고통 무효」	「통각 무효」	「밤눈 LV 10」
「만리안 LV 10」	「오감 대강화 LV 10」	「지각 영역 확장 LV 10」
「신성 영역 확장 LV 3」	「천명 LV 10」	「천마 LV 10」
「천동 LV 10」	「부천 LV 10」	「강의 LV 10」
「성채 LV 10」	「천도 LV 10」	「천수 LV 10」
「위타천 LV 10」	「금기 LV 10」	

스킬 포인트: 0

칭호

「인족 살해자」	「인족 살육자」	「인족의 재앙」
「마족 살해자」	「마족 살육자」	「마족의 재앙」
「요정 살해자」	「요정 살육자」	「요정의 재앙」
「마물 살해자」	「마물 살육자」	「마물의 재앙」

「용(竜) 살해자」 「용(竜) 살육자」 「용(竜)의 재앙」
「용(龍) 살해자」 「용(龍) 살육자」 「무자비」
「악식」 「혈족 포식자」 「암살자」
「독 술사」 「실 술사」 「인형 술사」
「통솔하는 자」 「패자」 「왕」
「고대의 신수」 「폭식의 지배자」 「마왕」 〉

솔직히 말할게. 모르는 게 나왔겠다.

칭호「마왕」을 보유한 존재.

소녀의 모습을 지닌 채 내 앞에 나타난 저것은 마왕이자 거미의 정점이었다.

"******, *******."

소녀의 모습을 지닌 괴물은 내게 친근하게 말을 건넸다.

그래 봐야 나는 당연하게도 이 세계의 언어를 모른다.

그래서 마왕이 무슨 말을 하는지 이해하지 못했다.

"***********, ****************?"

뭔가 물어보는 눈치였다.

뉘앙스로 간신히 알아차렸지만 정작 질문의 내용을 모르겠다.

일단 시간을 벌고자 하는 의미로 뭔가 리액션을 취해 보였다.

고개를 갸웃거리면서 다리를 입가로 가져가고 그다음은 흔들어 본다.

이 동작으로 무슨 말을 하는지 모르겠다는 뜻이 전해지면 좋을 텐데.

상대편은 문답무용으로 습격하려고 온 느낌은 아니었다.

대화를 시도한다는 것이 좋은 증거였다.

"***. ***************."

그런 줄 알았는데 아무래도 내 리액션이 마음에 들지 않았나 보다.

명백하게 마왕의 분위기가 변화한다.

잡담에서 전투태세로—.

전이는, 이미 늦었다.

조금 더 대화로 시간을 벌었다면 상황이 달라졌을 수도 있겠지만 술식이 완성되기 전에 살해당한다.

그렇다고 해서 달리 손쓸 수단도 없었다.

능력치의 숫자를 보면 마더마저도 빛이 바래질 정도…….

스킬은 있는 대로 모조리 갖췄으면서도 거의 다 최고 레벨을 달성했다는 느낌.

특히 내성이 아찔했다.

거의 모든 공격이 안 먹히는데 어떻게 상대하라는 거야?

이래서는 싸울 방법이 없잖아.

"***, ***********, ****."

마왕이 팔을 휘두른다.

단지 그뿐. 단지 그뿐이었는데도 내 몸은 산산조각으로 부서지고 말았다.

〔본체가 당했어.〕

내 말에 술렁술렁 다른 병렬 의사들이 허둥거렸다.

〔괜찮아. 어떤 트릭을 썼는지 모르겠지만 우리가 사라지지 않았어. 즉 아직은 죽지 않았다는 뜻이야, 아마도.〕

실제로 어째서 우리가 사라지지 않는가 나 자신도 의문이었다.

그러니까 죽지는 않았을 것이다, 아마도. 이렇게 애매한 표현이 고작이었지만 어쩔 수 없다.

어쩌면 본체가 죽어도 본체와 반쯤 분리된 상태에 놓인 우리는, 단지 운 좋게 안 죽었을 뿐이라는 가능성도 없지는 않았다.

그렇다면 지금의 우리는 몸 없는 혼뿐인 존재라는 뜻이 되는군.

만약 그런 상태라면 우리는 언제 사라질지 모른다.

이런 이례적인 사태에 시스템이 어떻게 반응할까 예측이 안 되지만 이 세계에 유령 따위가 존재할 리는 없으니까.

어떻게 해야 할까.

사태의 발단은 본체와 통신이 끊어진 다음에 벌어졌다.

본체의 근황이 신경 쓰였지만 정기적으로 통신 회복 여부를 확인하는 것 말고는 그때까지와 마찬가지로 마더의 정신체와 전투를 펼쳐 나갔다.

전투는 순조로웠다.

천천히 전황은 이쪽으로 기울고 있었고, 착각인지도 모르겠지만 마더의 정신체를 먹어 치울 때마다 우리의 힘이 늘어나는 느낌이 들었다.

아마도 옳은 가설이었다.

마더의 정신체는 달리 말하자면 마더의 혼.

또한 이 세계의 스테이터스와 스킬의 힘은 혼의 힘이라고 말해도 과언이 아니었다.

혼을 먹어 치우면 마더의 힘을 깎아 내릴 뿐 아니라 먹어 치운 만큼 우리의 힘으로 집어삼킬 수 있었다.

덕분에 시간이 지나면 지날수록 전황은 우리에게 점점 유리해졌다.

하지만 마더도 가만히 당하지는 않았다.

처음 낌새는 내가 감지했다.

마더는 어딘가로 연락을 하고 있다.

우리가 본체와 연락하듯이 마더도 스킬의 연결을 통해 누군가와 연락을 취하는 눈치였다.

상대편이 누구인지까지는 알 수 없었다.

하지만 그때의 나는 형용할 수 없는 불안에 휩싸였다.

그리고 내 불안은 적중했다.

마더의 시야를 공유해서 본 어느 소녀.

얼핏 봤을 뿐 감정도 하지 않았건만 저것이 터무니없는 괴물임을 확신했다.

어쩌면 내 확신은 먹어 치운 마더의 혼에 각인된 기억이었는지도 모르겠다.

소녀가 마더의 상위에 위치하는 존재임을 깨달았다.

그리고 마더는 우리의 본체를 찾아내기 위해 본체와의 연결을 원래 상태로 되돌렸다.

그리고 지금에 이른다.

본체에게 충고한 것은 틀리지 않은 행동이었다.

하지만 상대는 너무나도 파격적이었다.

설마 단지 달리기만 했는데도 순간 이동에 가까운 재주를 부릴 줄은 상상도 못하잖아.

괴물이라고는 인식했었지만 그럼에도 나의 예상을 크게 뛰어넘었다.

이만한 괴물이면 승리는커녕 도망치지도 못한다.

본체가 당한 것은 필연적이었다고 말해도 되겠다.

나도 그 순간에는 죽음을 각오했었다.

하지만 무슨 영문인지 우리는 아직 죽지 않았다.

본체의 생존 여부조차 불분명한 상황이었지만 살아남았다고 믿을 수밖에…….

그리고 본체가 살아남았다고 가정한다면 우리가 할 일은 바뀌지 않는다.

아니, 오히려 일이 늘어난 셈이었다.

〔다들, 잘 들어.〕

다른 병렬 의사를 모아다가 내 계획을 이야기했다.

〔우리는 이제부터 마더를 쓰러뜨릴 거야. 그리고 다음은 마더의 지배자를 노리는 거야.〕

우리가 할 수 있는 일이란 이제껏 했던 대로 정신체를 공격하는 것.

정신체인 우리는 외도 무효라는 혼에 간섭하는 영향을 일절 받지 않는 스킬의 수호 아래에 있다.

그렇다면 압도적으로 높은 격을 지닌 정신체에게도 이길 수 있다.

설령 하늘 높은 곳에서 굽어보는 존재라 하여도.

그래, 마왕이 높아 봤자 하늘 아래 거미잖아.

〔본체가 언제 부활할지, 아니면 결국 부활 못할지도 모르는 상태야. 그래도 우리는 단지 지금 할 수 있는 일을 하면 된다!〕

내 제안에 다른 병렬 의사에게서 반대 의견은 나오지 않았다.

S7. 전생자의 지금

“스킬을 바치거라! 그리하면 구원받으리라!”

도시 안으로 식량 등을 구입하러 들어갔는데 저렇게 소리 지르는 인간이 여기저기에 있었다.

“사리엘라 국은 관리자 사리엘을 신으로 떠받드는 국가예요. 그러니까 되도록 얽히지 말도록 해요.”

선생님의 작은 목소리에 나도 동의한다.

소리치는 남자는 제정신인지 의심스러웠다.

이것이 관리자라는 자의 소행이라고 본다면 별로 기분 좋은 일은 아니로군.

선생님의 이야기를 곧이곧대로 믿지는 않는다.

하지만 내게는 딱히 부정할 근거도 없었다.

게다가 관리자라는 초상적인 존재가 정말 실재한다면 소피아의 언동에 납득이 가는 부분이 있었다.

소피아는 주인님이라는 단어를 썼다.

그리고 그 존재의 명령을 받아 행동한다는 언동도…….

그만한 힘을 지녔으면서도 순순히 지시를 따르는 상대.

만약 이 세계에서 신으로 칭송받고 있는 존재라면 그야 납득이 가지 않겠는가.

소피아에게도 이기지 못했던 내가 그보다 상위의 존재와 대적할 수 있을까?

만약 엘프의 마을에 침공하는 군세 중 그들이 포함돼 있다면?

"스킬을 바치라는 말은 뭐죠?"

불길한 상상을 떨쳐 내기 위해서 나는 신경 쓰였던 말을 선생님에게 물었다.

"두 가지 의미가 있다고 알려져 있어요. 하나는『스킬 소거』라는 스킬을 써서 본인이 갖고 있는 스킬을 지우는 거예요."

"그게 정말 가능한가요?"

"네.『스킬 소거』는 스킬 포인트 없이 습득할 수 있는 스킬로, 며칠에 걸쳐서 스킬을 지우는 스킬이에요. 발동하면 모든 스킬이 사라질 때까지 멈추지 않기 때문에 특정 스킬만 지우는 식은 불가능해요. 물론 사라진 스킬은 돌아오지 않고요. 처음부터 또 훈련을 쌓으면 다시 획득할 수는 있지만요."

"거기에 무슨 의미가 있는 거죠?"

들은 바를 되새겨봐도 그런 스킬이 존재하는 의미를 모르겠다.

스킬을 잃어버리는 데는 디메리트밖에 없다.

비록 또 훈련을 하면 재습득이 가능하다지만 여태껏 들인 시간은 돌아오지 않는 데다 지불한 스킬 포인트가 있다면 역시 허사가 된다.

평생토록 쌓아 올린 성과를 굳이 시궁창에 내버리는 짓이었다.

"요컨대 그게 바로 관리자에게 힘을 양도하는 행위가 되는 거예요."

"아."

그랬구나.

즉 그런 식으로 인간들이 길러 낸 힘을 관리자에게 바친다.

그게 바로「스킬 소거」스킬의 본질이었군.

"그러고 보니 전에 선생님이 유고의 스킬을 지웠던 것도?"

"그렇기는 한데요, 그것은 꽤수 비슷한 방식이었어요. 큰 대가를 치르고 타인의 스킬을 지우는 거죠. 지금이니까 말하는 건데요, 발동하면 자신의 스킬도 몇 개쯤 사라지고 그 후에 저는 며칠 동안 드러누워야 했어요. 최악의 경우에는 자신도 상대도 죽게 되는 위험한 방법이라서 저는 두 번 다시 쓰고 싶지 않네요."

"그랬었군요."

돌이켜보면 그 사건 후에 페이의 어미가, 지룡이 습격했을 때 선생님은 참전하지 않았었다.

안 한 것이 아니라 후유증 때문에 못했던 거다.

"그때는 그게 최선이라고 생각했어요. 스킬을 잃어버리면 거만해진 유고를 깨우칠 수 있다고, 그렇게 믿었거든요. 중요한 건 그다음 성심껏 사람의 마음을 되찾을 수 있도록 도와주는 보살핌이었는데 저는 게으름을 부리면서 외면해버렸어요. 그 결과가 이거네요. 교사 실격이에요."

"선생님이 잘못은 아니잖아요."

서투른 위로라는 생각은 들었지만 달리 할 말이 떠오르지 않았다.

잘못한 사람은 실제로 행동을 일으켰던 유고다.

"고마워요. 그렇지만 이건 선생님으로서 제가 책임질 일이에요. 길을 벗어난 옛 학생에게 선생님이 해줄 수 있는 마지막 교육이에요."

어두운 결의에 가득 찬 선생님의 눈.

선생님은 유고를 죽일 작정이었다.

나는 아무 말도 하지 못했다.

"그래서, 두 번째는요?"

화제를 바꿨다.

그것밖에 못하는 나를 속으로는 한심하다고 생각하며…….

"두 번째는 잘 모르겠어요. 스킬을 바쳐서 신에 이른다나요?"

"그야말로 종교의 교리 같은 말이네요."

"그러게 말이에요~."

도시에는 소리치는 성직자.

어두운 분위기가 흐르고 있는 이 장소에서 한시라도 빨리 빠져나가고 싶었다.

"슌, 잠깐만 시간 좀 내줄래요?"

밤, 이제 슬슬 잠들려고 하는 시간이 돼서 카티아가 페이와 함께 방으로 찾아왔다.

선생님은 현재 이 도시에 있는 엘프의 협력자를 만나러 외출했다.

누가 호위로 따라가야 한다고 생각했지만 선생님은 혼자 가겠다고 말한 뒤 나가버렸다.

아마도 엘프의 협력자는 암흑가의 인간일 것이라고 하이린스 씨는 말했었다.

암흑가의 인간은 특유의 습관 때문에 이미 안면을 튼 사람 말고는 만나려고 하지 않는다.

바로 그 때문에 선생님은 홀로 행동하는 것이라고…….

그런 위태로운 조직에 선생님을 홀로 보내면 위험하지 않겠느냐고 생각하겠지만 깨끗한 일만 가지고는 세상이 잘 돌아가지 않는 법이라고 설득당한 끝에 떨떠름하게 선생님을 보내는 데 동의했다.

"무슨 일이야?"

선생님이 없을 때를 기다렸다가 왔음은 왠지 모르게 알 수 있었다.

아마도 이제부터 선생님에게는 들려주고 싶지 않은 대화를 나누려는 의도이리라.

"하이린스 씨, 죄송하지만 자리를 비워주시면 안 되겠어요?"

아무래도 선생님뿐 아니라 하이린스 씨에게도 들려주고 싶지 않은 화제인가 보다.

"흠. 알겠다. 적당히 주점에 가서 시간을 때우고 오지."

"감사드려요."

"뭘, 상관없어. 어차피 나는 모르는 세상의 이야기일 테고, 전생자끼리 나누고 싶은 대화도 있을 테지?"

눈치 빠른 하이린스 씨는 시원스럽게 받아넘긴 뒤 떠나갔다.

"안나는?"

"방에서 기다려 달라고 했어."

하이린스 씨가 나가고 카티아는 아가씨 모드를 내팽개친 채 일본어로 퉁명스럽게 입을 열었다.

"하이린스 씨 진짜 어른 같아. 저게 관록이구나~."

농담을 늘어놓으며 페이가 침대 위로 쑥 몸을 던졌다.

인간 형태가 된 이후 침대에서 수면을 취하고 있는 페이는 기분이 좋아 보였다.

몸집이 작았을 적에는 내 침대를 점령한 채 잠들기도 했었지만 대형화되고 난 후 바깥에서 자야 했으니까 말이지.

오랜만에 침대를 쓸 수 있기에 만족스러운가 보다.

다만 날개가 방해되어 몸을 뒤척일 수 없는 점은 불만인 듯했다.

"그래서? 무슨 이야기인데?"

"물론 다른 전생자에 대해서지."

카티아가 엄숙하게 말하고는 페이의 근처에 걸터앉았다.

앉아서 차분하게 이야기하려는가 보다.

나도 카티아의 맞은편에 앉아서 이야기를 들을 자세를 취했다.

"슌이나 페이에게는 잠자코 있었지만 나는 선생님에게 다른 전생자에 대해 추궁한 적이 있어. 선생님의 말로는 엘프의 마을에 보호한 사람은 열한 명. 우리를 포함해서 접촉에 성공한 사람은 여덟 명. 나머지 여섯 명이 소재 불명이라고 하더군."

그러고 보니 나도 선생님과 처음 만났을 때 들었던 말을 어렴풋하게나마 기억하고 있다.

"접촉에 성공했다는 여덟 명 중에서 나, 슌, 페이, 유고, 유리는 확정. 나머지 세 명은 듣지 못했어. 여기까지는 알겠어?"

"그래."

"문제는 소재 불명인 나머지 여섯 명이야. 그중 네 명은 이미 죽었다더라."

카티아의 말에 나는 일순간 호흡을 잊어버렸다.

이런 사태를 생각한 적이 없지는 않았다.

다만 이렇게 실제로 사실을 전해 들으면 충격을 받게 된다.

마물이며 마족의 위협이 도사리고 있는 이 세계에서 과연 전생자

모두가 살아남았을까, 의문스럽게 여긴 적은 있었다.

이제껏 들은 이야기의 단편으로 선생님이 상당히 무모한 짓을 하면서 우리 전생자의 보호 활동에 힘썼음은 짐작할 수 있었다.

그토록 무모한 시도를 감행해야 했을 만큼 위험했다는 의미였다.

그렇다면 이미 늦어버렸던 전생자도 있지 않았을까?

그 대답이 카티아의 입에서 흘러나왔다.

"죽은 녀석은 하야시 코타, 코구레 나오후미, 사쿠라자키 잇세이, 그리고 와카바 히이로."

마지막 이름을 듣고 벌떡 몸을 일으키는 페이.

와카바와 페이에게는 깊은 연고가 있었다.

페이는 와카바를 집단으로 괴롭혔다.

페이의 전세, 시노하라 미레이는 지금 인간화를 한 모습과 마찬가지로 화려한 미소녀였다.

다만 그 이상으로 사람들의 시선을 모았던 소녀가 와카바였다.

단지 그뿐이었다면 페이도 괴롭히지 않았을 테지.

그렇지만 당시 페이가 좋아했던 선배가 와카바를 좋아했다는 이유 때문에 일방적으로 질투심을 자극당했고 결국 집단 괴롭힘을 벌였다.

비방, 중상이나 물건을 숨기는 등 괴롭힘치고는 귀여운 부류의 것.

와카바도 거의 신경 쓰지 않은 덕분에 큰일로 발전하지는 않았다.

하지만 괴롭힘은 괴롭힘이었다.

페이는 다시 태어난 뒤 자신의 행동을 후회하는 눈치였다.

그랬던 상대가 이미 죽었음을 알게 된 지금 페이의 마음속이 나로서는 상상이 되지 않았다.

"아, 미안. 뭐랄까, 좀, 말을 못하겠네."

페이 자신도 복잡한 심정을 표현할 길이 없는 듯했다.

페이의 얼굴을 바라보다가 나는 카티아에게도 시선을 보냈다.

실은 와카바와 관련 있기는 카티아도 마찬가지였다.

카티아는 와카바에게 고백했다가 차인 전적이 있다.

절반 이상 안 될 줄을 알면서도 감행한 고백이었기에 차인 뒤에도 웃으면서 「실패했어」라고 말했었으니까 아주 큰 충격은 받지 않은 기색이었다.

하지만 한때 좋아했던 상대가 이미 죽었다는 소식을 들은 카티아의 심경은 과연 어떨까?

"카티아는, 와카바를……."

"나 말이야? 뭐, 그야 평범하게 충격 받았달까? 그래도 뭐라고 해야 되나, 실감이 안 난다는 게 솔직한 심정인데."

그야 그렇겠다.

우리는 친구들의 죽음을 직접 목격하지는 않았다.

단지 선생님에게서 죽었다고 전달받았을 뿐이다.

실감이 나지 않는 것도 당연하다.

게다가 우리는 이쪽 세계에서 이미 전세와 비슷한 세월을 살았다.

솔직히 말하자면 전세에서 알고 지냈던 반 친구들의 얼굴이 가물가물할 지경이었다.

사이가 좋았던 녀석들은 그런대로 기억나지만, 그 밖에 임팩트 있는 에피소드라도 떠오르지 않는 다른 학생들은 거의 다 잊어버렸다.

죽은 네 명 중 와카바나 사쿠라자키하고는 사이가 좋았다고 말하기 어렵겠지만 임팩트가 강했기에 기억하고 있다.

하지만 하야시는 솔직히 얼굴도 가물가물했다.

"코구레는, 울고 있는 얼굴밖에 기억이 안 나네."

코구레는 죽은 네 명 중에서는 가장 사이가 좋았다.

고등학생이나 됐는데도 울보여서 무슨 일이 있을 때마다 눈물을 흘리는 버릇을 버리지 못한 녀석이었다.

"맞다. 선생님한테 이름 좀 불렸다고 울먹이는 녀석이었지. 그리워라."

내 기억이 가물가물하듯 페이도 교류가 없었던 반 친구의 기억은 거의 잊어버린 듯했다.

나에게 코구레는 잊지 못할 친구였지만 페이에게는 지금 말을 듣고 나서야 떠올릴 수 있는 사이였겠지.

조금 쓸쓸하다는 느낌을 받는다.

"제일 크게 울음을 터뜨렸던 때는 생물 담당으로 임명받았을 때였던가?"

"맞아, 맞아. 도저히 못하겠다고 울상이었어. 그리고 선생님한테 게임기를 압수당했을 때."

잠시 코구레의 울음보 에피소드로 떠들썩했다.

"후유. 잇세가 살아 있었다면 나츠메 바보 자식도 아마 이런 짓까지 벌이지는 않았을 텐데 말이야."

페이가 한숨 섞인 목소리로 불평을 늘어놓았다.

잇세는 사쿠라자키를 부르는 말이었다.

사쿠라자키는 유고의 전세, 그러니까 나츠메의 소꿉친구였고 또한 브레이크 역할이었다.

나츠메가 비록 전세 때부터 횡포한 성격이었다지만 지금처럼 심하지는 않았다.

사쿠라자키가 곁에서 적절히 제지해주었기에 큰 문제를 일으킨 적도 없었다.

만약 사쿠라자키가 지금도 유고의 곁에 있었다면 우리는 다른 미래를 맞이했을 수도 있었다.

"나츠메 말이야, 잇세가 죽었다는 소식을 들었을까?"

"글쎄. 어쩌면 선생님이 넌지시 알려줬을지도 모르겠는데."

"그러면 그걸 듣고 자포자기가 되었을 수도 있겠네. 이러니저러니 해도 나츠메는 잇세를 둘도 없는 친구로 여겼으니까."

페이는 나츠메와 사쿠라자키하고는 비교적 친한 편이었다.

지금 폭주를 벌이는 나츠메를 보면서 느끼는 바가 적지 않겠지.

"어째서일까. 대체 왜 이렇게 됐을까. 다들 일본에서는 그런대로 잘 지냈는데 말이야."

"전혀 다른 세계에서 다시 태어났잖아. 누구든 변하기 마련이야. 유고는 하필 나쁜 쪽으로 변해버렸고. 그게 전부야."

"카티아는 안 변했어."

"정말 그렇게 생각해?"

그렇게 반문하면서 쳐다보는 카티아의 시선에 가슴이 덜컥거렸다.

"있잖아, 네 눈에는 내가 어떻게 보여?"

"어떻게라니?"

"네 눈에 보이는 사람은 카티아인가? 아니면 카나타인가?"

"응? 무슨 뜻이야?"

카티아는 카나타이고 둘 다 같은 사람이잖아.

카티아가 무슨 소리를 하려는 건지 모르겠다.

"어휴. 뭐, 됐어. 정말 안 변했다고 보이는 건지, 변하지 않았다고 우기려는 건지 모르겠네."

"어, 음. 그게, 미안."

왠지 몰라도 기분이 나빠 보이는 카티아에게 사과했다.

대체 뭘 잘못했지? 사과했더니 더욱더 기분 나쁜 표정을 짓는다.

그 이상 눈을 마주할 수가 없어서 시선을 피했다.

그러자 웃음을 참고 있는 페이의 얼굴이 눈에 들어왔다.

"왜 웃어?"

페이를 보고 카티아가 쏘아붙인다.

"그을쎄~? 이 문제에서 나는 방관파거든요~."

히죽히죽 얄미운 미소를 짓고 있는 페이와 뾰로통한 표정의 카티아.

대단히 불편한 심정이었다.

"그래서? 카티아가 친구들 얘기만 하려고 오지는 않았겠지?"

분위기를 바꾸기 위해 화제를 돌렸다.

실제로 죽은 네 명의 소식을 나와 페이에게 전하려는 목적이 전부였다면 굳이 선생님이 없을 때를 골라서 올 필요는 없었다.

분명히 선생님에게는 들려줄 수 없는 또 다른 이야기를 하러 왔을 것이다.

"맞아. 음, 슌이랑 페이는 선생님의 이야기를 얼마나 믿어?"

아직도 약간 부루퉁한 기색이었지만 본론을 꺼내 놓는 카티아.

선생님의 이야기란 관리자가 어쩌고 하는 그 이야기겠지?

"얼마나 믿느냐고……. 선생님이 거짓말을 하지는 않았다고 봐. 관리자가 어쩌고 하는 이야기도 엘프가 그렇게 믿고 있기 때문이라는 객관적인 의견을 말한 것이 전부이니까."

관리자, 신화에나 나올 법한 존재. 그들이 실재한다고 선생님은 단언했었다.

하지만 엘프가 믿는 것처럼 관리자가 세계를 이용해서 힘을 기르고 있다는 이야기에 대해서는 선생님도 반신반의라는 태도였다.

"뭐, 평범하게 생각하면 전부 망상이라는 느낌이었지만."

페이도 나와 같은 생각인 듯했다.

"즉 선생님의 얘기는 믿어도 엘프가 말하는 관리자 이야기는 믿지 못하겠다는 거네?"

"그렇게 되겠군."

애당초 관리자인가 하는 일당에게 죽은 사람의 힘을 빼앗는 능력이 있다면 엘프가 그들에게 대항하기란 불가능하다는 생각밖에 안 든다.

정말로 신 같은 힘을 발휘하는 존재가 실재한다면 인족과 별반 다르지 않은 힘을 발휘하는 엘프끼리 뭘 어쩌든 간에 감당할 도리가 없을 것이다.

엘프는 분명히 인족보다도 장수할뿐더러 마법을 능숙하게 구사할 수 있다.

다만 굳이 꼽아보자면 그게 전부였다.

인족보다 압도적으로 강하지는 않다.

그런데도 관리자 같은 초월적인 존재에게 대항한다는 것이 가능할 리 없었다.

"다만 관리자를 자칭하는 존재가 있다는 말은 사실일 거야. 엘프의 말대로 불가사의한 힘은 아니라도 인간이 두려워할 만한 힘을 지닌 누군가가."

이상이 내가 내린 결론이었다.

선생님이 있다고 단언했고 실제로 그들의 부하로서 소피아가 있다.

소피아의 힘은 끝이 보이지 않았다.

그토록 강력한 소피아의 위에 있다면 인간이 두려워하기에는 충분하고도 남는다.

"페이도 슌하고 비슷한 생각이야?"

"뭐, 그렇지."

"알았어."

동의하는 페이의 대답을 듣고 카티아는 잠시 두 눈을 감은 채 상념에 잠겼다.

마치 다음 이야기를 입에 담는 것을 주저하는 듯 보였다.

"슌도 페이도 선생님은 신뢰하는 거지?"

결의를 굳혔는지 카티아가 입을 열었다.

"카티아는, 선생님을 신뢰하지 못하겠다는 거야?"

말이 없다.

단지 복잡한 표정을 지을 뿐, 그것이 무엇보다도 카티아의 속마음을 대변해주는 것 같았다.

"이유를 들려줄 수 있겠어?"

카티아가 어떤 이유도 없이 선생님을 신뢰할 수 없다고 말할 리는 없었다.

단지 악감정 때문에 저런 소리를 하지 않았음은 카티아의 복잡한 표정을 보면 알 수 있다.

카티아도 속으로는 선생님을 의심하고 싶지 않을 것이다.

그런데도 이런 시기에 우리에게 굳이 선생님의 화제를 꺼냈다면 카티아의 내심에 의심스럽다고 판단할 근거가 있다는 뜻이었다.

"선생님은 무언가를 숨기고 있어. 거짓말은 하지 않았지만 진실을 그대로 말하지도 않았지. 설명을 들으면서 그런 느낌이 들더라."

카티아의 평소 모습대로라면 좀 더 구체적인 이유를 들 줄 알았는데 막상 나온 말은 참으로 애매모호했다.

본인도 잘 알고 있는지 약간 우물쭈물하는 눈치였다.

"숨기고 있는 뭔가가 뭔데?"

"뭔지 알면 고생 안 하지. 하지만 우리에게 말하지 못할 뭔가를 숨기는 건 확실하다고 봐. 전부를 이야기한 것 치고는 아직 설명되지 않은 부분이 너무 많으니까 말이야."

그 생각은 나도 했었다.

엘프의 마을에서 보호하고 있다는 전생자들의 현재 상황 및 명단 등등.

우리 말고 엘프의 마을로 보호하지 못한 전생자가 지금 어쩌고 있는지.

전생자와 관련된 정보를 선생님은 아직껏 가르쳐주지 않았다.

"선생님이 우리에게 친구들 소식을 숨기는 데는 그럴 만한 이유가 있기 때문이라고 나 역시 믿고 싶어. 하지만 상황이 상황이잖아. 같은 전생자 처지라는 이유만으로 신뢰할 수 없다는 정도쯤은 이해할 수 있지?"

카티아가 하고 싶은 말은 알겠다.

유고와 소피아, 같은 전생자이면서도 적대 관계에 놓인 녀석들이 있다.

그리고 짐작이지만 카티아는 자신이 세뇌당했을 때의 일을 넌지시 지적하고 있었다.

카티아는 유고에게 세뇌당했었다.

그리고 우리에게 검을 겨눴다.

신뢰하는 사람끼리도 적대할 수 있음을 암시하는 것이다.

"신뢰하지 말라는 소리는 아니야. 하지만 완전히 신뢰하지는 마. 배반당할 수도 있다는 사실을 각오해 둬라."

카티아의 말은 쿵, 하는 충격과 함께 떨어졌다.

신뢰하는 상대를 의심할 수밖에 없는 이런 상황이 이토록 막막할 줄이야.

유고 때문임은 이미 알고 있지만 스우와 카티아에게 공격당했을 때는 괴로웠다.

스우와 유리는 아직도 유고의 손안에 있다.

둘의 안부를 떠올리기만 해도 우울해지는데 여기에서 또 선생님에게 배반당한다고 상상하면…….

나는 카티아에게 충고를 듣고는 무거운 한숨을 쏟으면서 말없이 고개를 끄덕거릴 수밖에 없었다.

Karnatia Seri Anabald

카르나티아 세리 애너발드

본명 카르나티아 세리 애너발드. 애너레이트 왕국 애너발드 공작가의 외동딸. 일본의 고등학생이었던 기억을 지닌 전생자. 전세의 이름은 오오시마 카나타. 전생 전에는 남자였지만 전생 후에는 무슨 까닭인지 여자로 바뀌어 태어났다. 남자였던 기억과 지금의 여성의 몸에 괴리감을 느끼고 당혹했지만 성장함에 따라 서서히 여성의 의식이 강해졌다. 유고가 일으켰던 사건 때 자신의 마음을 자각하고 나서는 가뿐해졌다. 현재는 전세부터 쭉 함께 지냈던 슌을 곁에서 도와주기 위해 행동하고 있다.

「카티아」

Character Collection

8. 부활 괴인은 바로 당하는 것이 철칙

정신을 차리고 보니 바다를 떠다니고 있었다.

게다가 머리만 남은 상태로…….

뭔 말인지 잘 모르겠지? 실은 나도 뭔 일이 일어났는지 잘 모르겠어.

응, 진짜로.

이 상황은 대체 뭐지?

뭐가 어떻게 된 거야?

아니, 나는 왜 머리만 남았는데도 살아 있는 거야?

머리 말고 나머지는 아무것도 없는데.

거미 머리라니 되게 이상한 곤충 표본인걸.

이제 핀으로 꽂아서 고정시켜 놓으면 완벽하겠네.

뭔 신세냐고. 맙소사.

아아, 뭐, 이런 상태여도 살아 있는 이유는 진화해서 득템한 불사 스킬 덕분이라고 예상은 하고 있지만 말이야.

그리고 또 지금 상황은 분명 일전에 마왕이 나를 날려버렸을 때의 반동으로 몸뚱이가 바다로 휙 날아갔다가 표류했기 때문이라고 짐작은 하고 있는데 말이야.

머리만 남은 이유는 마왕의 일격을 받은 내 몸이 산산조각 나서 인가?

아마도 기절한 동안 산산조각 상태에서 HP 자동 회복 스킬로 수

복되지 않았을까?

비록 불사 스킬을 갖고 있다고 한들 머리가 망가지면 물론 아무 생각을 못할 테니까.

그럼 불사를 갖고 있어도 회복 수단이 없는 상태에서 머리가 망가지거나 하면 죽은 거랑 다름없지 않아?

무서워라?!

죽었는데도 죽지 못한다니, 어떤 의미로는 평범하게 죽는 것보다 끔찍하지 않아?

그야말로 생지옥.

있어서 다행이다, HP 자동 회복.

없었다면 아마도 외통수였어.

그뿐 아니라 내가 이렇게 의식을 되찾은 게 전부 이런저런 행운이 겹친 결과이려나.

제일 먼저 마왕의 일격에 조각조각이 나고 바다로 날려 간 단계에서 상당한 행운이었지.

조각조각이 나지 않았다면 안 죽었다고 들켰을지도 모르고, 바다로 날려 가지 않았다면 최악의 경우 그대로 갖고 돌아갈 수도 있었으니까.

그게 아니더라도 제자리에서 재생이 시작됐다면 역시 안 죽었다고 들켰을지도 모르고…….

안 죽었다고 들켰다면 취할 수 있는 그야말로 수단은 얼마든지 있다.

콘크리트에 담가서 가라앉힌다거나 재생할 때마다 육식 동물한테 뜯어 먹게 시킨다거나.

후자는 어쩌면 바다를 떠다니는 동안 경험했을지도 모르겠네.

머리만 남은 상태로 먹혀서 엉덩이로 안녕하세요를 한 다음일지도 모르겠는데? 완전 싫다.

아니, 그보다 불사의 힘이 어느 정도까지 통용되는지도 모르겠다.

설마 싫기는 한데 분자 레벨까지 분해되고도 살아 있다거나 하지는 않겠지.

일단 이렇게 머리만 남은 상태로도 안 죽는다는 사실은 알겠지만 과신은 금물이야.

진짜 잡아먹힌 다음에 분자 레벨까지 분해를 거듭하면 영영 재생이 안 될 수도 있으니까.

뭐, 과신은 금물이라는 소리를 한번 해봤지만 솔직히 조심한다고 한들 어떻게 할 수 있는 문제가 아니라는 것이 내 본심이거든…….

그렇잖아, 마왕의 능력치를 좀 보라고.

마더도 어림없는데요, 장난하는 거냐? 이런 느낌이었는데 그보다 몇 배나 흉악한 상대가 튀어나왔잖아?

몇 배라는 표현이 과장도 뭣도 아니라는 게 진짜 좀…….

뭐냐고, 평균 능력치 90000은!

바보냐!

인플레이션에도 정도가 있다고!

게다가 능력치만 그렇다 뿐 스킬까지 더하면 진짜 절망적이거든?

갖고 있는 스킬이 대부분 최고 레벨이면 대체 어쩌자는 거야?

개중에도 아찔한 부분이 내성 스킬.

거의 모든 속성 내성이 무효였거든요?

대미지를 입을 생각이 아예 없는 거죠.

저걸 어쩌라고요?

어쩔 도리가 없는뎁쇼?

그리고 왜 하필 마왕이 또 나를 죽이러 온 건데?

아니, 이유는 알고 있지만 말이야.

마왕의 종족명은 오리진 타라텍트.

즉 태초의 타라텍트라는 뜻.

마더마저 거느리고 있는 타라텍트의 정점.

병렬 의사가 긴급 연락으로도 말했듯이 정점이라고 생각했던 마더, 그보다 상위의 존재가 있었다는 거지.

분명 마더에게서 모종의 구조 요청을 받은 뒤 나를 제거하러 나타난 거야.

뭐, 그대로 흘러갔다면 내 승리는 시간문제였고 외부에 도움을 청한 마더의 판단은 틀리지 않았다.

그렇다고 해서 구원으로 달려온 녀석이 그런 괴물이라는 현실은 납득이 안 되지만.

아니, 걔는 존재 자체가 납득이 안 되지만…….

진짜 대체 뭐냐고!

완전 반칙이잖아!

어휴.

정말 어쩌지?

모처럼 엘로 대미궁 탈출을 성공했는데 마더의 습격 때문에 바깥을 즐길 여유도 없어.

간신히 목숨을 건져서 좀은 공략의 실마리를 잡았다 싶었더니 마더보다 더한 괴물한테 습격당했다.

이런 망겜이 또 있을까.

살려줘~.

진짜 좀~ 살려줘요…….

아아, 으으, 오오.

에잇! 일단 앞으로 어떻게 할까 궁리해보자.

현재 상황이 그 어떤 난관일지라도 아직 살아 있는 동안은 마지막 순간까지 발버둥 쳐야지.

우선은 현재 상태를 확인하자.

내 몸은 지금 머리만 남은 스플래터 상태.

이런 상태로 마물에게 습격당하면 버틸 방법이, 꼭, 없지는 않다.

몸을 잃었기 때문인지 최대 HP가 줄어든 상태였지만 MP 쪽은 변화가 없기에 마법을 쓸 수 있다.

최악의 경우 습격당해도 마법으로 물리치면 되겠다.

아니, 마법을 쓸 수 있으니까 치료 마법으로 회복하면 몸이 재생되지 않을까?

결손된 부위도 치료 마법으로 회복 가능한지 여부는 잘 모르겠지만, HP 자동 회복으로 재생이 이루어졌으니까 아주 안 될 것 같지는 않은데?

완전 회복까지 얼마나 시간이 걸릴지 모르겠는데 그때까지는 습격당하지 않기를 기원하면서 둥둥 떠다닐 수밖에 없겠네.

방금 전 정신을 차리기 앞서 얼마나 시간이 흘렀는지도 모르겠고, 자동 회복과 치료 마법으로 완치까지 며칠이나 걸릴지도 모르겠지만…….

진짜 마왕에게 훽 날려 간 뒤로 날짜가 얼마나 흘렀으려나?

의식을 잃은 상태였으니까 알 방법이 없지만 어쩌면 상당한 시간이 경과했을 수도 있겠다.

그동안 마왕도 나 같은 거미는 잊어버리고 다른 데로 가버렸으면 좋겠다~.

희망적 관측에 불과하네.

몸이 나을 때까지는 어쩔 도리가 없는데, 몸이 나아도 어떨 도리가 없다는 거지.

솔직히 몇 번을 덤빈다 한들 마왕은 못 이긴다.

불사를 써서 좀비 어택을 해 봤자 애당초 대미지가 안 들어가니까 의미가 없고…….

마더에게는 변화구로 이길 만한 분위기까지 끌고 왔지만, 마왕 상대로는 줄행랑밖에 진짜 해결책이 전혀 안 떠오른다.

응? 아니, 마더를 쓰러뜨릴 수는 있잖아. 그럼 같은 방법을 또 써먹으면 되지 않을까?

생각해보면 마더도 능력으로는 줄행랑밖에 엄두가 안 날 만큼 능력에 큰 격차가 있거든.

마왕과 마더가 주종 관계로 연결돼 있다면 그 연결을 이용해서 마왕에게 병렬 의사를 투입시키는 것도 불가능하지는 않잖아?

……혹시 먹힐지도?

그래도 버거운 일이라는 데 변함은 없지만 말이야.
어쨌든 까마득한 스테이터스니까.
내 지각 범위 바깥에서 단순한 속도만으로 일순간 거리를 좁혀 왔었다.
그 속도 때문에 내가 제아무리 도망쳐 봤자 결국은 따라잡힌다.
적어도 상대의 존재를 인식한 시점에서는 이미 전이는 소용없겠다.
내가 있는 위치를 특정당하지 않도록 시시때때로 전이해서 종적을 숨겨야겠네.
그럼에도 순간 이동이나 다름없는 속도를 따돌릴 수 있을지는 미묘한 상황이지만.
인간 사이즈니까 마더가 들어오지 못하는 좁은 장소에도 쓱쓱 들어올 테고.
차라리 이대로 바다 위를 둥둥 표류하는 편이 좋으려나?
육지에 있기보다는 안전할 것 같은데.
그런데 왠지 마왕은 바다 위를 달려오는 상식 밖의 행동도 쓱싹 해치울 것 같거든…….
음, 맞아. 가능할 거야.
공간 기동을 활용하면 바다 위든 어디든 달릴 수 있잖아.
나도 마음만 먹으면 가능한데 나보다 더한 능력치와 스킬을 보유한 마왕이 못할 리 없어.
아하하~.
진짜 도망칠 데가 없네.
일단 이렇게 무사히, 음, 머리만 남았으니까 무사하다는 표현은 좀 이상하지만. 어쨌든 살아서 자유를 누리고 있다 함은 내가 안 죽었다는 사실을 마왕이 미처 못 알아차렸다는 뜻.

혹은 알아차렸지만 내 위치를 포착하지 못했다든가.

아무것도 안 하면 이대로 죽은 척하면서 꽁무니를 뺄 수도 있겠다.

물론 내가 정신을 잃어버린 동안에 병렬 의사가 어떤 행동에 나섰을지 모르니까 못 알아차리기를 바라는 건 희망적 관측이겠지?

으음.

병렬 의사한테 연락을 해볼까?

헬로? 여보세요? 여기는 본체, 응답 바랍니다.

〔음? 본체?〕

와, 연결됐다.

〔진짜 살아 있었네. 어떤 마법을 쓴 거야?〕

실은 진화한 뒤 불사라는 스킬을 득템했었다네.

〔엥?!〕

그런고로 나는 죽지 않는 것이다!

〔으아. 사기다, 사기.〕

그런고로 이쪽 걱정은 접어 두시게나.

자, 그쪽 상황은 어때?

〔이쪽은 이쪽대로 마더하고 전투를 계속 중.〕

으아아. 이래서는 역시 마왕에게도 내가 살아 있다고 들켰겠구나.

〔응? 마왕? 뭐야, 그 괴물이 마왕이었어?〕

맞아, 맞아.

마왕이고 태초의 타라텍트라더라.

평균 능력치가 90000을 넘는 기막힌 괴물이었다고.

〔뭐야, 그런 걸 어떻게 잡아.〕

실제로 한 방에 산산조각이 났지, 뭐.

불사가 없었다면 무조건 죽었어.

그런데도 의식을 차릴 때까지 이렇게 시간이 걸렸으니까 또 발견당하면 위험할 거야.

〔그럼 큰일이지. 그럼 연락을 자주 취하는 건 별로 안 좋겠다.〕

왱?

〔연락 주고받으면 그거 때문에 마더한테 본체의 위치를 탐지당할 가능성이 높아지니까.〕

오오!

〔그런고로 우리끼리 어떻게든 본체의 위치가 발각되지 않도록 방해할 테니까 본체는 도망칠 걱정만 하고 있어. 마더를 쓰러뜨리면 먼저 연락할 테니까.〕

라저~.

통신 종료.

좋아, 현재 상황은 잘 알겠다.

병렬 의사는 아직 마더 공략 중.

그리고 또 마왕은 십중팔구 내가 안 죽었다는 사실을 알아차렸어.

마더에게 공격이 멈추지 않는 시점에서 물론 내가 살아 있다고 의심하겠지.

그런데도 나는 이렇게 무사히 있다.

그렇다면 마왕은 현재 내 위치를 놓쳤다는 뜻.

진짜 이대로 둥둥 표류하는 편이 차라리 안전하겠네.

응, 몸이 나을 때까지는 이대로 해초 부스러기 놀이를 계속하도록 하자.

S8. 엘프의 마을

사리엘라 국의 산속, 입구를 숨겨 놓은 동굴.

그 동굴의 안쪽 깊숙이 또 막다른 길로 위장한 비밀의 방.

숨겨진 동굴에 있는 비밀의 방, 이렇듯 발견하기가 상당히 난해한 장소에 엘프의 마을로 연결되는 전이진이 은밀하게 설치돼 있었다.

선생님의 안내가 없었다면 절대로 발견 못 했다고 혀를 내두를 만큼 교묘하게 숨겨 놓았다.

감정 스킬을 보유한 나도 간파하지 못했으니 모르는 사람은 도저히 발견하지 못할 것이다.

"여기 위치는 다른 데서 누설하지 말아주세요."

선생님의 말에 고개를 끄덕거렸다.

엘프의 마을은 강력한 결계에 수호받고 있기에 이처럼 특수한 전이진을 거치지 않으면 내부로 진입하기란 불가능했다.

즉 이곳은 엘프의 마을로 들어가기 위한 몇 안 되는 입구이며, 혹여 위치가 발각된다면 침입자를 불러들이는 사태가 일어날 수도 있었다.

분명 엘프의 관계자가 아닌 한 알려져서는 안 되는 장소였다.

우리 같은 외부인에게는 본래 가르쳐줄 수 없는 장소로 짐작된다.

그런 장소로 안내해줬다는 사실은 선생님이 우리를 그만큼 신뢰하고 있다는 증거처럼 여겨졌지만, 그 순간 머릿속으로 카티아의 충고가 스쳐 지나갔다.

카티아는 선생님을 완전히 신뢰하지는 말라고 했다.

하지만 내가 보기에 선생님은 분명 우리를 신뢰하고 있다.

어떻게 하면 되는 걸까. 나로서는 판단이 되지 않는다.

결국 선생님을 믿으면서도 미묘하게 의심한다는, 여전히 이도 저도 아닌 애매한 상태가 이어졌다.

"그럼 갈까요?"

선생님이 전이진을 기동시켰다.

빛이 흘러넘치면서 우리를 감싼다.

일순간 시야가 일그러진 뒤 원래대로 돌아왔을 때 우리는 방금 전까지 있었던 동굴하고는 다른 장소에 서 있었다.

원형 건물의 내부였다.

바닥에는 우리가 사용한 것과 동일한 전이진이 몇 개쯤 설치돼 있다.

하지만 지금 건물의 구조 따위는 아무래도 좋았다.

전이를 마친 우리를 마중한 것은 날카로운 검이었다.

몇 사람의 엘프가 전이한 우리에게 검 끝을 겨누고 있었다.

"멈추세요! 이들은 제가 안내했어요!"

선생님은 당장에라도 공격을 가하려고 하는 엘프들의 앞으로 나섰다.

선생님이 입에 담은 말은 인족의 언어가 아닌 엘프어였다.

학원의 수업에서 배웠던지라 간신히 알아들을 수 있었다.

다만 말하기를 하려면 천천히 떠듬떠듬하게 되는 탓에 긴급을 요하는 지금 상황에서 말을 보태기는 어려울 듯싶었다.

"이름."

"필리메스 하이페너스."

엘프들의 대장 격으로 짐작되는 남자가 짧게 묻자 선생님이 이름을 밝혔다.

"족장의 딸인가. 어째서 인족을 이곳으로 데리고 들어왔지?"

"이들은 전생자이고 용사의 동료입니다. 지금 제국의 군대가 이리로 진군하고 있을 거예요. 그 싸움의 조력자로 데려왔습니다."

선생님의 설명을 듣고 납득한 눈치였음에도 엘프 남성은 검을 내리지 않았다.

"사정은 알겠다. 하지만 인족을 마을 안으로 들일 수는 없지. 전력으로 가담해주겠다면 결계 바깥에서 싸우도록 해라."

"말도 안 되는 소리군요. 이들은 손님입니다. 그런데도 위험한 바깥으로 내쫓겠다는 말인가요?"

"족장의 딸. 두 번 말하지 않겠다. 지금 당장 전이진을 써서 돌아가라."

선생님과 남성의 대화는 평행선.

엘프는 배타적이라는 것을 똑똑히 목격하고 있었다.

그들은 무슨 일이 있어도 우리를 마을 안으로 들이지 않을 작정 같았다.

"그만두지 못하겠는가."

일촉즉발의 분위기를 무너뜨린 것은 건물의 입구로 들어온 남자의 목소리였다.

그 남자를 본 순간 우리는 굳어버렸다.

"포티머스?"

선생님의 입에서 불쑥 그 남자의 이름이 흘러나왔다.

그래, 우리 앞에 모습을 나타낸 자는 분명히 소피아에게 살해당했던 엘프의 족장 포티머스였다.

"그렇다. 부모의 얼굴도 잊어버렸나?"

진지한 얼굴로 농담하듯 받아넘기는 포티머스.

하지만 이곳에 있는 멤버 중 나와 선생님과 하이린스 씨는 분명히 포티머스가 죽은 광경을 목격했었다.

소피아에게 목을 잘려서 머리만 남았던 상태의 그를…….

가짜나 환상을 목격했었다고 여겨지지는 않는다.

"분명히 죽었는데?"

"그 정도로 나는 죽지 않는다. 검을 내리도록."

병사들에게 검을 내리라고 명령하는 포티머스.

병사들은 명령을 충실히 따라 검을 내린 뒤 한 걸음 물러났다.

"환영하지. 어서 오게나, 이곳이 엘프의 마을이라네."

말하고는 달리 전혀 환영하지 않는 듯 보였다.

역시 이 남자는 거북하다.

죽었다고 생각했던 남자가 느닷없이 눈앞에 나타난 까닭도 있었지만 도무지 정체를 알 수 없기에 섬뜩한 구석이 있다.

게다가 초면에 느닷없이 감정을 사용한 적도 있었다. 다른 사람을 업신여기지 않는다면 그러지는 않는다.

내가 이 남자와 만난 것은 이번이 두 번째였다.

처음은 학원에 입학하기 전 선생님의 동행으로서 나타났었는데 당시의 태도도 지독했다.

인사를 일방적으로 마치고 이쪽의 대답도 들으려고 하지 않은 채 냉큼 사라져버렸었다.

그때 기분 나쁜 감각에 휩싸였었는데 당시에는 너무나도 무례한 포티머스의 태도 때문에 불쾌감을 느꼈다고 여겼을 정도였다.

실제로 그 기분 나쁜 감각의 정체는 감정당했을 때 느껴지는 불쾌감 같다고, 나중에 카티아의 말을 듣고 나서야 깨달았었다.

감정을 상대의 허락 없이 사용하면 매너 위반일뿐더러 극히 실례되는 행위라는 것이 일반적이다.

그런데도 주저 없이 감정을 사용했다는 점, 그리고 무례한 태도를 떠올리면 우리 따위는 굳이 배려할 필요도 없다는 생각이 또렷하게 엿보인다.

마치 사람을 사람으로도 여기지 않는 것 같다.

지금도 우리를 손님보다는 쓸 만한 전력으로 보고 있는 듯한 저자의 시선이 불쾌해서 견딜 수 없었다.

"따라오게나. 대단하지는 않지만 환영의 자리를 마련했다네."

포티머스는 제 말만 하고는 지체 없이 등을 돌린 채 걸어가버렸다.

우리는 허둥지둥 뒤를 따른다.

"어떻게 살아남은 거예요?"

선생님이 나도 신경 쓰였던 질문을 포티머스의 등에 대고 던졌다.

"죽음을 회피하는 방법 따위야 얼마든지 있지."

포티머스는 대답이 되지 않는 대답으로 답할 뿐이었다.

처음 만났을 때의 앙갚음 삼아서 감정을 해버릴까, 하는 생각도 잠시 했다. 하지만 지금 여기에서 포티머스의 기분을 상하게 해 봤자 좋은 결과는 없을 테니까 자중했다.

"제국군의 움직임은요?"

"아직 결계의 외곽 지역에도 도착하지 않았다. 지금은 숲속을 진군하고 있는 중이지."

말하면서 건물의 바깥으로 나왔다.

우리도 그를 따라나섰다가 시야에 확 들이닥치는 광경을 보고 말을 잃었다.

수령 천 년을 넘지 않을까 짐작되는 거목으로 형성된 숲이 펼쳐져 있었다.

나무 한 그루 한 그루가 거대하다. 그 뿌리를 도려내서 집을 만들었다.

지금 밖으로 나온 건물을 돌아보니 역시 건조물이 아닌 거대한 나무였다.

엘프의 마을이란 숲속에 집을 짓는 대신 글자 그대로 숲을 집으로 삼아서 생활하는 장소였다.

"굉장해요."

카티아가 얼결에 흘러나왔다는 느낌으로 감상을 입에 담았다.

마치 동화 속 세계로 헤매 들어온 착각을 불러일으킨다.

하지만 우리를 현실로 돌려놓으려는 듯 무수히 많은 시선이 꽂혀들었다.

거목의 줄기 위와 그림자에서 우리를 바라보는 엘프들.

시선 하나하나에 경계심과 혐오감이 잔뜩 담겨 있었다.

전이해서 느닷없이 검을 마주한 순간 이미 알아차렸지만 우리는 환영받는 손님이 아닌가 보다.

문득 신경 쓰였기에 안나의 안색을 살폈다.

나는 단지 기분이 나쁘다는 정도였지만 하프 엘프인 안나에게 이 장소는 괴로운 옛 기억이 가득한 곳이다.

그런 데다가 이런 시선에 노출되어버리면 트라우마를 자극당할 수밖에 없었다.

안나는 나름대로 굳세게 처신하려고 했지만 손은 미세하게 떨리고 있었다.

나는 안나를 시선들로부터 가로막기 위해 가까이 다가갔다.

우리가 뭘 어쩌든 아랑곳하지 않고 포티머스는 빠른 걸음으로 나아간다.

그자의 뒤를 따라가면서 선생님은 현재 상황을 캐물었다.

"제국군의 숫자는 파악이 완료됐나요?"

"대략 8만의 병력이다."

거대한 숫자에 놀랐다.

마족과 전쟁이 끝나지도 않았는데 갑자기 대군을 동원해도 괜찮은 걸까?

아니, 분명 괜찮을 리 없었다.

그럼에도 불구하고 동원했을 뿐.

제국군의 움직임이 마족에게 새어 나갔을 경우 그들이 뜻밖의 빈틈을 가만히 두고 볼 것이라는 생각은 들지 않았다.

예상 이상으로 위태로운 상황 때문에 머리를 감싸 쥐고 싶은 심정이었다.

"골치 아프게도 교회가 제법 많은 병사를 파견했다. 유고라는 가짜를 용사로 발표하기도 했고 교회와 제국의 결속은 강한 듯싶군."

신언교의 병사가 다수 포함돼 있다는 정보는 그만큼 유고의 힘이 교회를 침식하고 있다는 사실을 의미했다.

아마 유고의 곁에는 세뇌당한 유리도 있을 것이다.

"순조롭게 진군한다고 치면 앞으로 며칠 뒤 이곳까지 도착한다고 보고 있나요?"

"사흘쯤 될 거다. 혹여 강력한 마물이 습격한다면 상황은 달라지겠지만 유감스럽게도 운은 그들의 편인가 보군."

포티머스의 기묘한 발언에 고개를 갸웃거렸다.

"우리 마을을 오래도록 위협해 왔던 신화급 마물, 퀸 타라텍트가 이동을 개시했다네. 그 때문에 다른 마물도 일제히 도망쳐버렸지. 제국군의 진군 경로에서는 최근 들어 유례가 없도록 마물의 수가 적어졌어."

이곳에서도 퀸 타라텍트인가.

퀸 타라텍트는 엘로 대미궁에 서식한다고 알려져 있는데 세상에는 그 밖에도 네 마리의 퀸 타라텍트가 존재한다.

그중 하나가 바로 이곳 엘프 마을이 자리 잡은 대삼림에 서식하고 있었다.

엘프의 마을은 가람 대삼림이라고 불리는 광대한 숲의 중앙부에 위치한다.

선생님의 이야기로는 결계의 수호 아래에 있는 엘프의 마을은 넓이가 도쿄 23구와 비슷하다고 했다.

또한 엘프의 마을이 쏙 들어가 있는 가람 대삼림의 넓이는 홋카이도와 비슷한 크기.

가람 대삼림에는 수많은 마물이 서식하고 있는데 그 정점에 군림하는 마물이 바로 퀸 타라텍트였다.

운 나쁘게도 퀸 타라텍트가 하필 이동을 개시함으로써 부근의 마물이 도망친 탓에 제국의 진군을 거들어주는 상황이 벌어졌다고 한다.

퀸 타라텍트가 움직이지 않았다면 그대로 제국군과 충돌했을 수도 있었을 테니 엘프의 입장으로는 운이 없다고 표현할 만한 상황이었다.

한편 나는 유감이라는 기분이 절반, 안도하는 기분이 절반이었다.

퀸 타라텍트의 무시무시함은 이곳에 오는 도중에 조금이나마 알 수 있었다.

페이의 등에서 내려다봤었다. 일찍이 퀸 타라텍트가 엘로 대미궁에서 나와 날뛰었을 때 생겼다는 흔적을…….

지형을 바꿀 만큼 강렬한 파괴의 흔적을 목격했다.

그만한 힘을 보유한 마물과 충돌한다면 제국군은 아마 괴멸적인 타격을 받게 된다.

엘프는 싸우지 않고 승리를 거머쥘 수 있다.

하지만 그것은 유고에게 단지 이용당했을 뿐인 병사들이 속절없이 살해당하게 된다는 뜻이기도 했다.

개중에는 유리처럼 단지 세뇌당한 인간이 있을지도 모른다.

그렇게 생각하면 방금 전 소식에는 기뻐해야 할지도 모르겠다.

치기 어린 생각임은 알고 있다.

실제로 싸움이 벌어지면 병사에게 죄가 없음을 안다 하여도 죽고 죽이는 사태가 벌어지겠지.

그럼에도 어딘가 유고 한 명만 물리친다면 어떻게든 수습할 수 있지 않을까 하는 막연한 기대감이 머리를 스치고 지나갔다.

적어도 세뇌당한 지인들만큼은 구하고 싶다는 바람을 버릴 수가 없었다.

스우와 유리 말고도 아직 내가 알지 못할 뿐 훨씬 더 많은 지인이 유고에게 세뇌당했을지도 모른다.

그렇게 생각하면 나도 모르게 주먹에 힘이 들어갔다.

"여기다."

포티머스가 큰 나무로 만들어진 집에 들어가면서 대화가 중단됐다.

집의 내부에 원형의 탁자를 배치하여 회의실 같은 구조로 만들어 놓았다.

권하는 대로 자리에 앉자 수발을 맡은 엘프들이 손에 요리를 들고 나타났다.

"엘프의 요리지만 인족의 입에도 맞을 거다."

포티머스가 권하는 대로 요리를 입에 넣었다.

야채 중심의 밋밋한 맛이었지만 그만큼 식재의 질을 제대로 살려내고 있었다.

분명 맛있었다.

여행의 피로도 있어서 우리는 말없이 식사를 먹어 치웠다.

"입에 맞는 듯하니 다행이로군."

식사가 끝나기를 기다렸다가 포티머스가 입을 열었다.

"숙소를 마련했다. 제국군이 이곳에 도착할 때까지는 그곳에서 지낼 수 있도록 지시해 놓지."

꽤나 빈틈없는 준비였다.

마치 사전에 우리의 방문을 알고 있던 것처럼…….

실제로도 알고 있었으리라.

어떻게 정보를 얻었는지 모르겠지만 아니면 설명이 안 된다.

숙소뿐 아니라 이런 타이밍에 정확하게 딱 사람 수대로 요리를 대접하기는 불가능했다.

그럼에도 불구하고 전이한 곳의 대응은 어떠했던가.

전이진을 지키고 있었던 인원들에게는 통보가 되어 있지 않았던 걸까, 아니면 단순한 연기였을까.

어느 쪽이든 포티머스의 의도를 가늠할 수 없었다.

그저 오로지 수상쩍을 뿐.

그래서일까, 포티머스의 다음 제안은 모종의 함정이 아닐까 의심할 수밖에 없었다.

"그리고 또, 다른 전생자하고도 만나고 싶겠지? 오늘은 이미 늦었다. 내일 바로 만나러 갈 수 있도록 조치하겠네."

9. 물거미

파도에 흔들리기를 며칠.

이제 드디어 몸이 원래대로 돌아왔다.

아하하, 이제까지 버티면서 정말 고생 많았답니다~.

수룡(水竜)한테 습격당한다거나, 수룡(水龍)한테 습격당한다거나…….

그야말로 난리 법석을 치렀다.

수룡(水竜)이 한꺼번에 들이닥쳤던 사건은 그냥 넘어가자.

사실 넘어가고 싶지 않지만 머리만 남은 상태로도 상대할 수 있었으니까 넘어가련다.

응. 머리만 남았는데도 제법 상대가 잘되더라고…….

머리만으로도 마법 발동은 제대로 가능하니까 고정 포대 같은 느낌으로 접근하기 전에 대부분의 적을 격침시켰다.

가끔씩 돌파해서 닥쳐드는 용감한 놈도 있었지만 염동 스킬로 나 자신을 움직여서 회피.

탈 없이 해결했다.

용(竜) 클래스라면 어떻게든 상대할 수 있음이 증명됐다.

개중에는 평균 능력치 2000을 넘는 상위 용도 있었지만 머리만으로도 상대할 수 있었다.

이것이 바로 진짜배기 두뇌전!

내 마법의 주 전력인 어둠 계열의 마법이 수중전에서도 문제없이 위력을 발휘해준다는 것도 크게 작용했다.

어둠은 판타지스러운 속성인 덕분일까, 물속에서도 위력이 감소되지 않고 맹위를 떨쳐줬으니까.

만약에 혹시 불이었다면 써먹을 도리가 없었을 테고, 벼락이었다면 나한테도 피해를 끼쳤을 테지.

수룡에게도 일단 용린 스킬은 있었지만 능력치의 차이가 너무 커서 언 발에 오줌 누기밖에 안 되는 상태였다.

뭐, 만 단위를 넘는 내 마법 공격력이 고작 2000밖에 안 되는 수룡의 마법 방어에 막힌다면 그건 그대로 충격이었을 거야.

그런고로 연달아 덮쳐드는 수룡은 비교적 어려움 없이 쓰러뜨렸다.

그랬더니 수룡(水龍)이 튀어나왔다.

뭔 소리를 하는 건지 모를 것 같은데, 나도 뭔 일이 일어났는지 잘 모르겠더라고.

응, 진짜로.

용(龍) 주제에 평범한 잡몹 같은 느낌으로 휙 하고 쏙 하고 튀어나오더라니까.

뭔가 강해 보이길래 감정해봤더니 평범하게 강해서 살짝 무서웠다.

아라바보다는 약했다는 게 위안이라면 위안이려나.

염동으로 머리를 이동시키고 도망치면서 쫓아오는 수룡을 마법으로 요격.

그렇게 술래잡기를 체감 시간으로 몇 시간 동안 거듭하다가 간신히 격퇴하는 데 성공했다.

수장룡 같은 인상의 외견이었는데 물리 쪽 공격과 방어가 높은 바보 근육 타입이라서 다행이었다.

속도가 대단하지도 않았기에, 따라잡히지도 않았고 마법도 별 볼 일이 없었기에 스쳐도 안 죽었다.

직격당한다면 또 의식을 잃어버린 채 해초 부스러기 코스를 밟아야 했겠지만…….

그랬다가는 다음에 또 언제 부활할지 모르잖아.

뭐, 물리쳤으니까 됐어.

그리고 또! 수룡을 쓰러뜨린 경험치 덕분에 레벨 업.

탈피 회복은, 몸뚱이 자체가 없었으니까 탈피라고 하기는 좀 그렇지만. 뭐, 일단 레벨 업에 따른 회복으로 몸이 생겨났다.

목부터 아래쪽이 레벨 업과 동시에 꾸무럭꾸무럭 생겨나는 광경은 분명 옆에서 보면 굉장히 징그러울 거다.

다만 역시 탈피 회복으로도 완전히 몸이 재생되지는 않았고 몸뚱이의 절반쯤 재생되는 데 그쳤다.

그다음부터는 오로지 습격해 오는 수룡(水竜)을 상대하는 한편 치료 마법으로 다른 신체 부위를 재생시키면서 시간을 보냈다.

때때로 수룡(水龍)까지 덮쳐드는데 정말 울고 싶더라.

내가 쓰러뜨린 놈은 처음 수룡뿐이고 나머지는 도망쳤다.

응, 아라바와 같은 레벨의 수룡이 아무렇지도 않게 돌아다니더라고…….

내가 만전의 상태도 아닌데 그런 녀석하고 어떻게 싸우라는 거야.

게다가 나는 둥둥 떠다닐 수는 있어도 가라앉지는 못한다.

상대는 물속을 자유자재로 움직일 수 있기에 내가 압도적으로 불리한 상황인 만큼 제대로 상대하려면 정말 어림도 없거든.

아마도 유영이라는 스킬을 습득하면 나 또한 잠수를 할 수 있다는 생각은 해봤다.

생각은 해봤지만 적성이 관계되기 때문일까, 내가 유영 스킬을 습득하려면 스킬 포인트를 제법 많이 소모해야 했다.

왠지 좀 아깝다는 생각에 습득은 포기했고 수룡(水龍)이 나타나면 순순히 도망치는 방법을 선택하기로 했다.

몸이 완전히 회복된 지금도 수룡을 상대하려면 힘이 빠지니까 오로지 도망칠 뿐.

내가 다리 여덟 개로 마음먹고 도망치면 다들 구경만 해야 되거든?!

나의 자랑스러운 속도와 히든 카드 전이가 있으면 수룡 따위에게 도망치기는 식은 죽 먹기라고!

뭐, 전이를 써 봤자 수룡보다 훨씬 무서운 마왕이 기다리고 있을 테니까 진짜 최후의 수단이지만.

지금은 마왕에게서 도망치기 위해 바다를 떠다니고 있는 중.

예지 님의 지도 기능에 의하면 나는 파도에 휩쓸려 엘로 대미궁에서 멀어지면서도 육지와 일정 거리를 유지한 채 이동하고 있다는 사실을 알았다.

이대로 파도를 타고 엘로 대미궁에서 멀어지다가 적당한 곳에서 육지로 상륙하려고 생각 중이다.

마왕도 내 위치를 잃어버렸겠다, 수색에 나서더라도 아마 엘로 대미궁의 안쪽 및 주변 지역부터 시작할 테니까.

그럼 엘로 대미궁에서 멀리 떨어진 곳으로 이동만 해도 발견될 위험이 줄어든다는 뜻.

이대로 마왕의 눈을 피해 육지에 상륙해서 전이로 도망칠 만한 장소를 늘려 놓는다면 제아무리 무시무시한 괴물이라도 나를 따라잡기는 버거워진다.

아무리 순간 이동에 버금가는 터무니없는 속도여도 실제로 순간 이동을 하는 것은 아니니까.

음속을 넘는다 해도 장거리를 이동하려면 그에 따른 시간이 필요하고 그 시간 동안 나도 전이로 도망칠 수 있다. 음, 희망 사항인가?

지금 내가 마왕에게서 도망치지 못하는 이유를 보면 전이로 이동할 후보가 너무 적다는 데 문제가 있었다.

내가 전이로 갈 만한 장소는 엘로 대미궁의 내부와 바깥 지역의 일부 한정된 범위뿐.

엘로 대미궁의 내부는 마더의 영역인 데다가 바깥도 역시 내가 전이 가능한 장소는 극히 제한적이다.

제한된 범위인 터라 마왕이 추적하려고 마음먹으면 가능하다.

그러니까 추적이 불가능할 만큼 광범위하게 전이 가능한 곳을 넓혀 놓으면 언젠가는 따라잡지 못하게 된다.

그런 관점으로 보자면 여기 바다도 제법 괜찮은 도피처 같다는 생각이 드는걸.

설마 바다 위를 둥둥 떠다니고 있을 줄은 마왕도 예상 못할 테니까.

뭐, 수룡이 돌아다닌다는 시점에서 이미 안전하고는 거리가 먼 도피처지만 말이야.

며칠쯤 둥둥 표류하다가 오랜만에 육지에 상륙했다.

땅에 다리가 닿는 감촉은 행복하다고 절실하게 실감 중.

바다 위를 계속 떠다니다 보니까 불편해서 견딜 수가 없었다.

상륙한 이유는 불편함을 못 견딜 지경이기도 했지만 수룡(水龍)이 무리 지어서 덮쳐들기 시작한 것이 컸다.

아니, 저기요. 자네들은 마물 중에서도 꽤 강한 부류잖아요?

왜 패거리로 몰려다녀요?

이쪽은 물속에서는 제대로 움직이지도 못하는 거미형 튜브라고요?

그렇게 주야장천 쫓겨 다니다가 하는 수 없이 육지로 도망쳤다는 거지.

아무리 그래도 용(龍)이 몇 마리씩 한꺼번에 덤벼들면 안 되지 않나?

육지는 육지 나름대로 마왕이라는 위협이 있지만 발견되지 않은 지금은 아직 괜찮을 거야.

보이지 않는 위협보다는 눈앞의 수룡.

뭔가 완전히 수룡분들에게 록 온을 당해버려서 상륙한 지금도 머리만 해수면 위로 내민 채 이쪽을 뚫어져라 노려보고 있단 말이지.

노골적으로 다시는 돌아오지 말라고! 요런 심정이 엿보이는걸.

마왕에게 들키지 않는 바다 여행을 더 즐기고 싶었는데 결국은 여기까지로군요.

이제부터는 육지를 나아갈 수밖에 없다.

일단 어디서부터 내 정보가 마왕에게 새어 나갔는지도 모르겠고 되도록 사람의 눈을 피해서 몰래 이동하자.

우선은 강을 목표로…….

왜냐고?

바다에 들어가 있으면 당연히 바닷물투성이가 되잖아?

바닷물은 끈적끈적하거든.

비린내는 무취 스킬로 어떻게든 떨칠 수 있지만 그렇다고 몸에 밴 바닷물이 사라지지는 않는다.

끈적끈적해서 기분 나빠.

아, 무취 스킬은 무음 스킬을 최고 레벨을 달성했더니 파생됐다.

이름처럼 냄새를 지워주는 스킬인데 레벨이 오르면 냄새가 점점 더 옅어진다.

암살자한테 딱 어울리는 스킬이지.

그게 아니더라도 생활에서 꽤 쓸 만한 스킬이다.

덕분에 냄새는 신경 쓰지 않아도 괜찮으니까.

애당초 이 몸에서는 체취 따위가 안 나니까 신경 쓴 적도 없었지만 말이야.

우선은 몸을 씻기 위해서라도 강, 혹은 연못 같은 곳을 찾아보자.

신중하게, 뭐, 말은 그렇게 해도 아주 경계하지는 않는 정도로 기척을 지운 채 이동.

빈약했던 때에도 엘로 대미궁 하층이라는 마굴을 누비고 다녔던 내 은밀 능력은 그 후 스킬 레벨의 상승과 맞물려서 상당히 높아졌고, 음, 그건 아니구나.

왜냐하면 위압처럼 자기 존재감을 주장하는 스킬이니 칭호를 줄

줄이 입수한 탓에 말짱 도루묵이니까.

은밀 관련 스킬을 제아무리 열심히 갈고닦아 봤자 기껏해야 상쇄되는 수준의 효과밖에 못 바란다.

따라서 분명하게 말하겠는데 이제 와서 살금살금 돌아다녀 봤자 들킬 때는 들킨다.

그러니까 필요 이상으로 신중하게 다닌들 소용없었다.

들키면 뭐, 그때 가서 걱정하자는 마음으로 다녀야지.

대미궁에서 지낼 때도 그랬지만 마물 부류는 내 기척을 사전에 감지하고 도망친다.

나를 피해서 도망치려고 아예 대이동을 감행할 만큼 예민하게…….

그러한 습성은 스테이터스의 영향과 관계없이 생물의 본능에 가까운 위기 관리 능력으로 여겨진다.

개구리처럼 약한 마물한테도 감지당했었으니까.

오히려 약할수록 그런 쪽의 감각이 더 예민할지도?

그래서 내가 육지를 전전하는 동안에 또 마물의 대이동이 벌어지지 않을까 예상하고 있다.

대미궁에서는 그 때문에 살짝 식량난을 겪었더랬지.

지금은 밥 문제보다는 마물의 대이동 때문에 마왕한테 들키지는 않을까, 어떻게 해야 할까, 그쪽이 더 중요했다.

아마도, 아니, 반드시 들킨다.

그만한 영향이 발생하는데 마왕이 눈치채지 못할 리 없었다.

내 기척을 감지하지는 못하더라도 소동의 중심에 무언가가 있다는 사실은 분명히 들킨다.

들키면 물론 확인하러 오겠지?

그럼 살해당한다.

음. 시간제한은 꽤 짧겠네.

들키기 전에 어떻게든 행동 범위를 넓혀서 또 전이로 행적을 감출 수밖에 없겠다.

곰곰이 대책을 고민하면서 이동하던 중 애타게 찾았던 강을 발견.

이제 진짜 끈적끈적한 몸이 기분 나빠서 견딜 수가 없었던 터라 아무 생각 않고 풍덩.

일순간 몸이 물속으로 잠겼다가 금방 뽕 떠올랐다.

실을 뽑아서 실부림으로 솜씨 좋게 천의 형태를 만들어 몸을 닦아냈다.

미궁 안에 있을 때는 더러워져도 별로 신경 쓰지 않았지만 역시 청결하게 지낼 수 있다면 그러고 싶잖아.

수욕도 좋지만 조금 더 욕심을 부리면 뜨거운 물에 몸을 담그고 싶다.

이 세계에도 뜨거운 물이 나오는 욕조가 있는지 없는지는 잘 모르겠지만…….

없다면 온천을 찾아야겠네.

마왕이랑 마더만 어떻게든 해결을 보면 꼭 찾아보자.

아니다, 그 전에 맛있는 음식부터.

밥 때문에 열심히 힘내서 엘로 대미궁 바깥으로 나왔는데도 결국 맛있는 음식은 전혀 못 먹었단 말이야!

실로 중대한 사태다!

전부 다 마왕이랑 마더 때문이야!

너희 때문에 나의 행복한 바깥 생활이 엉망진창이라고!

맛난 밥을 꿈꾸면서 고생을 무릅쓰고 바깥으로 나왔는데도 나를 기다렸던 것은 다급한 도망 생활이었지.

이상하다.

처음 예정대로라면 지금쯤 느긋하게 바깥을 관광하고 있어야 했는데…….

관광 명소, 숲과 산!

마더의 브레스를 맞고 날아가버렸습니다.

관광 명소, 바다!

수룡이 듬뿍, 한가득, 졸졸.

이상하다. 이건 좀 아니야. 이건 좀 아니라고!

왜 어디를 가도 죽음의 위험이 따라붙는 거냐고!

게다가 가만히 멈춰 서면 마왕이 쫓아온다는 긴장감.

이런 상황에서 그 누가 느긋하게 지낼 수 있겠어!

아무튼 목숨을 부지하기 위해서도 행복한 바깥 생활을 보내기 위해서도 마왕과 마더는 어떻게든 처리해야 한다.

예지 님을 발동해서 마왕의 현재 위치를 확인했다.

후후후. 내가 설마 맥없이 퍽 맞고 죽기만 했겠어?

감정이 성공하면 예지 님의 마킹 기능이 작동한다.

마킹 기능으로 한 번 감정에 성공한 상대의 감정 정보나 위치 등등을 멀리 떨어진 장소에서도 확인할 수 있었다.

마찬가지로 예지 님의 지도 기능과 조합하면 마왕의 위치 정보가 한눈에 들여다보인다.

게다가 이 기능을 응용하면 마킹한 상대가 이동할 때마다 해당 지역의 지도가 확장되는 편리한 기능까지 딸려 있다.

그래 봐야 지도가 넓어질 뿐 내 다리로 밟은 지역이 아니면 전이는 불가능했다.

따라서 결국 스스로 움직여서 전이 후보지를 늘려 나갈 수밖에 없지만 말이야.

아니다 다를까, 마왕은 마더를 향한 병렬 의사의 공격이 멈추지 않는 것을 보고 내가 살아 있다는 사실을 깨달은 눈치였다.

나를 날려버렸던 현장을 검증한 뒤 나의 행방을 수색하는 듯했다.

그리고 현재는 바다 위를 이동 중이다.

명탐정, 명형사도 깜짝 놀랄 추적 솜씨인걸.

어떻게 내가 바다에 있다고 확신했을까?

수룡에게 쫓겨났기 때문이라고는 하지만 상륙해서 정말 다행일지도?

그래도 내가 바다의 어디쯤에 있는지는 짐작이 안 가는 듯 바다 위를 샅샅이 뒤지면서 돌아다니고 있었다.

무서워라.

명형사에게 추적당하는 도주범의 심정을 조금 알 것 같아.

그나저나 마왕이 바다를 돌아다니는 지금은 오히려 기회일 수도 있겠다.

지금이라면 엘로 대미궁으로 당장 돌아오지는 못할 테니까 마더의 부하를 줄이는 작업을 해도 되지 않을까?

바다 위에서 둥둥 떠나니는 동안 마더의 부하가 얼마나 많이 늘어났을지 잘 모르겠지만, 새로 태어났다고 한들 당연히 전력이 될 만큼 자라지는 못했을 거다.

지금의 나를 상대하려면 아크 타라텍트와 동등한 수준은 되야지, 그 이하는 어림도 없다.

그레이터 타라텍트라고 해도 숫자를 제법 갖추면 얼마쯤 대항할 수는 있겠지만 별로 어렵지는 않겠지.

마더의 부하 중 문제가 되는 녀석은 역시 인형 거미.

일대일이라면 아크에게도 지지 않는다고 자신한다.

애당초 나는 아크에게 대단히 유리한 고지를 점하고 있다.

물리 능력 말고는 내가 아크의 상위 호환이나 마찬가지니까.

하지만 인형 거미는 경우가 달랐다.

몇 번쯤 마주쳤다가 도망치기를 반복하는 사이에 인형 거미의 성질도 조금씩이나마 알게 됐거든…….

우선 걔는 거미지만 거미가 아니야.

사람 모양의 인형, 마네킹 같은 물건의 안쪽에 주먹 크기쯤 되는 조그만 거미가 있다.

구동의 핵이 되는 거미가 마네킹 내부에 실을 가득 채워 넣고 실 부림으로 실을 움직인 결과가 바로 인형 거미라는 마물이었나.

그 때문에 거미인데도 거미 고유의 능력보다는 인형을 활용하면서 인간과 가까운 전법을 구사한다.

우선 거미 주제에 무기를 들고 다니는 게 반칙이잖아.

게다가 아수라처럼 팔이 여섯이나 있고 팔 하나하나가 전부 무기를 들고 있다.

무기를 저렇게 잘 쓰는 놈이 어떻게 거미냐고 말해주고 싶어진다.

나도 얼마간 평범한 거미하고는 거리가 멀어졌다는 느낌이 들지만 인형 거미는 겉모습만 봐도 이미 거미가 아니잖아.

스킬 구성도 아크를 필두로 하는 거미 군단하고는 달랐다.

주로 무기 관련의 스킬이 추가된 탓에 거미라기보다는 인간의 상위 호환 같은 느낌이었다.

인간과 교전 경험이 없지는 않았으나 스테이터스로 대충 압도해서 유린했을 뿐 제대로 된 전투를 겪었다고 말하기는 좀 어렵잖아.

따라서 분명히 말하겠는데 인형 거미의 움직임을 도저히 못 읽겠다.

회피도 역시 미래시와 사고 초가속의 황금 조합으로 간신히 피하는 수준.

게다가 능력치는 평균 10000을 넘으니까 악질이었다.

상성이 좋냐, 나쁘냐를 말하자면 아주 썩 나쁘지는 않다고 말하겠지만 애초에 전투력이 달랐다.

나는 만 단위를 넘긴 능력치라고는 마법 관련이 전부잖아.

게다가 마법을 제외하면 속도 말고 전부 쑥 내려가고…….

사실 속도도 순발력을 나타내는 노란색 SP가 여전히 낮으니까 최고 속도를 쭉 유지할 수는 없었다.

즉 유리한 분야가 마법밖에 없음.

인형 거미에게 이기려면 정면 대결은 무리.

이러면 나의 특기 되시는 함정 전법으로 쓰러뜨릴 수밖에 없겠지만 사전 준비를 하는 데 그 밖의 거미 군단이 방해된다.

결국 차근차근 거미 군단의 전력을 깎아 먹을 수밖에 없겠다.

일단 마왕이 바다에 있는 동안 미궁으로 돌아가서 잠시 날뛰어볼까.

S9. 엘프의 마을의 전생자

엘프의 마을에 도착한 다음 날, 나와 카티아와 페이 세 명은 선생님의 안내를 받아 어느 장소로 향하고 있었다.

사실 트라우마가 있는 엘프의 마을에 하프 엘프인 안나를 홀로 두는 건 바람직하지 않았다.

다만 지금 향하고 있는 장소의 사정을 감안하면 부득이하게 우리 전생자만으로 가고 싶었다.

하이린스 씨에게 사정을 설명하자 「나한테 맡겨라」라고 믿음직스럽게 말해줬기에 안나를 남겨 놓고 출발했다.

지금 우리가 향하는 곳은 전생자 보호 구역.

엘프의 마을에 보호되어 있는 전생자들이 거주하는 장소였다.

"선생님~. 아직 멀었어~?"

페이가 지루한 듯 입을 열었다.

저러는 이유는 상당히 오랜 시간 계속해서 쭉 걸어왔기 때문이다.

페이의 스테이터스를 보면 물론 이만한 거리를 걸어왔다고 지칠 리는 없겠지만, 그럼에도 잠깐 근처를 다녀온다는 감각으로 출발했는데 전혀 목적지에 도착할 낌새가 없었기에 싫증이 났겠지.

"이제 얼마 안 남았어요. 엘프의 마을은 넓으니까요. 조금만 더 참아줘요."

엘프의 마을은 마을이라는 명칭으로 불리고 있지만 실제 넓이는 상당한 수준이었다.

엘프라는 하나의 종족 거의 전부가 이 마을에 집결하고 있음을 감안하면 이토록 넓은 규모에도 수긍이 간다.

끝에서 끝까지 이동하려거든 날이 바뀌도록 걷고 걸어야 하는 넓이니까.

그런 점으로 봤을 때 걸어서 갈 만한 거리에 전생자 보호 구획이 위치하는 만큼 오히려 가깝다고 말할 수 있지 않을까?

“그나저나 결계가 이 넓은 공간을 다 감싸는 건가요? 굉장한 마법이네요.”

“네. 이 결계 덕분에 엘프의 마을은 지금까지 한 번도 공격당한 적이 없었어요.”

“참고로 그 마법이 어떤 구조로 발동되는지 물어도 될까요?”

“미안해요. 저도 잘 모르겠어요.”

선생님의 지식에도 국방의 요체가 되는 결계에 관한 정보는 없는 듯했다.

“제가 알고 있는 사실은 굳건한 결계라는 것, 설령 퀸 타라텍트의 공격을 받아도 꿈쩍을 안 한다는 정도예요. 오랜 엘프의 역사 속에서 단 한 번도 깨진 적이 없을 만큼요.”

퀸 타라텍트의 공격을 받아도 꿈쩍을 하지 않는다?

그 말을 듣고 놀라는 동시에 살짝 납득하기도 했다.

퀸 타라텍트는 최강 클래스의 마물.

얼마 전 마족과 벌어진 대전에서도 갑작스럽게 출현한 퀸 타라텍트가 인족, 마족을 가리지 않고 닥치는 대로 유린했었다.

엘로 대미궁 부근에서는 과거에 출현했던 퀸 타라텍트 때문에 지형이 바뀔 만큼 대규모 파괴가 발생했다.

그것과 동종의 마물이 활보하는 이곳 가람 대삼림에서 엘프가 별 탈 없이 생활하고 있는 만큼, 결계가 퀸 타라텍트에게 파괴당하지 않는다는 것은 어찌 보면 당연했다.

만약 결계가 없었다면 엘프의 역사는 이미 막을 내렸겠지.

"오랜 수명을 지닌 엘프의 역사를 돌아봐도 말이죠? 그나저나 얼마나 긴 세월인가요?"

"모르겠어요. 들은 얘기로는 최고 장로님의 오백 세 차이 나는 할아버지의 또 할아버지가 태어난 무렵에는 이미 결계가 있었대요."

"정말 대단하네요."

참으로 오랜 역사가 느껴진다.

사실 이 세계에는 역사 기록이 별로 남아 있지 않았다.

까닭인즉 거듭되는 마족과의 전쟁 때문에 기록이 유실되는 경우가 많았고, 또한 지구와 달리 이쪽의 종이는 열화가 빠른 것도 한 가지 원인이었다.

기록물이 보존되지 않으니 역사는 몇 남지 않은 자료를 해독하거나 구전 등의 방법으로 전해지는 내용이 고작이었다.

그것도 신빙성이 의심되거나 가공의 이야기가 섞여 드는 까닭에 절반쯤 설화 취급을 받는 실정이다.

그렇게 생각하면 오랜 수명을 지닌 엘프는 귀중한 역사의 산증인일 수도 있겠다.

물론 폐쇄적인 엘프의 성향을 감안했을 때 대부분은 마을에서 나간 적도 없을 것이고 인족의 역사에는 별로 해박하지 않을 테지만…….

"유고는 결계를 돌파할 자신이 있는 걸까요?"

역사라고 부르기에 손색이 없을 만큼 긴 세월 동안 엘프의 마을을 쭉 지켜준 결계.

그토록 굳건한 결계인데도 유고는 뚫고 들어올 자신이 있는 걸까?

자신감을 받쳐주는 명확한 근거가 있는 걸까?

"모르겠어요. 하지만 이제껏 뚫린 적이 없었다고 앞으로도 안 뚫린다는 보장은 아무도 하지 못해요. 과신은 금물이에요."

선생님의 말은 왠지 모르게 결계가 뚫리는 것을 전제로 이야기하는 듯 들렸다.

마치 유고에게 결계를 파괴할 수단이 있다고 가정하는 듯한 대답이었다.

아니, 단지 가정은 아니다. 분명히 알고 있다.

아니라면 결계의 수호를 받는 마을까지 엘로 대미궁을 통과하는 위험을 무릅쓰면서 급히 돌아올 필요는 없었다.

결계가 견고하다고 자신한다면 가만히 믿고 맡기면 되니까.

카티아의 충고를 떠올리게 된다.

선생님은 아직껏 뭔가를 숨기고 있다고…….

아마도 카티아의 오해 따위가 아니었다.

선생님은 어딘가에서 말해도 되는 부분과 말하지 않는 부분을 구별한 뒤 선을 긋고 있다.

"들려주신 말씀이 옳다면 고작 인간의 힘으로 결계를 파괴할 수 있다는 생각은 도저히 안 드는군요. 그런데도 선생님은 유고가 뭔가 패를 숨기고 있다고 보는 것이고요?"

카티아가 날카롭게 추궁했다.

나도 알아차린 사실을 카티아가 못 알아차렸을 리 없었다.

"모르겠어요. 하지만 엘프의 마을을 지키고 있는 결계는 이미 잘 알려진 사실이에요. 지금의 유고가 아무리 막무가내라도 결계를 돌파할 확신이 없었다면 갑자기 대규모 진군을 벌이지는 않았겠죠. 그러니까 분명히 뭔가 수단을 강구했을 거예요. 그래서 결계를 정말 파괴할 수 있는가는 불분명하지만요."

모르겠다면서도 타당한 분석이었다.

논리 정연하게 구축된 예측에서는 모순점이 보이지 않는다.

다만 그럼에도 한번 싹튼 의혹은 불식되지 않았다.

선생님에게 보이지 않는 위치에서 카티아의 눈매가 가늘어졌다.

페이는 일련의 심리전을 따라가지 못한 채 대화를 듣지 않은 척 입을 다물었다.

나도 더 이상 뭔가를 말하면 실수를 할 것 같아서 차라리 입을 닫았다.

"아, 이제 보이네요~!"

미묘한 침묵이 흐르려고 하던 차에 때마침 목적지로 도착했다.

속으로 후유, 숨을 내뱉는다.

내게 머리싸움은 무리임을 통감했다.

선생님이 가리키는 방향, 그곳은 울창한 숲속에 있는데도 나무에 둘러싸인 대신 햇빛이 들어오는 장소였다.

거대한 수목이 빽빽하게 자라난 이 숲은 나뭇가지나 이파리에 막혀서 하늘이 거의 보이지 않는다.

하지만 저곳 부근은 나무가 없는 대신 지면에다가 야채를 심어 놓았다.

밭이다.

밭을 돌보고 있던 누군가, 마침 지금의 우리와 비슷한 나이의 젊은 소년 소녀들.

가축도 있구나. 몇 명은 동물을 돌보고 있었다.

그중 한 명의 소녀가 우리의 접근을 알아보고는 작업하던 손을 멈춘 뒤 다가왔다.

"왔네요, 선생님."

"네, 다녀왔어요."

그리운 일본어로 자연스럽게 인사를 나누는 두 사람.

역시 전생자였다.

다만 마음이 따뜻해져야 하는 일본어를 들었는데도 이 자리에는 싸늘한 분위기만 흘렀다.

쌀쌀맞은 인사.

왠지 선생님의 표정도 딱딱했다.

"그래서요? 거기 세 명은 새로운 피해자인가요?"

소녀의 말이 나쁜 분위기를 더더욱 악화시킨다.

"피해자라니요. 절대로 아니에요."

"견해 차이겠죠. 적어도 저는 선생님을 가해자라고 생각하거든요? 뭐, 됐고요. 거기 셋, 이름은 뭐니? 아, 이쪽 이름 말고 일본 이름으로 알려줄래?"

차갑게 선생님을 뿌리치고는 우리에게 시선을 보내는 소녀.

소녀의 눈이 나와 카티아를 보고, 그다음 페이를 봤을 때는 의문의 빛을 띠었다.

"나는 야마다 슌스케."

"나는 오오시마 카나타."

"보면 알겠지만 시노하라 미레이야."

"뭐?"

소녀가 미간을 찡그린 이유는 카티아가 여자가 되었다는 사실 때문일까, 아니면 페이가 생전에 가까운 모습을 지니고 있기 때문일까.

"잠깐, 잠깐만. 오오시마라고?"

"그래, 맞아."

"와……."

상상도 못했다는 목소리가 흘러나왔다.

"반응이 뭐 그래?! 너무하네?!"

"미안. 좀 뜻밖이라서."

"얘, 우리 이름 들었으면 너도 알려줘야지?"

소녀의 반응에 카티아가 상처 받은 기색을 보이고 페이는 눈을 흘기면서 불쑥 말했다.

"뭐, 굳이 안 들어도 성격을 보면 대충 알겠지만."

"그러게. 이름을 물어봐 놓고 자기 이름을 안 알려주면 예의에 어긋나겠네. 나는 쿠도 사치야."

"역시나."

페이가 왠지 지긋지긋하다는 목소리로 탄식했다.

쿠도 사치.

우리 반에서 반장을 맡았던 여학생이다.

나는 특별히 사이가 좋지는 않았지만 빠릿빠릿한 말투로 반 학생들 가운데서도 눈에 띄는 아이였다.

규칙을 엄격하게 따졌던 탓에 적도 많았다.

여러모로 적당주의였던 페이하고는 견원지간이라고 말할 수 있겠다.

"시노하라, 너는 왜 예전 모습이랑 비슷한 거야?"

쿠도는 역시 페이의 외모가 전세와 비슷하다는 사실을 알아차렸다.

그로부터 상당한 시간이 흐른 만큼 다른 사람의 얼굴은 이미 잊어버릴 법한데도 날마다 으르렁거렸던 상대의 얼굴은 기억이 나는가 보다.

"그야 물론! 내 미모는 죽음을 겪어도 바래지지 않으니까, 이제 알겠지~?"

"쓸데없는 소리는 됐고."

어째서인지 포즈까지 잡으면서 자랑스럽게 100퍼센트 거짓말 티가 나는 소리를 늘어놓는 페이.

딱 잘라서 신랄하게 쳐내는 쿠도.

왠지 그리운 감이 드는 장면이었다.

"진지하게 대답하면, 음, 왜 예전 모습인지는 나도 잘 몰라."

여전히 장난스러운 태도를 고수하는 페이의 얼굴을 수상쩍어하는 눈으로 바라보는 쿠도.

"미레이?"

"어? 진짜야?"

우리의 존재를 알아차린 몇 사람이 쿠도와 마찬가지로 작업하던 손을 멈추고 다가왔다.

그중 둘이 페이의 모습을 알아보고는 말을 건넨다.

"어라? 혹시 아이랑 쿠미?"

"정답!"

"그럼 정말 미레이야?! 와, 진짜 오랜만!"

오랜만에 옛 친구와 재회해서 신을 내는 여자들.

페이는 여학생 중에서도 화려한 그룹의 중심인물로 교우 관계 또한 넓었다.

십수 년이라는 간격이 있는데도 소녀들은 금세 마음을 터놓고 함께 모여서 이야기꽃을 피웠다.

저 사교성은 순순하게 대단하다고 생각한다.

"아무튼 여기에 서서 이야기하기는 좀 그러니까 이리 와. 다들 오늘 일은 이만 끝내고 들어가자."

앞쪽은 우리에게, 뒤쪽은 주변의 다른 인원들에게 쿠도가 말했다.

"선생님도 올래요? 환영은 못 해드리겠지만요."

쿠도의 말은 뚜렷한 거절 표시였기에 나는 저절로 흠칫하고 말았다.

처음 인사에서 이미 선생님이 쿠도에게 미움받고 있음은 알았지만, 이토록 강한 거절의 태도를 보이니 당황할 수밖에 없었다.

쿠도는 전세에서는 반장이라는 역할도 있어서 선생님과 접할 기회도 많았기에 제법 사이가 좋았다고 기억한다.

그렇다면 방금 전 거부감은 이쪽 세상으로 건너온 뒤에 선생님과 만나서 무슨 일을 겪었기 때문이겠지.

내가 어쩔 줄을 모르고 당황하고 있는 가운데 카티아는 냉정하게 선생님과 모여든 옛 반 친구들의 얼굴을 관찰했고 페이는 물끄러미 선생님을 바라보기만 했다.

"그래요. 음, 오랜만에 다시 만난 자리인데 제가 있으면 다들 기분이 나빠질 테니까 사양할게요."

선생님은 그렇게 말하고 발길을 돌렸다.

그때의 표정은 터져 나오려고 하는 울음을 있는 힘껏 억누르고 미소 짓는 듯 보였다.

"들어가자."

선생님을 무시한 채 쿠도는 걸음을 내디뎠다.

주변을 둘러보니 예전의 반 친구들 중 몇 명은 선생님을 복잡한 표정으로 보고 있었다.

그럼에도 누구 하나 선생님에게 말을 건네지 않는다.

나는 반대 방향으로 떠나가는 선생님의 뒷모습을 바라봤다.

선생님의 뒷모습이 너무나도 작아 보였다.

10. 인형 놀이

요즘 내 생활 주기를 보면 엘로 대미궁과 바깥을 왔다 갔다 하고 있었다.

마왕이 쫓아오고, 따라잡힐 것 같으면 전이로 엘로 대미궁에 가고, 겸사겸사 마더의 부하를 줄여 놓는다.

그래서 내가 날뛰고 있다고 마더에게서 SOS를 받은 마왕이 대미궁으로 돌아오면 다시 바깥으로 전이해서 도망친다.

이러기를 반복할 뿐.

전이를 자유롭게 구사할 뿐 아니라 상대의 위치마저 파악하고 피해 다니는 나를 붙잡기는 마왕이 아무리 대단해도 무리인가 보다.

그럼에도 까딱 방심하면 따라잡힐 테니까 수면 무효의 힘을 빌려서 하루 온종일 깬 채 행동했다.

수면 무효 스킬 덕분에 잠들지 않아도 몸 상태가 나빠지지는 않지만 여유가 없어진 탓에 정신적으로는 조금 버거웠다.

게다가 마왕도 바보가 아니니까 성과 없는 술래잡기를 끝내기 위해 또 다른 수단을 강구했다.

구체적으로 말하자면 인형 거미의 수가 늘었다.

인형 거미는 퀸 타라텍트하고는 다른 종류에 속하는 마왕의 수하였다.

마더의 근처에 원래 있었던 한 놈 말고도 마왕이 원군으로 또다시 열 놈이나 불러왔을 때는 깜짝 놀랐다.

딱 한 놈만으로도 두통의 근원이었는데 이제는 자그마치 열.

장난치냐고 묻고 싶었다.

새로 추가된 인형 거미는 절반, 즉 다섯이 엘로 대미궁에서 방어를 담당.

나머지 다섯은 바깥에서 나를 추적하고 있다.

마왕이 엘로 대미궁으로 복귀하길래 도망치려고 전이한 곳에서 매복과 맞닥뜨렸을 때는 진짜 죽는 줄 알았다.

간신히 따돌린 뒤 도망쳤고 감정으로 마킹도 성공했으니까 다행이었지만, 한 걸음만 잘못 내디뎠어도 또 반죽음 상태가 될 뻔한 위기였다.

응, 불사 스킬이 없었다면 평범하게 죽었을 만큼 심각한 중상을 당해야 했고…….

불사 감사 감사.

다만 상황은 시시각각 나빠지고 있었다.

마왕 플러스 인형 거미 다섯은 언제나 나를 추적하고, 엘로 대미궁에는 마더와 인형 거미 여섯이 방어를 맡고 있다.

마더의 전투력을 깎아 냈다지만 그 이상으로 인형 거미와 접촉하는 상황이 많아졌다.

이대로 흘러간다면 언젠가 도망칠 길이 사라지고 궁지에 몰리게 된다.

그 전에 뭔가 수를 내서 인형 거미의 수를 줄여야 했다.

현재 마더는 시간을 들인다면 쓰러뜨릴 수 있지만 마왕은 격파가 거의 불가능. 인형 거미도 나보다 강력하달까, 꽤나 버거운 상황.

상대는 모두 나보다 센 녀석들뿐이다.

그래도 못 해치우면 내가 당한다.

나보다 강한데 그래서 뭐 어쩌라고.

내는 태어나고 지금껏 쭉 센 놈하고만 싸워 왔거든?

이제 와서 뭘 두려워하랴.

지금껏 내가 강자를 상대로 쭉 승리를 거둬 왔던 기반은 지략과 끈기.

실을 중심으로 상대를 함정에 빠뜨렸던 지략과 어떤 상황에서도 포기하지 않았던 끈기.

이 둘로 이제껏 버티고 극복해 왔다고 해도 과언이 아니었다.

그러니까 이번에도 이걸로 넘어서 보일 테다.

당장에 제대로 된 정면 승부로는 인형 거미를 못 이긴다.

뭔가 인형 거미를 쓰러뜨릴 함정이 필요했다.

그래서 뭐, 아등바등 움직이면서 고민했답니다.

마왕이며 인형 거미을 피해 도망치는 한편 마더의 부하를 하나하나 줄여 나가면서…….

그리고 나는 현재 막다른 골목으로 밀려난 상황이다.

엘로 대미궁의 상층.

조그마한 돔 형태의 작은 공간에서 나는 마침내 인형 거미 여섯에게 포위당했다.

누가 본다면 절체절명의 위기.

하지만 궁지에 몰았다고 착각하고 있는 인형 거미들은 내 함정으로 오히려 유인당했음을 눈치채지 못했다.

엘로 대미궁에 있는 인형 거미 여섯을 전부 꾀어내기 위해서 평소보다 길게 술래잡기를 했다.

퇴로가 인형 거미한테 막혀 있는 듯 보이고 실제로도 그렇기는 했다. 그런데 퇴로 한 군데만 막아 버리면 인형 거미도 여기에서 못 나가잖아?

그런고로 흙 마법 발동!

유일한 출입구를 흙 마법으로 틀어막았다.

이걸로 이 조그마한 공간은 밀폐됐다.

그리고 또다시 마법을 발동!

공간 마법, 공간 수납!

이 마법은 이른바 아이템 박스 비슷하게 이공간에다가 물건을 넣고 보존해 놓는 마법인데 내게는 이제껏 들고 다닐 소지품이 없는 까닭에 활용법을 못 찾았었거든?

그런데 이번에는 어떠한 물건을 공간 수납으로 보관해서 가지고 왔어.

바닷물을 한가득.

바닷물을 조그마한 공간 안으로 방출하는 한편 이곳에 있는 공기를 속에다가 채워 넣었다.

공간의 내부에 바닷물이 꽉 들어차서 완전히 수몰.

인형 거미는 아니나 다를까, 제대로 헤엄칠 줄을 몰라 천장에 달라붙어버렸다.

내 몸은 어떤 구조로 만들어졌는지 몰라도 부력이 굉장히 컸다.

물속으로 잠수하려고 들면 뿅 튀어나올 만큼.

그럼 종족은 달라도 비슷한 거미 마물이니까 다들 나랑 비슷한 성질을 가지고 있지 않겠어?

가설을 세운 뒤 마더의 부하 중 스몰 레서 타라텍트를 한 마리 납치하고 바다에서 시험해봤다.

그랬더니 역시나 나처럼 물에 떠오르더라고.

인형 거미도 물에 뜬다고 장담할 수 있냐, 묻는다면 살짝 미묘했지만 나는 결국 내기에서 이겼다.

인형 거미 놈들은 떠오른 상태에서 제대로 움직임을 취하지 못한 채 꾸물꾸물 버둥거리고 있었다.

물에서 저절로 떠오르는 거미의 특성 때문에 강제적으로 천장에 달라붙은 데다, 몸을 움직이고 있는 인형 내부의 실이 물에 젖은 탓에 얼마간 효과가 떨어진 까닭이었다.

그 광경을 나는 물밑에서 관찰하고 있었다.

후후후.

그렇다, 나는 이 작전을 실행하기 위해 비싼 대가를 치르고 유영 스킬을 습득했다는 말씀!

유영 스킬 덕분에 간신히 물 아래로 가라앉을 수 있게 됐다.

자유자재로 헤엄치려면 스킬 레벨이 낮아서 안 되지만…….

그럼에도 이번 작전을 성공시키기에는 충분한 효력이었다.

나는 제대로 움직이지도 못하는 인형 거미 놈들을 향해 암흑 마법을 날렸다.

어둠 계열의 마법이 물의 영향을 받지 않는다는 점은 수룡들과 싸웠을 때 검증 완료.

육지와 위력을 달리하지 않는 암흑 마법이 인형 거미에게 덮쳐들었다.

아무리 스테이터스가 뛰어나더라도 못 움직이면 제 능력을 활용할 길이 아예 없어지잖아?

마법으로 반격해 봤자 물속에서 움직일 수 있는 나를 못 맞힌다.

미안해요, 조금 허세 좀 부려봤어요.

나도 유영 스킬의 레벨이 낮아서 아주 자유롭게 움직이지는 못하니까 다는 안 피해지거든.

뭐, 문제는 없었다.

내 마법 방어력은 높다. 인형 거미가 마법 공격을 날려도 큰 대미지는 받지 않는다.

미안해요, 또 살짝 허세 좀 부려봤어요.

엄청나게 대미지를 받는 중입니다.

어떡하라고, 인형 거미는 강하단 말이야.

내 마법 방어력이 아무리 높아도 무시 못할 대미지가 들어온단 말이야.

뭐, 문제는 없었다.

인형 거미가 나한테 마법을 날린다는 것이 중요하니까.

능력치가 만 단위를 넘기면 마법의 힘으로 왜 천변지변을 일으키냐고 따지고 싶어지는 현상도 일으킬 수 있나.

마음만 먹으면 인형 거미 또한 이 조그만 수족관을 붕괴시키고도 남는다.

그걸 깨닫지 못하게 하기 위해서 공격해야 하는 명확한 적을 눈앞에 갖다 놓는다.

즉 나는 미끼.

인형 거미가 조금만 침착했다면 공간 자체를 파괴하는 쪽을 우선시했을 거야.

하지만 내가 눈앞에 있고 게다가 공격을 날려 대니까 자연스럽게 나를 먼저 처리하려고 들지 않겠어?

숨을 못 쉬어서 패닉을 일으켰다면 더더욱.

나는 인형 거미 놈들에게 마법 공격을 거듭 날리면서 방금 전 공간 수납에다가 넣어 놓았던 공기를 조금씩 들이마셨다.

응, 나는 숨이 막히지 않는다.

하지만 인형 거미 놈들은?

물속에서 호흡이 가능할 리 없었다.

거미한테 그런 편리한 기능은 없다.

물고기가 아니니까.

애당초 신체 구조 때문에 물속으로 잠수하지도 못한다.

높은 능력치가 폐활량에도 영향을 주는가 여부는 모르겠지만 공기를 필요로 하는 생물이 언제까지고 호흡을 멈춘 채 살아 있기는 불가능했다.

움직이면 움직일수록 산소 소비량도 늘어난다.

그리고 나와 마법 공방전을 벌인다면 얼마 안 되는 산소는 순식간에 바닥난다.

마법으로 인형 거미의 HP를 깎을 필요는 전혀 없었다.

나는 단지 인형 거미의 주의를 끌고 놈들이 질식할 때까지 기다리기만 하면 되니까.

그래서 나 또한 인형 거미의 마법을 몸으로 받아 내야 했지만 뛰어난 마법 방어와 인내 스킬의 효과로 어떻게든 버틸 수 있을 것이라고 계산했다.

만약 계산 이상의 대미지를 받아서 최악의 경우를 맞이해도 내게는 불사가 있다.

나를 행동 불능의 가사 상태로 몰아넣을 무렵에는 인형 거미 놈들도 산소 결핍 때문에 멀쩡하지는 못할 테니까.

그런 상태에서 이곳을 파괴할 만큼 대규모 마법을 사용할 수 있느냐 하는 데는 의문이 들고, 그렇지 않아도 이곳이 파괴된다는 것은 곧 천장이며 벽이며 모조리 무너진다는 뜻.

약해진 인형 거미 놈들에게 생매장은 꽤나 버거운 위기일 거다.

나도 함께 생매장을 당할 테지만 불사 덕분에 죽지는 않는다.

최악의 경우 생매장당한 채 쭉 못 깨어날 위험은 있지만, 다소의 위험도 각오하지 않고 나보다 센 놈이랑 어떻게 싸워 이길 수 있으랴.

감쪽같이 내게 당했다 하더라도 인형 거미는 분명 나보다 많이 강한 놈이니까.

오히려 이렇게까지 잘 풀린 것이 너무 순조롭다고 여겨질 정도…….

인형 거미 하나가 여섯 개의 팔을 휘둘러서 천장을 공격하기 시작했다.

하지만 내부에 침입한 물이 몸을 움직이는 실을 적셔서 제대로 움직이지 못했다.

완만한 움직임으로 무기를 천장에 때려 넣고 있지만 힘이 들어가지 않는 탓에 천장은 꿈쩍도 하지 않았다.

그럼에도 만약을 대비하기 위해 그 인형 거미에게 마법을 날리며 움직임을 방해했다.

그렇게 물에 빠져 허우적거리고 괴로워하던 인형 거미들의 저항이 서서히 사그라들고, 약해지고, 끝내는 사라졌다.

나보다 센 놈을 여섯이나 쓰러뜨렸기 때문인지 레벨이 단번에 올라갔다.

그럼에도 안심하지 않고 만약을 위해 한 놈 한 놈 감정해서 제대로 숨통이 끊어졌는지 확인했다.

여섯 모두 익사체라고 표시된다.

능력치가 높다 해도 이렇게 허무하게 죽을 수 있었다.

이번에는 내가 함정을 파 놓는 역할이었으니까 다행이었지만 나도 약한 놈이라고 해서 방심하면 안 된다는 교훈으로 삼자.

어쨌든 나는 골치 아픈 적을 단번에 섬멸하는 데 성공했다.

남은 적은 마왕, 마더, 나머지 인형 거미 다섯.

S10. 전생자들의 모임

쿠도의 안내로 간 곳은 식당이었다.

수목에 구멍을 뚫어서 주거지로 쓰는 엘프의 마을.

그중에서도 큼지막한 수목에 만든 식당 안에는 비좁게 느껴질 만큼 탁자와 의자가 빽빽하게 놓여 있었다.

왠지 중학교 때 갔던 임간 학교를 떠올리게 된다.

식당에서는 이미 네 명의 소년 소녀가 요리를 하고 있었다.

그중 한 명의 소년이 우리를 물끄러미 응시했다.

나와 카티아를 의아한 듯 빤히 바라보다가 페이의 얼굴을 봤을 때는 역시 눈빛이 바뀌었다.

몇 년이 지났는데도 페이를 기억하고 있는 반 친구는 많은 듯했다.

그만큼 페이의 인상이 강렬했다는 증거겠지만.

"쿠도, 혹시 저 셋은……."

"응, 맞아."

쿠도가 요리를 하고 있었던 네 명에게도 작업을 일단 중지하라고 말을 건넸다.

각각이 평소 앉는 자리라고 짐작되는 자리로 가서 앉고, 우리 셋과 대표로 쿠도가 식당 앞에 섰다.

"일단 자기소개부터 다시 부탁해도 될까?"

"야마다 슌스케야."

"오오시마 카나타."

"척 보면 알겠지만 시노하라 미레이야."

우리가 차례대로 자기소개를 마치자 주위가 술렁술렁 소란스러워졌다.

시선의 대부분이 카티아에게 향하는 것은, 뭐, 어쩔 수 없지 않으려나.

"정말 슌이랑 카나타가 맞아?"

질문을 던진 사람은 방금 전 요리를 하던 소년.

"그래."

맞다고 대답하자 소년은 활짝 웃음 지었다.

"되게 오랜만이다!"

저 미소에서 기시감이 느껴졌다.

용모는 달라도 붙임성 좋은 분위기가 기억에 남아 있다.

"오기?"

"응. 용케 알아보네."

"그렇게 칠칠맞게 웃는 녀석이 너 말고 또 누가 있겠어."

해죽해죽 칠칠맞게 웃음 짓는 소년은 오기, 오기와라 켄이치였다.

전에는 축구부 소속이었던 친구다.

참고로 오기라고 이름 대신 성씨에서 딴 별명으로 부르는 데는 유고의 전세였던 나츠메 켄고와 호칭이 겹치기 때문이라는 사정이 있다.

오기를 시작으로 자기소개가 이어졌다.

그리운 감정이 샘솟는 얼굴이 있었고, 저런 애가 있었지 싶을 만큼 별 사이가 아니었던 옛 반 친구도 있었다.

이곳에 있는 전생자는 전부 열세 명.

우리가 선생님에게 들었던 열한 명에서 두 명이 늘어났다.

그 두 사람은 타가와 쿠니히코와 쿠시타니 아사카.

"타가와랑 쿠시타니는 모험가로 활동했다고?"

"당연하지. 이세계 전생하면 모험가를 하는 게 정석이잖아?"

"몰라, 누가 만든 정석이야."

타가와와 쿠시타니는 원래 용병단에 소속돼 있었다고 한다.

그리된 까닭은 두 사람이 저마다 용병단에 소속된 부모님 슬하에서 소꿉친구처럼 자랐기 때문이었다.

하지만 용병단은 마족과의 전투로 괴멸.

두 사람은 그때를 계기로 용병 생활을 접고 모험가로 전향해서 활동했다.

그러던 중에 엘프에게서 접촉이 있었고 이곳 엘프 마을로 찾아왔다고 한다.

이곳 엘프의 마을로 도착한 때는 바로 얼마 전이라고 들었다.

"그건 그렇고 카나타는 왜 갑자기 미인이 된 거야?"

"내가 더 궁금하거든?"

오기의 질문에 어깨를 축 늘어뜨리면서 카티아가 대답했다.

아무래도 성별이 바뀐 사람은 카티아뿐인 듯하다.

"너는 인간이니까 그래도 나은 거야. 나는 마물이란 말이야, 마물."

페이가 자기 처지로 이야기를 꺼내자 여자들이 떠들썩해졌다.

끝내는 무슨 영문인지 페이의 날개를 만지면서 꺅꺅 비명을 질러댄다.

이러니저러니 해도 페이는 여학생들의 중심 격이었다는 사실을 되새기게 된다.

자연히 페이의 주변에 여자들이 모여들었고 나와 카티아의 주변에는 남자 녀석들이 모였다.

여기에 있는 열세 명 중 다섯이 남자, 나머지 여덟이 여자였다.

사람 수에 차이가 있기 때문인지 남자는 다소 주눅이 든 채로 생활했던 모양이었다.

서로 간에 정보 교환을 했다.

"그러면 나츠메 바보 자식이 쳐들어온다는 거야?"

"맞아."

타가와의 질문에 나는 무거운 표정으로 고개를 끄덕거렸다.

"나츠메가 말이지?"

오기의 표정에서 복잡한 감정이 엿보였다.

오기는 우리하고도 사이가 좋았지만 유고하고도 잘 지냈었다.

사이좋았던 옛 친구의 타락한 모습에 충격을 받는다 해도 어쩔 수 없었다.

다른 남자 녀석들도 물론 마찬가지였지만 나츠메라면 그럴 만하다는 생각도 표정에서 슬쩍 엿보였다.

전세의 나츠메는 지금처럼 상식을 벗어난 짓을 하는 놈은 아니었지만 거부감을 불러일으키는 막무가내였다는 점은 다르지 않았다.

대놓고 말은 안 했지만 내심 나츠메를 싫어했던 녀석이 많았다.

그래서일까, 그 녀석이라면 충분히 그럴 만하다는 반감이 흐르고 있는 까닭은…….

"엘프는 바깥세상의 정보를 가르쳐주지 않았던 거냐?"

카티아의 물음에 오기는 일순간 어색하게 침묵한 뒤에 대답했다.

"그래. 엘프는 우리에게 관여하려고 하지 않으니까."

"그랬군. 아니, 그런데 방금 전 이상한 침묵은 뭐야?"

카티아의 추궁에 오기는 주변 녀석들과 얼굴을 마주 바라봤다.

"음, 기분 나빴으면 미안한데 말이다. 뭐라고 해야 하나, 위화감이 장난 아니라고 할까, 이 미소녀를 카나타라고 받아들일 수가 없다고 해야 되려나."

오기의 변명에 남자 전원이 응응, 고개를 끄덕거렸다.

카티아도 자기 나름대로 복잡한 표정이었다.

"그래, 그럴 만도 하지."

"아, 미안! 카나타도 좋아서 여자가 되지는 않았을 건데, 고생도 많이 했을 테고. 충분히 이해한다고! 그렇기는 한데, 왠지 다른 사람 같아서……."

말꼬리를 흐리는 오기의 변명은 카티아를 어떻게 대해야 할지 모르겠다는 심정을 그대로 나타내주는 듯했다.

"음, 그렇겠네. 알았어, 신경 안 쓰니까 예전처럼 대해도 돼."

"그래도 그게 좀."

"정 신경 쓰이면 나는 여자들한테 갈 테니까. 어떡할래?"

"꼭 좀 여기에 있어주세요."

오기의 눈빛이 장난 아니다.

흑심이 훤히 들여다보일 만큼…….

그야 카티아는 깜짝 놀랄 미소녀니까.

이런 미소녀라면 얘기할 수만 있어도 즐겁겠지.

"여기까지 카나타랑 시노하라랑 같이 여행한 거야? 양손에 꽃이잖아. 부럽네."

오기가 노골적으로 질투하면서 내게 불만을 늘어놓았다.

그 꽃 중 한쪽이 눈앞에 있는데도…….

"그래도 카나타잖아. 게다가 시노하라거든?"

나를 옹호한 녀석은 타가와였다.

"그런데 말이다, 여기에 와서 든 생각인데 전생자는 전부 잘 생기지 않았어?"

타가와의 말을 듣고 나는 새삼 주변에 있는 녀석들의 얼굴을 돌아봤다.

확실히 다들 제법 반듯한 얼굴이었다.

나도 전세에서는 평범한 얼굴이었고, 특별히 눈에 띄었던 와카바나 페이처럼 일부를 제외한 다른 반 친구들은 평균적인 외모가 많았다.

그런데 이곳에 있는 녀석들은 종류에는 차이가 있을지언정 모두 미남 미녀였다.

우리를 전생시킨 신의 배려일까? 전생자는 미형이 많은 듯했다.

"맞는 말이네. 그래서 불평을 하는 놈은 없겠지?"

카티아가 놀림조로 말하자 오기가 또 해죽해죽 웃으면서 얼버무렸다.

전세로 돌아간 것 같다는 착각이 들었다.

그래 봐야 결국은 착각일 뿐.

다들 이번 삶에서 나와 동일한 시간을 보냈을 테니까.

"그러면 너희들은 대부분 엘프에게 납치당하는 형태로 여기에 오게 된 거야?"

내가 감개에 젖어 있는 동안에 화제는 모두가 어떤 경위를 거쳐서 엘프의 마을로 오게 됐는지로 옮겨 갔다.

카티아가 확인차 묻자 오기와 친구들이 가만히 고개를 끄덕거렸다.

"각자 상황은 달랐지만 말이야. 부모한테 돈을 주고 사 왔다는 패턴이 가장 많아. 테마리가와는 실제로 유괴당했고."

오기의 말을 들은 순간 현기증이 났지만 착각이 아닐 것이다.

이제껏 믿어 왔던 선생님의 전생자 보호 활동이 순식간에 범죄 비슷한 행위로 돌변했다.

흡사 노예처럼 돈을 치러서 사 오고 유괴까지 했다고 하지 않은가.

내가 심각한 충격을 받은 반면에 카티아는 의외로 침착해 보였다.

"안 놀라는 거야?"

"놀라기는 놀랐지만 말이야. 어느 정도는 예상했거든."

카티아는 선생님을 처음부터 의심했었다.

그러니까 온갖 상황을 예측했을 것이다.

선생님이 비합법적인 수단에 손을 댔을 가능성도…….

소피아와 맞섰을 때 나왔던 대사를 떠올렸다.

소피아는 선생님에게 당신도 많이 죽이지 않았느냐는 취지의 말을 했었다.

그때는 분명 뭔가 사정이 있을 거라고 넘겼었고 지금도 선생님 같은 사람이 이유도 없이 살인을 저질렀다고는 생각하지 않는다.

그렇지만 믿고 싶은 마음 한편으로는 조금씩 선생님에게 의심이 생겨난다는 것도 부정할 수 없었다.

믿고 싶다. 그렇지만 완전히 믿을 수가 없다.

엘프는 과연 지킬 가치가 있는 자들인가?

물론 유고가 쳐들어온다면 이곳에 있는 전생자들을 위해서라도 전투에 나서야 한다.

무엇보다도 나 자신이 유고와 결판을 내고 싶다.

그렇지만 그다음 나는 어떻게 해야 옳을까?

말을 들으면 이곳에서 지냈던 친구들은 많든 적든 현재 상황에 불만을 품고 있었다.

엘프에게 감시당하는 생활.

방금 전까지 작업에 열중했듯 여기에서는 사실상 자급자족으로 생활하고 있는 듯했다.

밭에서 야채를 재배하고 동물을 사육해서 고기를 얻는다.

자신들끼리 마련하지 못하는 필수품은 엘프가 조달해주는 듯하지만 그럼에도 생활의 많은 부분을 스스로 만들어 내야 하는 모양이었다.

이곳에 있는 대부분의 전생자들은 갓난아기 때, 보통은 겨우 말문이 트이는 어릴 적에 끌려왔다.

물론 초기에는 엘프가 돌봐줬다지만 도움은 서서히 사라졌고 지금은 감시와 물자의 보급 말고는 접촉조차 하지 않는다고 한다.

"엘프는 우리더러 쓸데없이 나서지 말고 조용히 살기만 바란다더라."

오기의 말은 분명히 정답이었다.

엘프는 전생자가 스킬을 단련하는 것을 원하지 않는다.

이유인즉 선생님이 말했던 관리자와의 대결 때문에…….

하지만 그게 전부인가?

단지 그 때문에 범죄에 손을 대면서까지 전생자를 모으고 이런 생활을 강요했던 건가?

뭔가 우리가 알지 못하는 사정이 있을 것 같다.

선생님은 진실을 감추고 있는 건가?

우리에게는 좋은 일일까, 나쁜 일일까.

모르겠다.

하지만 지금 당장은 유고의 난행을 저지하는 것이 먼저였다.

그다음 나는 한차례 선생님과 진지하게 대화를 나눠야 한다.

결과적으로 엘프가 적으로 돌아설 수도 있었다.

나는 개운치 않은 마음을 애써 다스리면서도 오기와 친구들의 이야기를 계속 들었다.

옛 친구들과의 재회는 즐거웠다. 그날 우리는 날이 저물도록 추억을 되새겼다.

이제 전생자 대부분과 만남을 가졌다.

만나지 못한 녀석은 죽었다는 소식을 들은 네 명과 나머지 둘.

그중 한 명은 나와 카티아와 절친했던 친구, 사사지마 쿄야였다.

선생님의 소피아에 대해서 말할 때 이렇게 말했었다.

"그 아이의 이름은 소피아 케렌. 그리고 전세의 이름은 네기시 쇼코. 관리자의 편으로 돌아선 전생자 중 한 사람이에요."

관리자의 편으로 돌아선 전생자 중 한 사람이라고…….

요컨대 소피아 말고도 관리자의 편으로 돌아선 전생자가 있다는 의미가 아니었을까?

돌이켜보면 선생님은 쿄야의 이야기를 꺼내려고 했을 때 노골적으로 화제를 돌렸었다.

그 행동이 의미하는 바는 역시 그래서인가?

선생님은 이미 알고 있지만 우리에게는 숨겼던 걸까?

그렇다면 이것저것 퍼즐 조각이 들어맞는다.

맞아버린다.

카티아에게는 이 이야기를 하지 않았다.

분명 카티아는 나보다 먼저 같은 결론을 내렸을 거다.

그리고 카티아라면 나보다도 한 걸음 더 나아가서 고찰하고 있을 것이다.

어째서 선생님이 사실을 감추고 있는가 하는 이유를…….

지금껏 선생님에게 비밀이 많은 데에는 뭔가 이유가 있기 때문이라고 생각했었다.

선생님이 이유도 없이 우리에게 사실을 감추는 그런 사람은 절대 아니라고 믿었으니까.

분명 뭔가 우리에게 알려지면 위험한 사정이 있다고 생각했었다.

알게 됨으로 **우리**에게 해를 끼치는 사정이 있지 않겠느냐고…….

그렇지만 어쩌면 전부 내 착각일 뿐 알게 되면 **선생님**이 불리해지는 사정이 아닐까. 오늘 친구들의 이야기를 듣고 비로소 그런 생각이 들었다.

쿄야도 역시 우리에게 알려지면 선생님의 입장이 나빠지니까 말하지 않은 게 아니겠느냐고.

차마 의심하게 된다.

믿고 싶다. 하지만 점점 더 믿을 수가 없어진다.

이 찝찝한 마음은 언제가 돼야 가실까. 쿄야와 재회하는 그날일까?

이봐, 쿄야.

너는 지금 어디에서 뭘 하고 있어?

설마 내가 너와 적대해야 되는 거야?

대답은 돌아오지 않았다.

Hugo Baint Rengxandt

유고 반 렝잔드

본명 유고 반 렝잔드. 렝잔드 제국의 왕자. 일본의 고등학생이었던 기억을 지닌 전생자. 전세의 이름은 나츠메 켄고. 전생 전부터 부잣집 아들이었고 선민의식이 있었는데, 왕족으로 전생하면서 그러한 성질이 더욱 강해졌다. 제국의 유일한 후계자라는 입장 때문에 주변으로부터 떠받들여졌고 제지할 인물도 없었기에 점점 더 행동이 과격해졌다. 최고가 아니면 만족을 못하는 자기중심적인 성격이라 자신보다 뛰어난 재능을 지닌 슌을 시샘하여 제거하려고 했지만 실패. 지금은 적반하장으로 복수의 불꽃을 태우고 있다.

「유고」

Character Collection

막간. 관리자를 편드는 전생자

“안녕.”

“어머? 네가 여기에 와도 되는 거니?”

“잠깐은 괜찮아.”

“그래? 흠, 뭐하러 왔는데?”

“섭섭하네. 네 주인님이 시켜서 말을 전해주러 왔는데.”

“……주인님이 뭐라고 하셨는데?”

“나중에 벌 준대.”

“……뭐 때문에?”

“글쎄? 그건 네가 잘 알고 있지 않아?”

“짚이는 게 너무 많아서 모르겠단 말이야!”

“아마도 선생님한테 손을 댄 것 때문이 아니려나?”

“그건 정당방위였거든?”

“그런가? 내가 보기에는 과잉 방어 같던데. 뭐, 변명은 나 말고 본인한테 직접 해.”

“주인님이 내 변명을 들어줄 리 없잖아.”

“그렇기는 하지. 얌전히 벌 받아야겠다?”

“그게 싫단 말이야.”

“어차피 못 피할 텐데.”

“아아~ 아아~ 아아~. 안 들려요, 안 들려요~.”

“어린애도 아니고 칭얼거리면 못써.”

"시끄럽거든. 아무튼 엘프의 마을은 꼭 함락시켜야 해. 실패하면 안 된다?"
"절대로 실패하지 않아."
"뭐, 그렇겠지. 하지만 까다로운 전생자들이 둘 추가되지 않았니?"
"타가와하고 쿠시타니 말이지?"
"모험가로 활동했으니까 그럭저럭 강하지 않으려나?"
"강해 봤자 그럭저럭이잖아."
"뭐, 그럼 괜찮겠네."
"소피아가 이미 확인했잖아? 용사도 우리에게는 전혀 못 미친다고."
"그렇기는 해. 하지만 주인님도 말씀하셨잖아? 스테이터스가 전부는 아니라고."
"설령 스테이터스로 크게 앞선다 해도 당할 때는 당한다. 나도 잘 알아. 방심은 하지 않아."
"그럼 됐어. 어차피 엘프는 뭔가 숨기고 있을 테니까. 이런 데서 방심하다가 당하는 시시한 최후를 맞이하고 싶지는 않겠지?"
"동감이야. 아, 맞다. 방금 말했던 용사님 일행 말이야. 아무래도 엘프의 마을에 있다나 봐."
"어머? 걔네는 나를 못 이긴다고 얼마 전에 깨달았을 텐데, 뭐하러?"
"그래도 물러나면 안 된다고 판단하지 않았을까? 슌은 그런 녀석이거든."
"흐음."
"관심 없나 보네."
"정말로 관심이 없는걸."

"나는 꽤 관심이 있는데 말이지."

"전세의 인연 때문에?"

"맞아. 기대되거든. 재회했을 때 슌이나 카나타가 어떤 표정을 지을까."

"딴생각에 빠져 있다가 본업을 소홀히 하면 안 된다?"

"물론."

"좋아. 그럼 기대하고 있을게. 마음껏 열심히 날뛰고 와."

"그래, 그렇게 할게."

"나도 오랜만에 제대로 힘을 내보려고."

"무섭네."

"어쨌든 우리가 제 실력을 발휘하지 않아도 엘프의 마을은 멸망할 거야. 누가 뭘 어쩌든 소용없어. 주인님이 몸소 와 계시니까."

11. 어미 살해자

질풍노도!

으하하하하!

인형 거미를 단번에 해치우기도 했고 전부가 다 순조로워서 웃음이 멎질 않는다.

그로부터 나는 다시 인형 거미 하나를 격파하는 데 성공했다.

마왕은 인형 거미 여섯이 당한 사실을 금방 알아차리고 대책을 강구했다.

엘로 대미궁에 남아 있던 인형 거미 하나를 파견해서 방어를 담당시키는 방법.

그 녀석을 또 수공으로 격파해드렸다는 말씀.

아마도 마왕에게서 이전의 여섯이 어떻게 당했는지 전달받은 듯 인형 거미는 사전에 유영 스킬을 습득해 놓았다.

하지만 별로 상관없거든…….

가둬 놓고, 안쪽을 물로 채우고, 그다음은 수족관 바깥으로 단거리 전이해서 가만히 기다린다.

그랬더니 어머나 신기해라!

수족관이 붕괴되면서 생매장 인형 거미가 만들어졌어요!

어차피 한 번 쓴 수법이 두 번이나 통한다는 기대는 하지도 않았기에 이번에는 일부러 밀폐된 공간을 붕괴시키고 탈출할 수 있도록 나는 후닥닥 꽁무니를 뺐었다.

내가 없으면 물속에서 굳이 대기할 필요가 없다.

수족관의 벽이니 천장을 부수고 탈출하려고 들겠지?

설마 툭 치면 붕괴되도록 내 손으로 사전에 가공해 놓은 줄도 모르고.

그리하여 톡 건드렸을 뿐인데 바위와 흙이 한가득 쏟아지면서 멋진 방이 완성.

흙 마법으로 살짝~ 건드려주니까 간단하게 만들어지더라고.

그다음은 생매장된 인형 거미를 대량의 흙모래째로 전이시켰다.

중층의 마그마 속으로 곧장.

후후, 목표물이 대량이고 인형 거미의 마법 저항도 꽤 높아서 MP가 쑥 줄었고 시간도 걸리더라고.

하지만 붕괴로 대미지를 입은 데다가 파묻히면서 봉쇄된 인형 거미가 기어 나오기 전에는 마법이 완성.

감쪽같이 마그마 속으로 휙~ 끝났습니다~.

만약을 위해 나도 중층에 가서 인형 거미의 죽음을 확인했는데 놀랍게도 마그마 속에서 살아 나왔다.

흙모래째 전이시킨 탓에 그것들이 얼마간 인형 거미를 지켜준 모양이었다.

그럼에도 온몸에 큰 화상을 입었고 안쪽의 실이 전부 탄 데다가 껍데기의 인형 부분도 탄화된 상태였다.

가만히 내버려 둬도 죽을 것 같았지만 빈틈없이 숨통을 끊고 경험치를 맛있게 받아먹었지요.

이제 내가 격파한 인형 거미는 일곱.

넷이 아직 남아 있지만 걔네도 처리할 방법은 있었다.

마왕도 낌새를 알아차린 듯 나머지 넷을 함께 행동시켰다.

역시 넷을 동시에 상대하려고 들자니 이기는 장면이 좀처럼 안 그려져서 현재는 방치 중.

하지만 넷이 함께 행동한다는 건 그만큼 수색 범위가 좁아진다는 뜻이기도 했다.

나는 인형 거미를 유유히 피해 다니면서 그동안 바깥의 행동 범위를 단번에 넓혀 놓았다.

마왕은 여전히 나를 계속 추적하고 있지만, 먼저 알아차리고 전이로 잘 도망치기만 하면 어지간한 사태가 벌어지지 않는 한 붙잡히지 않는다.

바깥의 행동 범위를 넓히다가 따라잡힐 것 같으면 엘로 대미궁으로 철수해서 나머지 거미 사냥에 열중했다.

마왕이라는 압도적인 강자는 어떻게 상대할 방법이 없어도 세력이 깎여 나가고 있는 쪽은 상대편이다.

전이가 너무 편리해서 진짜 까무러치겠다.

응, 공간 마법이랑 차원 마법은 정말 사기적이야.

마왕을 이렇게까지 농락한 것도 전부 두 가지 마법 덕분인걸.

인형 거미를 쓰러뜨리는 데도 큰 역할을 했고 그야말로 사랑스럽다.

마더의 수하는 거의 품절 상태.

아크는 한 마리도 안 남았고 그레이터도 없었다.

성체 타라텍트는 아직 조금은 남아 있겠지만 걔네는 이미 머릿수에 안 들어간다.

마왕이 엘로 대미궁에 인형 거미를 배치하는 것을 포기한 눈치길래 닥치는 대로 날뛰고 돌아다닌 성과였다.

엘로 대미궁에 이제 제대로 된 전력은 마더밖에 남지 않았다.

그리고 마더 역시 풍전등화였다.

예지 님의 마킹으로 원거리 감정을 발동시켰다.

〈퀸 타라텍트 (약체화 중)　LV 89

스테이터스

HP: 6488/6488(MAX 24557) (녹) + 0 (상세)

MP: 5911/5911(MAX 22301) (청) + 0 (상세)

SP: 6134/6134(MAX 23097) (황) (상세)

　: 6134/6134(MAX 23991) (적) + 0 (상세)

평균 공격 능력: 6456(MAX 24439) (상세)

평균 방어 능력: 6447(MAX 24286) (상세)

평균 마법 능력: 5872(MAX 21977) (상세)

평균 저항 능력: 5869(MAX 21946) (상세)

평균 속도 능력: 6433(MAX 24400) (상세)　〉

스킬은 생략, 아무튼 능력치가 엄청나게 내려갔다.

전부 병렬 의사들이 열심히 싸운 성과였다.

아직도 평균 능력치 6000 전후라지만 원래 수치가 수치인 만큼 터무니없는 약체화라고 말할 수 있겠다.

조금만 더 지나면 본래 능력치의 4분의 1까지 떨어질 테니까.

70퍼센트 할인이면 폐점을 앞둔 가게에서나 하는 파격 할인 행사로군요!

이제는 그 무시무시했던 대괴수가 인형 거미보다도 능력치가 떨어져버렸다.

반면에 나는 요즘 들어 격한 전투를 거듭하면서 레벨이 쭉쭉 올라갔다.

현재 내 레벨은 24.

불과 얼마 전 진화했었는데 터무니없는 속도로 레벨이 올랐다.

전부 다 인형 거미를 필두로 아크 타라텍트와 그레이터 타라텍트 등등 강력한 마물을 마구 쓰러뜨린 덕분이었다.

바다에서는 수룡들을 잔뜩 쓰러뜨리기도 했고 그야 경험치의 양도 당연히 장난 아니게 많아지겠지.

오히려 이토록 호화로운 마물들을 싹 잡아버렸는데 겨우 24로 올랐다고도 말할 수 있겠네.

응, 과연 진화를 거듭한 만큼 레벨 오르는 속도가 꽤 느려졌구나.

아무튼 한바탕 레벨 업을 마친 내 능력치는 사실은 벌써 현재의 마더와 대등한 수준을 넘어섰다.

마법 공격과 마법 방어는 19000 남짓.

20000이라는 수치가 이제 곧 손에 닿는다.

아니, MP는 20000을 넘겼다.

다음으로 높은 수치인 속도는 13000.

이쪽도 10000을 넘겨서 인형 거미를 앞섰답니다.

이제 쫓아와도 달려서 도망칠 수 있도다!

뭐, 그래 봐야 SP가 4500이라서 조금 불안하니까 지구전이 벌어지면 아마도 따라잡힌다.

그 전에 전이로 도망치겠지만…….

HP는 7500.

물리 공격과 물리 방어는 5000.

이렇게 물리 공격과 물리 방어, 그리고 SP가 살짝 못 미치지만 다른 능력치는 전부 마더를 넘어섰다.

특히 마법 관련 능력치는 마더의 세 배쯤.

솔직히 지금의 능력치라면 일대일로 함정 없이 정면 승부를 벌여도 인형 거미를 쓰러뜨릴 수 있다고 본다.

걔네보다 능력치가 낮아진 마더라면 이길 수 있지 않을까?

그런고로 마더가 있는 곳으로 돌격!

어머니, 내가 이제 그대를 뛰어넘으리다!

마더가 지금 있는 곳은 놀랍게도 엘로 대미궁의 최하층.

그곳에는 간 적이 없었으니까 한 번은 걸어서 가야 했다.

일찍이 아라바와 사투를 벌였던 절벽 구덩이, 그 안쪽에 최하층으로 통하는 구멍이 있다.

나는 그 구멍을 타고 내려가서 마침내 미궁의 최심부에 해당하는 최하층으로 발걸음을 들여놓았다.

최하층은 이제껏 본 층과는 달리 하나의 커다란 공간으로 되어 있었다.

길은 없고 돔 형태의 공간이 펼쳐진다.

천장까지 거리는 수백 미터쯤 되려나?

단지 넓기만 한 공간은 맨눈으로는 저편까지 미처 내다보지 못할 만큼 넓었다.

천리안을 발동하면 저편이 내다보이겠지만 지금은 하지 않는다.

내 눈앞에서는 마더가 침착하게 자리를 지키고 서 있었다.

새삼스럽게 가까운 곳에서 저 거체를 보니까 진짜 커다랗다.

처음 봤을 때는 태어난 직후.

그때는 올려다본 마더의 위용에 단지 주눅 들기만 했었다.

솔직히 말하면 지금도 주눅이 든다.

거대함은 단지 크기만으로도 위압감을 발휘한다.

그야말로 대괴수.

거대한 여덟 개의 눈은 내 몸과 비슷한 크기로 보였다.

내가 지금껏 봐 왔던 마물 중 독보적으로 거대하다.

저 거체가 쓰러져서 덮치기만 해도 내 몸은 납작궁 찌그러지겠다.

응. 다시 봐도 괴물이야.

이미 잘 알고는 있었지만 약체화되지 않았더라면 정면으로 싸움을 걸 생각 따위는 하지 않았다.

약체화된 지금도 조금 섣부른 판단이 아니었을까 생각이 들고 있으니까.

희번덕, 여덟 개의 눈이 나를 노려봤다.

무, 무셔라~?!

에잇! 겁먹지 마라!

능력치로는 이미 내가 더 위란 말이야!

패배할 이유 따위 없도다!

마더가 위엄 있게 한 걸음을 내디디면서 거대한 다리를 크게 휘둘렀다.

그 공격을 말로 표현하자면 어떤 수식도 없이 단순한 밟아 누르기.

다만 초중량을 지닌 마더의 밟아 누르기였다.

스테이터스를 운운하기 이전에 단순히 물리적인 질량이라는 폭력이 덮쳐들었다.

확실히 능력치는 약화됐다.

하지만 마더의 무게가 줄어들지는 않았다.

마더의 체중이 몇 톤이나 될지 상상도 안 되지만 적어도 모든 체중이 실린 밟아 누르기를 내가 당한다면 성하지 못한다는 건 알겠다.

그렇다지만 내 속도는 현재 마더의 두 배 이상.

여유를 갖고 피할 수 있었다.

쓱 피할 작정이었다.

하지만 내가 깨달았을 때는 이미 수습할 도리가 없을 만큼 늦어버린 상태였다.

다리가 안 움직인다.

공포로 다리가 굳어서 안 움직여진다든가 하는 이유 때문이 아니었다.

다리가 지면에 달라붙어서 전혀 움직여지지 않는다.

마치 지면에 붙여 놓은 것처럼 다리가 떨어지지 않는다.

흠칫해서 지면을 내려다봤다.

보고 나서야 깨닫는다.

내가 다리로 디디고 있는 곳은 절대로 지면이 아니었다.

지면으로 착각했을 뿐 바닥의 온통 뒤덮고 있는 그것은 실.

지면과 완전히 같은 색과 질감으로 뽑아낸 거미의 실.

내 스킬로는 실에다가 색을 입히지도 못하고 질감에 변화를 줄 수도 없다.

그렇지만 마더가 갖고 있는 스킬은 내 스킬보다 뛰어났다.

신직사(神織絲).

실의 최상급 스킬.

거미가 지닌 최대 최강의 스킬.

바닥 일면을 천 형태로 만든 실로 덮어서 가린 뒤 은폐 스킬로 지면이 실이라는 걸 알아보기 어렵게 만들었다.

그리고 내가 발을 들여놓은 순간 점착력을 발휘.

내 다리를 옭아맸다.

쉽게 말하자면 쥐덫과 비슷했다.

참으로 단순한 함정이건만 나는 덜커덕 걸려들었다.

자신의 멍청함을 한탄할 때가 아니었다.

알고 있었을 텐데.

본체의 실력이야 어떻든 함정에 빠뜨리면 이길 방법은 얼마든지 있다.

나는 그렇게 쭉 승리를 거둬 왔으니까.

하지만 이번에는 반대로 함정에 빠져버렸다.

그리고 상대는 비록 약체화되었다지만 원래는 더 강력한 적.

아무리 능력치가 내려갔다지만 스킬은 그대로 건재하다.

얕볼 상대가 아니었다.

상대는 함정의 전문가, 거미의 여왕이었으니까.

굉음과 함께 마더의 거대한 다리가 떨어져 내려왔다.

나는 간발의 차이로 다리를 잘라 내서 그 공격을 회피했다.

딱히 실에는 실로 상대하자는 의도는 아니었지만 참사로 내 다리를 베어 냄으로써 구속에서 빠져나오는 데 성공했다.

그래 봤자다. 마더의 공격은 회피했지만 자해한 결과 내 HP가 줄어들었다.

중간에서 절단된 다리에다가 서둘러 치료 마법을 펼쳤다.

바닥에 내려설 수가 없으니까 공간 기동으로 공중을 달리면서 마더와 거리를 벌렸다.

거리를 벌리려고 했지만 내 몸이 오히려 마더에게 빨려 들어간다.

마더가 거대한 입을 벌려서 공기를 빨아들이고 있었다.

이전에 중층에서 메기가 보여줬던 기술.

아마도 포식 스킬의 응용으로 공기를 흡입하면서 상대를 끌어당기는 방식이다.

메기가 했을 때는 전혀 빨려 들어가지 않았었다.

하지만 지금 같은 행동을 하는 마물은 메기와 비교도 되지 않는 거체와 능력치를 자랑하는 마더.

태풍이 몰아치는 것처럼 거센 바람이 불어닥치며 내 몸을 강제적으로 마더의 입까지 끌고 들어갔다.

저 앞에 기다리고 있는 것은 마더의 위장일까, 아니면 독니일까.

바람 마법을 발동해서 마더의 흡입을 중화하고, 더욱이 인척의 사안을 내 몸에 걸어 마더에게서 떨어진다.

저항하기도 버거웠기에 차마 다리를 치료할 틈이 없었다.

폭풍을 필사적으로 버티고 있는데 느닷없이 바람이 사라졌다.

즉시 무시무시한 오한이 나를 덮쳤다.

앞뒤 가리지 않고 도망친다.

직후, 눈에 보이지 않은 뭔가가 공간을 뒤흔들었다.

그 정체는 마더가 들이마셨던 대량의 공기.

공기 덩어리를 마더가 사출 스킬로 토해 냈다.

기껏해야 공기.

그렇지만 공기.

압축된 공기 덩어리는 마더가 이전에 보여줬던 극대 브레스에도 뒤지지 않는 충격을 동반하고 미궁의 최하층을 뒤흔들면서 내 몸을 사정없이 휩쓸어버렸다.

직격은 간신히 피했다.

그런데도 몸 이곳저곳이 비명을 질러 댄다.

여파만으로도 막대한 대미지.

능력치가 내려갔는데도 불구하고 마더는 흔히 널린 마물과는 비교가 되지 않을 만큼 강했다.

자세를 다시 가다듬으려고 공중에서 어떻게든 버텨 냈다.

하지만 그럴 틈은 주지 않겠다는 듯 바닥이 뒤집어졌다.

정확하게는 바닥으로 의태시킨 실이었지만…….

바닥이 그대로 솟구쳐 올라오면서 나를 몰아붙였다.

위쪽으로 도망치려고 했던 나는 쏟아져 내려오는 뭔가를 보고 입을 벌렸다.

천장이 떨어지고 있었다.

정확하게는 천장으로 의태시킨 실이었지만…….

바닥이 전부가 아니었다.

이곳 일대는 바닥도 벽도 심지어는 천장까지 실로 덮여 있었다.

그것들이 일제히 나를 향해 덮쳐들었다.

도망칠 길이 없다.

모든 방위에서 들이닥치는 실의 쓰나미가 저항을 용납하지 않고 나를 둘러쌌다.

온몸을 구석구석 붙들어 매였기 때문에 방금 전처럼 몸 일부를 잘라 내고 탈출하는 방법도 불가능했다.

그런 짓을 하려거든 온몸을 다 잘라 내야 한다.

그럼에도 탈출하지 않으면 짓밟히고 끝장이다.

불사가 있으니까 어쨌든 죽지는 않겠지만 가사 상태가 되면 마왕에게 반드시 붙잡히게 된다.

그러면 이번에야말로 정말 끝장이었다.

불사를 갖고 있다 해도 처리할 수단은 있으니까.

초조한 마음을 가라앉히고 탈출을 위한 수단을 고민했다.

서두르지 않으면 마더에게 밟혀버린다.

암흑 마법을 발동해서 실을 찢으려고 했지만 꿈쩍도 하지 않았다.

마법 공격력 18000으로도 꿈쩍을 하지 않는다니, 대체 얼마나 튼튼한 거냐고 아연실색하게 된다.

지금까지 한껏 신세를 졌던 실이 적으로 돌아섰을 때의 두려움을 통감해야 했다.

전이를 쓰려고 해도 마음만 급할 뿐 술식이 구축되지 않는다.

그 이전에 전이는 어려운 마법이라서 술식을 완성할 때까지 얼마간 시간이 걸린다.

고작 얼마간의 시간이라고 해도 마더가 가만히 보고 있을 리는 없었다.

갑자기 준비하던 마법의 구축이 무산되고 말았다.

어째서?

깜짝 놀랄 틈도 없었다.

이렇게 되면 뭘 조심하고 그럴 여유도 없다!

부식 공격!

낫에 부식 공격을 담아서 실을 베어 갈랐다.

그 대단한 마더의 실도 부식 공격에는 약했는지 잘려 나갔다.

그렇지만 무딘 가위로 천을 잘라 내는 느낌이었다.

낫에 있는 대로 힘을 담아서 억지로 실을 잘라 낸 다음, 점착력을 발휘하며 들러붙는 실은 피부를 한 장 벗겨 내자는 각오로 나 자신에게 마법을 날려 없애버렸다.

온몸이 너덜너덜해지면서도 구속을 빠져나온 끝에 목격한 것은 눈앞까지 닥쳐든 마더의 다리.

거대한 그것이 눈앞에 닥쳐들자 시야가 온통 틀어막힌다.

회피가 가능한 타이밍이 아니었다.

콰직, 혹은 뚜둑, 혹은 퍼석. 아무튼 뭔가 소리가 들린 것 같았다.

아슬아슬하게 머리만큼은 사수하고 나머지 몸이 마더의 다리에 짓밟혔다.

또다시 목만 달랑 남은 거미.
염동을 발동해서 목을 공중에 띄웠다.
그렇지만 제어가 어려워 생각대로 움직이지 않는다.
방금 전부터 마법의 발동도 버거웠다.
이유는 마더의 스킬, 용 결계.
결계를 전개해서 용린 계통과 같은 효과를 발휘하는 스킬.
즉 마법의 구축을 방해한다는 것.
나의 천적이라고도 말할 수 있는 스킬이었다.
본래는 자신의 신체 부근에만 전개되는 결계였지만 범위를 넓혀서 내 마법이 발동되지 않도록 방해하고 있었다.
내가 아무리 마도의 극의를 가지고 있다지만 이런 상황에서 고난도 마법을 발동하기는 불가능했다.
그렇다, 전이가 불가능하다.
도망칠 수 없다.
머리만 달랑 남았으니까.
마법도 반쯤 봉인당했으니까.
외통수다.
어떻게 발악해도 역전의 실마리가 안 보인다.
들이닥치는 실의 쓰나미.
마무리를 짓기 위해 브레스 발사 준비에 들어가는 마더.
여기에서 가사 상태가 된다면 분명 다시는 깨어나지 못한다.
어떻게 이럴 수가.
능력치로 우세하니까 이길 수 있다고 근거도 없이 낙관적인 충동을 따라 아무런 대비도 없이 도전한 결과가 이거다.

지금까지 실컷 상대를 함정에 빠뜨려서 쓰러뜨렸던 내가 반대로 함정에 빠져서 당할 줄이야.

인과응보.

자만에 빠진 대가를 치렀다.

주마등이 스쳐 간다.

거미로 태어나서 마더와 형제의 살육장을 피해 도망쳤고.

마이 홈을 만들었고, 그렇지만 인간의 손에 불타서 도망쳤고.

인간에게 쫓기다가 하층으로 굴러떨어졌고.

그러고 나서 아라바를 피해 또 도망쳤고.

공포스러운 하층에서 도망치기 위해 중층으로 향했고.

상층으로 돌아와서 이제 드디어 도망만 치고 다니는 생활은 안녕이라고 다짐했었고.

그렇지만 밖으로 나왔는데도 여전히 마더나 마왕을 피해 도망 다니는 생활.

하하, 이렇게 돌이켜보니 내 거미생은 정말 도망만 치고 다녔구나.

도망치고 싶지 않았다. 도망치지 않아도 되도록 힘을 기르고 싶었다.

그렇게 바라면서도 결국은 끊임없이 도망 다녔던 거미생.

그런 주제에 최후의 순간에는 어이없이 함정에 빠져서 사망.

한심해서 웃음이 나온다.

자랑거리라고는 아무것도 없다.

전부를 쏟아붓고 만족스럽게 저세상으로 가버린 아라바하고는 너무 다르다.

살고 싶었다.

죽고 싶지 않았다.

그러니까 죽음의 원인이 될 수 있는 존재에게서 쭉 도망쳤다.

각오를 다진 뒤 덤벼드는 경우는 도망칠 길이 없는 사면초가의 상황, 혹은 승산이 있을 때뿐.

진실로 절망적인 싸움에 내 의지로 맞선 적은 없었다.

언제든 나는 상황에 휩쓸려 다녔을 뿐 못 이길 싸움에 도전한 적은 없었다.

심지어 아라바와 싸웠을 때도 정성 들여서 준비를 미차고 승리의 확신을 얻고 나서야 도전했었으니까.

이번에는 준비마저 게을리했다.

그리고 마더는 예상 이상의 강적이었다.

언어를 구사할 줄 아는 마왕이 사람과 동등 이상의 지능을 가지고 있음은 예측할 수 있었고, 그 부하인 마더가 지금껏 취한 행동을 돌이켜봐도 상당히 영악하다는 사실을 알고 있었는데도…….

그런데도 능력치 면에서 유리하다는 단지 그따위 이유만으로 이길 수 있다고 확신해버렸다.

내 실책이었다.

마더는 혼을 뜯어 먹힌다는 일찍이 경험한 바 없었을 공격에 노출되고도 내 실책을 놓치지 않았다.

자신의 정신이 잡아먹히고 있는 현실은 분명히 상상도 못할 만큼 공포스러웠음이 틀림없었다.

마더는 시시각각 자신이 사라져 가는 절망적인 상황에서도 포기하지 않고 몸부림친 끝에 이렇게 승리를 손안에 거머쥐려고 하고 있다.

왠지 도망칠 수 없었을 때의 나와 비슷한 모습이었다.

이런 데서 마더에게 친근감을 느낄 줄은 상상 못했다.

당하는 쪽이 나만 아니었다면 역시 마더는 대단하다고, 내 어머니에게 갈채를 보냈을 것이다.

나는 여기에서 끝난다.

주야장천 도망 다닌 것치고는 참으로 힘 빠지는 최후였다. 궁지도 뭣도 아무것도 없이 꼴사납게 패배했다.

여기에서 역전하기란 불가능.

그렇지만 잠자코 당해주지는 않는다!

의식을 잃어버리는 그 순간까지 발악해 보일 테다!

적어도 마더의 기억에는 마지막 순간까지 방심할 수 없었던 강적이었다고 각인시켜줄 테다!

그러면 조금이나마 내 삶에 의미가 있었다고 위안할 수 있을 테니까.

자, 최후의 발버둥을 시작해볼까.

〔그래, 그렇게 나와야지!〕

갑자기 머릿속에서 울려 퍼진 목소리.

지금 내 눈앞에 있는 마더의 정신체와 싸우고 있어야 하는 병렬의사 중 하나.

본체인 내 위기를 보고 이쪽 몸으로 돌아왔나 보다.

그렇지만 이제 와서 병렬 의사가 돌아왔다고 뭔가 바뀌지는 않을 텐데…….

그렇게 생각한 순간 차마 믿기지 않는 힘이 한가득 솟아올랐다.

응응?!
무슨 일이 일어난 거지?!
〔마더의 능력치가 내려갔잖아? 그럼 내려간 힘은 어디로 갔을까?〕
돌아온 병렬 의사, 전직 마법 담당 1호가 유쾌하게 말을 건넨다.
만약 얼굴이 있었다면 심술맞은 미소를 띠고 있었을 법한 목소리인걸.
〔크크크. 우리는 마더의 정신체와 싸울 때 혼을 먹어 치웠지. 정신체는 곧 혼. 그리고 능력치와 스킬이라 함은 혼의 힘. 그렇다면 혼을 잡아먹히고 약체화된 마더의 힘이 잡아먹은 우리에게 흘러들어 오는 것은 당연한 섭리라고 생각하지 않나?〕
즉 마더의 하락했던 능력치가 그만큼 내 힘을 상승시켰다는 뜻인가?
〔이그젝틀리~!〕
전직 마법 담당이 잔뜩 고양돼서 선언.
그와 동시에 이제껏 마더에게 달라붙어 있었던 병렬 의사들이 한꺼번에 귀환했다.
그에 호응해서 내 능력치가 말도 안 되게 높아져 간다.
〔자, 반격을 개시한다!〕
전직 마법 담당의 신호와 함께 병렬 의사가 총출동해서 마법을 구축했다.

발동된 갖가지 마법들이 마더의 용 결계에도 전혀 아랑곳하지 않고 닥쳐드는 실의 쓰나미를 단박에 흩뜨려 놓는다.

그리고 날아오는 마더의 브레스를 정면에서 곧장 똑같이 브레스로 요격하더니 오히려 밀어낸 끝에 마더의 거대한 몸체까지 날려버렸다.

나 자신도 너무나도 강력한 내 힘에 어안이 벙벙했다.

치료 마법을 다중으로 발동해서 잃어버린 신체 부위를 일순간에 가까운 짧은 시간에 재생시켰다.

반쯤 멍한 심정으로 내 스테이터스를 다시 확인했다.

〈자나 호로와 LV 24, 이름 없음

스테이터스

HP: 21622/21622(녹) + 0 (상세)

MP: 29618/29618(청) + 0 (상세)

SP: 17097/17097(황) (상세)

: 4111/17097(적) + 0 (상세)

평균 공격 능력: 21153 (상세) 평균 방어 능력: 21104 (상세)

평균 마법 능력: 28280 (상세) 평균 저항 능력: 28107 (상세)

평균 속도 능력: 25021 (상세)

스킬

「HP 초속 회복 LV 6」「마도의 극의」 「마신법 LV 7」

「마력 부여 LV 10」 「마법 부여 LV 2」 「대마력격 LV 2」

「SP 고속 회복 LV 10」「SP 소비 대완화 LV 10」「파괴 대강화 LV 6」
「타격 대강화 LV 7」 「참격 대강화 LV 4」 「관통 대강화 LV 6」
「충격 대강화 LV 6」 「상태 이상 대강화 LV 10」「투신법 LV 10」
「기력 부여 LV 10」 「기능 부여 LV 7」 「대기력격 LV 4」
「신룡력 LV 7」 「용 결계 LV 2」 「맹독 공격 LV 10」
「강마비 공격 LV 10」 「부식 공격 LV 6」 「외도 공격 LV 8」
「독 합성 LV 10」 「약 합성 LV 10」 「실의 천재 LV 10」
「신직사」 「실부림 LV 10」 「염력 LV 7」
「투척 LV 10」 「사출 LV 10」 「공간 기동 LV 10」
「유영 LV 2」 「권속 지배 LV 10」 「산란 LV 10」
「집중 LV 10」 「사고 초가속 LV 3」 「미래시 LV 3」
「병렬 의사 LV 9」 「고속 연산 LV 10」 「명중 LV 10」
「회피 LV 10」 「확률 대보정 LV 10」 「은밀 LV 10」
「은폐 LV 2」 「무음 LV 10」 「무취 LV 3」
「제왕」 「단죄」 「나락」
「퇴폐」 「불사」 「외도 마법 LV 10」
「바람 마법 LV 10」 「폭풍 마법 LV 1」 「흙 마법 LV 10」
「대지 마법 LV 3」 「그림자 마법 LV 10」 「어둠 마법 LV 10」
「암흑 마법 LV 7」 「독 마법 LV 10」 「치료 마법 LV 10」
「공간 마법 LV 10」 「차원 마법 LV 7」 「심연 마법 LV 10」
「마왕 LV 8」 「인내」 「오만」
「격노 LV 2」 「탈취 LV 3」 「포식 LV 10」
「나태」 「예지」 「파괴 대내성 LV 5」

「타격 무효」 「참격 대내성 LV 5」 「관통 대내성 LV 5」
「충격 대내성 LV 5」 「화염 내성 LV 8」 「수류 내성 LV 1」
「폭풍 내성 LV 4」 「대지 내성 LV 5」 「전광 내성 LV 1」
「빛 내성 LV 9」 「암흑 내성 LV 5」 「중압 대내성 LV 4」
「상태 이상 무효」 「산 대내성 LV 7」 「부식 대내성 LV 5」
「기절 내성 LV 8」 「공포 대내성 LV 2」 「외도 무효」
「고통 무효」 「통각 무효」 「밤눈 LV 10」
「만리안 LV 1」 「주원의 사안 LV 8」 「정지의 사안 LV 7」
「인척의 사안 LV 5」 「사멸의 사안 LV 5」 「오감 대강화 LV 10」
「지각 영역 확장 LV 8」 「신성 영역 확장 LV 9」 「성마」
「천명 LV 10」 「천동 LV 10」 「부천 LV 10」
「강의 LV 10」 「성채 LV 10」 「위타천 LV 10」
「금기 LV 10」 「n%I=W」

스킬 포인트: 164500

칭호

「악식」 「혈족 포식자」 「암살자」
「마물 살해자」 「독 술사」 「실 술사」
「무자비」 「마물 살육자」 「오만의 지배자」
「인내의 지배자」 「예지의 지배자」 「용(竜) 살해자」
「공포를 불러오는 자」 「용(龍) 살해자」 「나태의 지배자」
「마물의 재앙」 「패자」 〉

이 게 뭐 야 ?

숫자가 온통 이상하다.

요즘 들어 상대방의 인플레이션 수준에 맞춰서 내 능력치도 웃음이 나오는 숫자로 바뀌었지만, 그렇다 해도 이토록 높지는 않았다.

더구나 뭔가 별난 스킬도 잔뜩 늘어났고 레벨이 일제히 오르기도 했다.

용 결계라든지 신직사라든지 산란 같은 스킬은 갖고 있지 않았으니까 마더한테 그대로 카피했다는 생각밖에 안 든다.

아니, 스킬 대부분이 레벨 업을 했잖아.

위기는 온데간데없이 엄청난 파워 업을 했는걸.

이런 건 소년 만화 주인공의 특권 아니었나?

이제 나도 주인공 행세를 해도 되는 거야?

〔정신없는 것 같은데 미안하지만 이제 슬슬 마더를 마무리 짓자.〕

전직 마법 담당 1호의 말을 듣고 바닥에 쓰러져 있는 마더를 돌아봤다.

그곳에는 내 브레스로 커다란 대미지를 받은 마더의 모습이 있었다.

다리로 지면을 짚고 일어서려고 하지만 몸체의 무게를 지탱하지 못하는 탓에 일어나지 못한다.

이제는 몸을 일으키지도 못하나 보다.

절대적인 강자였던 마더가 지금은 허약하게 쓰러져 있다.

친자식에게 대부분의 힘을 빼앗기고 상처 입은 이미.

뭐, 말은 그렇게 해도 마더가 어머니라는 이미지는 내 마음속에는 없거든.

마더라고 부르기는 했지만 내게 어미에 대한 정은 없다.

있는 것은 초대면 때 느꼈던 공포뿐.

전세에서도 그랬지만 나는 궁극의 불효자식인지도 모르겠다.

그러고 보니 전세의 부모님은 어떻게 지내고 있으려나?

부모님의 얼굴조차 기억이 안 나는데 자식으로서 좀 민망한 것 같기도 하지만…….

분명히 그 부모들도 아빠, 엄마로서 좀 민망한 느낌을 받고 있을 것이 틀림없다.

자, 이번 삶의 어미에게 자식으로서 마지막 인사를 올려드리도록 할까.

마더, 당신은 위대했어.

스테이터스도 그렇지만 무엇보다도 약체화됐는데도 불구하고 나를 궁지로 몰아넣었으니까.

약해 보인다고 방심하지 말라는 교훈은 마더에게 받은 최초이자 최후의 가르침으로 내 몸에 새겨 넣을게.

잘 가세요.

병렬 의사를 총동원해서 마법을 날렸다.

엘로 대미궁 최강의 존재는 이렇게 숨을 거뒀다.

타도 마더 달성.

그에 따라서 지금껏 마더의 정신체와 싸우고 있었던 병렬 의사가 돌아왔다.

그와 동시에 지금까지 있었던 마더의 지배가 내게서 완전히 사라졌고 희미하게 느껴졌던 연결도 사라져버렸다.

요컨대 나를 지배하려고 드는 존재가 사라졌다는 의미이자 마더를 중심으로 했던 거미의 혼의 네트워크가 사라졌다는 의미이기도 했다.

거미 네트워크의 근원에는 그 마왕이 있는 셈인데, 나는 흔한 말단일 뿐 마더를 사이에 두는 연결 관계였으니까 마왕하고도 끊어지게 됐다.

여기에서 곤란한 점은 마더와 똑같이 병렬 의사에 의한 정신체 공격이 마왕에게는 불가능해졌다는 것.

연결이 없어지면 그 선을 타고 올라가서 병렬 의사를 보내는 공격을 시도할 수 없다.

마더의 힘을 흡수해서 능력치와 스킬이 올라갔다지만 마왕에게는 아직 멀었다.

어쨌든 마왕의 평균 능력치는 90000.

이번 사건으로 내가 급격하게 강해졌지만 그럼에도 아직 마왕하고는 현격한 차이였다.

그야말로 함정을 쓰든 무슨 짓을 하든 메울 수 없을 만큼…….

마더를 쓰러뜨린 지금 수하를 잃어버린 마왕이 어떻게 나올지 예측이 안 된다.

추후에도 나를 노린다면 싸울 수밖에 없다.

본심을 말하면 그런 괴물하고는 관련되고 싶지도 않으니까 나는 그냥 가만히 내버려 두면 좋겠지만 말이야.

으음, 흠흠, 고민하는 나에게 전직 마법 담당 1호가 말을 건넸다.

〔본체, 잠깐 괜찮을까?〕

뭔데 그러시나?

〔그게 말이야, 본체는 혹시 눈치 못 챘어?〕

응?

잠깐 고민하다가 그제야 퍼뜩 알아차렸다.

돌아온 병렬 의사의 숫자가 모자라다.

한 명이 없었다.

〔있잖아, 전직 몸 담당이 말이야. 쌩하고 가버렸거든.〕

어디로?

〔마왕한테.〕

와이?

〔그러니까 말이야, 마더를 통해서 마왕하고 연결이 아직 남아 있을 때 그걸 타고 마왕한테 공격을 가하러 갔다고.〕

뭣이라?!

잠깐, 잠깐만. 지금 나는 마왕하고 벌써 연결이 끊어졌는데?

어라? 전직 몸 담당은 어떻게 돌아와야 해?

〔글쎄?〕

못 돌아오지 않을까?

왜냐하면 연결이 사라졌는걸.

〔그렇겠지~?〕

……안녕이로다, 전직 몸 담당.

자네를 결코 잊지 않겠네.

그런고로 병렬 의사가 한 명 줄었다.

외도 무효가 있으니까 전직 몸 담당이 소멸하지는 않을 것이다.

소멸은 면하겠지만 현재 마왕에게 들러붙은 채 고립된 전직 몸 담당을 회수할 수단도 없었다.

회수가 가능한지 여부도 모르겠다.

어쩌면 마왕을 쓰러뜨렸을 때 돌아올지도 모르겠지만 희망은 희박하겠다.

타도 마왕이 애당초 불가능하기 때문이었다.

전직 몸 담당에게는 미안하지만 마왕에게 취할 대응은 지금까지 그랬던 대로 오로지 도망치는 것뿐.

마더의 힘을 흡수한 지금은 인형 거미라 해도 정면 승부로 쓰러뜨릴 수 있게 됐으니까 마왕 하나만 조심하면 되겠다.

뭐, 방심은 안 하겠지만.

마물 도감

file.17

퀸 타라텍트

LV.01

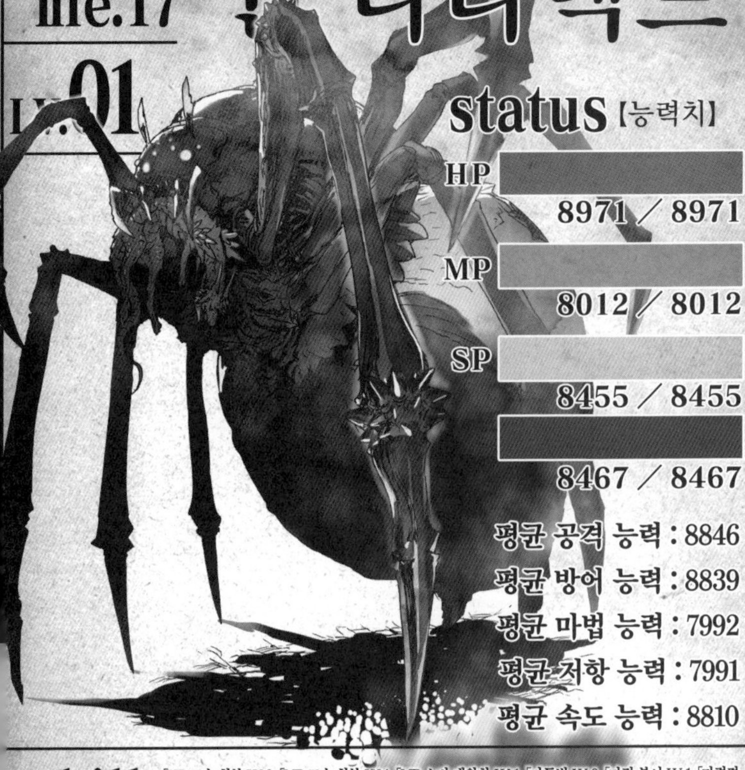

status 【능력치】

HP 8971 / 8971

MP 8012 / 8012

SP 8455 / 8455

8467 / 8467

평균 공격 능력 : 8846

평균 방어 능력 : 8839

평균 마법 능력 : 7992

평균 저항 능력 : 7991

평균 속도 능력 : 8810

skill 【기술】

「HP 고속 회복 LV 9」「MP 고속 회복 LV 1」「MP 소비 대완화 LV 1」「마투법 LV 8」「마력 부여 LV 1」「마력격 LV 5」「SP 고속 회복 LV 8」「SP소비 대완화 LV 8」「파괴 대강화 LV 4」「타격 대강화 LV 4」「참격 대강화 LV 3」「관통 대강화 LV 5」「충격 대강화 LV 5」「상태 이상 대강화 LV 10」「투신법 LV 5」「기력 부여 LV 5」「대기력격 LV 1」「용력 LV 1」「용 결계 LV 1」「맹독 공격 LV 10」「강마비 공격 LV10」「외도 공격 LV 3」「독 합성 LV 10」「약 합성 LV 10」「실의 재능 LV 10」「신직사」「실부림 LV 10」「염력 LV 1」「투척 LV 10」「사출 LV 10」「공간 기동 LV 10」「권속 지배 LV 10」「산란 LV 10」「집중 LV 10」「사고 가속 LV 3」「미래시 LV 1」「병렬 의사 LV 3」「고속 연산 LV 10」「명중 LV 10」「회피 LV 10」「확률 대보정 LV 1」「은밀 LV 10」「미채 LV 7」「무음 LV 5」「제왕」「외도 마법 LV 10」「그림자 마법 LV 10」「어둠 마법 LV 8」「독 마법 LV 10」「치료 마법 LV 4」「마왕 LV 1」「포식 LV 10」「파괴 대내성 LV 1」「타격 대내성 LV 9」「참격 대내성 LV 1」「관통 대내성 LV 1」「충격 대내성 LV 1」「불 내성 LV 8」「물 내성 LV 5」「바람 내성 LV 5」「흙 내성 LV 6」「빛 내성 LV 7」「빛 내성 LV 9」「암흑 내성 LV 1」「중압 내성 LV 7」「상태 이상 무효」「산 대내성 LV 1」「부식 내성 LV 2」「기절 내성 LV 2」「공포 내성 LV 3」「외도 내성 LV 3」「고통 무효」「통각 무효」「밤눈 LV 10」「천리안 LV 6」「오감 대강화 LV 10」「지각 영역 확장 LV 5」「천명 LV 10」「천마 LV 10」「천동 LV 10」「부천 LV 10」「강의 LV 10」「성채 LV 10」「천도 LV 10」「천수 LV 10」「위타천 LV 10」「금기 LV 10」

거미형 마물의 정점에 군림하는 여왕. 이동만 해도 사방에 파괴를 일으키는 거체를 자랑할뿐더러, 전투 능력은 한 개체만으로도 일국을 멸망시킨다고 알려져 있다. 단독으로도 손쓸 도리가 없는 존재이건만 산란으로 꾸준히 부하를 늘리는 지극히 까다로운 성질을 지니고 있다. 세계에 다섯 개체가 존재하는데 제각각 제 구역에서 마물의 정점으로 군림하고 있다. 위험도는 인간의 능력으로는 감당이 되지 않는 신화급.

막간. 마왕

분명히 죽였는데도 되살아나는 불가사의한 마물.

자신보다 아득하게 뒤떨어지는 존재에게 한 발짝 한 발짝 궁지에 몰리던 때의 초조함.

그리고…….

선잠에서 깨어났다.

엘프의 마을에 진군하는 도중, 흔들리는 마차에 몸을 실은 채 말뚝잠을 자는 것은 스스로 생각해도 참 팔자 좋은 신세라고 생각된다.

정확하게는 마차가 아니라 거미차였지만…….

내가 타고 있는 가마는 말이 아니라 거대한 거미의 등에 올라가 있었다.

나를 태운 채 움직이는 것은 아크 타라텍트.

용종(龍種)에게도 필적하는 마물을 짐말처럼 부리는 호사.

덕분에 내 주변으로는 병사가 접근하지 않는다.

아니, 접근하지 못했다.

아무리 인족보다 뛰어난 스테이터스를 지닌 마족이라지만 용종과 동격의 마물에게 용건도 없이 접근하는 짓은 하지 못한다.

용건이 있어도 다가오고 싶지 않을 것이다.

그래서 어중이떠중이 때문에 번거로움을 겪을 필요 없이 쾌적한 여행을 만끽하고 있다.

유일하게 나와 함께 가마 안에 시로가 타고 있지만, 시로는 내가 먼저 말을 건네지 않는 한 입을 열지 않으니까 참 조용했다.

정면에 앉아 있는 시로의 얼굴을 본다.

눈을 감은 채 미동도 않고 앉아 있다.

시로는 평소에도 눈을 감고 있으니까 잠들었는지 깨어 있는지 판단이 안 된다.

시로는 아마 선 채로 잠들어도 안 들킬 것 같다고 쓸데없는 생각을 했다.

외모만 보자면 약한 것 같아도 용사를 단신으로 해치우는 힘을 지니고 있으니까 겉모습 따위는 믿을 수 없단 말이지.

뭐, 나도 비슷비슷한 경우지만…….

이렇게 아무래도 좋은 생각을 하는 까닭은 드물게도 내가 긴장하고 있기 때문일까?

드디어 여기까지 다다랐으니까.

창밖을 보니 다른 곳에서는 보지 못하는 거대한 수목으로 빽빽하게 들어찬 광경이 확 눈에 들어왔다.

엘프의 마을이 존재하는 가람 대삼림.

그 안에서 내가 이끄는 군대가 진군하고 있다.

목적지는 물론 엘프의 마을.

그곳에 이미 제국군이 도착해 있다.

지금은 아직 엘프의 마을을 지키는 결계에 막혀서 진군을 멈춘 상태여도 이제 곧 결계가 사라진다.

그렇게 되면 제국군은 엘프의 마을로 쳐들어간다.

우리는 나중에 느긋하게 등장하면 된다.

지금껏 의지해 왔던 결계를 잃어버리고 제국군에게 침공당하고 당황해서 어쩔 줄 모르는 엘프의 옆구리에다가 마지막 일격을 선사해주겠다.

그때의 기쁨을 상상하면 자연히 입꼬리가 치켜 올라간다.

드디어 여기까지 왔다.

오랜 비원이 성취된다.

엘프를 뿌리째 뽑아낸다는 비원이…….

이제껏 살금살금 뒤에서 많이도 저질렀더랬지. 이번 기회에 내 울분을 마음껏 풀어내야겠다.

엘프의 마을을 감시시켰던 퀸 타라텍트는 제국군의 진군을 거든 뒤 엘프를 협공할 수 있는 위치로 배치했다.

엘프는 제국군, 마왕군, 퀸 타라텍트라는 삼중의 위협을 동시에 맛보게 될 것이다.

엘프는 어떤 얼굴로 울부짖으려나?

상상하면 가슴이 두근거린다.

"후후, 기대된다."

나도 모르게 마음속의 목소리가 입 밖으로 튀쳐나왔다.

내 혼잣말을 놓치지 않고 들은 시로가 이쪽을 돌아본다.

눈은 감고 있어도 시야가 마주친 느낌이 들었다.

"시로야, 너도 이번에는 마음껏 날뛰는 거다? 나도 실컷 헤집을 거야!"

어린애처럼 두근두근하는 가슴이 멈추지 않는다.

"마왕."

짧게 시로가 말을 건넸다.

왠지 모르게 걱정이 묻어나는 목소리였기에 안심시켜주기 위해서 말을 지어냈다.

"괜찮아. 전생자는 손대지 않아. 내 목표는 오직 엘프뿐. 말단 병사한테도 제대로 전달했으니까 걱정하지 마."

내 목적은 엘프의 섬멸.

전생자는 솔직히 별 관심도 없다.

아무래도 새롭게 용사가 된 전생자와 동료들이 엘프의 마을로 들어온 모양인데 내가 보기에는 언제든지 해치울 수 있는 졸병에 지나지 않았다.

설령 내 앞을 가로막고 나서더라도 죽이지 않고 무력화시키기는 너무나도 간단하다.

있든 없든 마찬가지다.

전생자가 얼마나 용을 쓰든 엘프의 마을은 멸망한다.

이미 결정된 사항이었다.

"아아, 기대된다."

드디어 너를 죽이러 가는구나.

반항할 테면 얼마든지 반항해봐. 포티머스 하이페너스.

막간. 엘프의 수장

“포티머스 님, 제국군의 배후에서 다른 군의 존재를 확인했습니다.”

“알고 있네.”

“이미 알고 계셨습니까.”

“당연한 소리. 제국군 따위 그것의 선발대에 지나지 않는다.”

“그렇다 하심은 포티머스 님께서는 새로운 군이 어디의 소속인지 알고 계십니까?”

“물론이지. 놈들은 현 마왕군이다.”

“마왕군?! 어떻게 마왕군이 인족의 영역에 속하는 이곳까지 온 겁니까?!”

“글쎄다. 어딘가의 늙은 너구리가 안내를 맡았을 테지.”

“그렇습니까…….”

“보고는 됐으니 글로리아를 준비해 놓도록.”

“넷, 분부대로 시행하겠습니다. 가동률은 어떻게 하면 되겠습니까?”

“전부.”

“예?”

“전부 가동시켜라.”

“그렇지만, 그래서는…….”

“그것이 쳐들어온다면 이쪽도 걸맞은 대접을 해드려야겠지. 여력은 남기지 않는다. 엘프의 모든 전력을 동원해서 요격에 나서도록.”

“과잉 전력이 되지 않겠습니까?”

"그 정도가 딱 좋다."

"그러면 일반 엘프의 방어선 뒤에 글로리아를 전개하는 형태로 하면 되겠습니까?"

"그래."

"용사와 다른 전생자는 어떻게 할까요?"

"좋을 대로 하라고 내버려 둬라. 상황이 이리된 이상 더는 용무가 없다. 어디서 객사하든 알 바 아니지."

"그러면 일반 엘프에게 지휘를 맡기겠습니다."

"부탁하겠네. 그것과의 인연도 이제 슬슬 막을 내릴 때가 왔군. 상대가 몸소 찾아와줬다. 이 기회를 놓칠 수는 없음이야. 도망칠 틈도 없이 섬멸하도록."

"넷. 알겠습니다."

"어디 와봐라. 마왕 따위 쓸모없는 패를 뽑은 어리석은 계집이여. 자신이 의지하는 대상이 헛되이 바스러지는 광경을 잠자코 지켜보기만 하는 무능한 것이, 감히 이 몸에게 대항하겠다고 나선 그 착각을 죽음으로써 바로잡아주마."

종장. 첫 번째 조우

마더를 쓰러뜨린 뒤 나는 마왕에게 도망치면서 바깥을 기웃기웃 돌아다녔다.

엘로 대미궁에 있었던 마더의 부하 거미는 거의 섬멸을 완료했다.

남아 있는 적은 마왕과 그 부하, 인형 거미 넷.

마왕은 인형 거미만 움직이는 것은 이제 위험하다고 판단했는지 항상 곁에 데리고 다녔다.

덕분에 이동 속도를 인형 거미에게 맞추게 돼서 나에게 따라붙지도 못한다.

아니, 내 위치를 아예 놓친 눈치였다.

이대로 따돌릴 수 있다면 더할 나위 없음.

나는 마왕에게서 멀어지도록 이동을 계속했다.

그리고 현재 나는 정지 작업이 된 가도로 나와버렸다.

지금까지는 되도록 사람들의 눈을 피하고 또 사람들의 손이 닿은 길이나 마을이나 도시에는 접근하지 않도록 행동했는데, 아무래도 도시가 가까운 탓인지 이곳저곳에 길이 있어서 이제는 피할 데가 없어졌거든.

부득이하게 사람들의 눈에 띄지 않도록 조심조심 나아가고 있었다.

이대로 나아가면 어딘가 커다란 도시로 이어질 것 같았지만 그쪽으로 안 가면 마왕하고 가까워진단 말이야.

전혀 좋지 않았다.

몇 번쯤 사람들 눈에 목격당할 각오를 하고 마왕에게서 멀어지는 방향으로 나아갈 수밖에 없었다.

다행히도 왕래하는 사람이 적어서 나는 누군가에게 발견당하지 않고 가도를 이동했지만 결국 한계가 왔나 보다.

전방에 마차 발견.

드디어 사람과 마주치고 말았다.

음, 시시한 발견인데 마차를 끌고 있는 말은 진짜 평범한 말이었다.

여기는 판타지 세계니까 이를테면 용한테 마차를 끌게 해도 놀라지는 않을 텐데. 뭐랄까, 오히려 너무 평범해서 맥이 빠진다.

자, 그러면 어떻게 할까. 일단 마차를 살펴보던 중에 뭔가 분위기가 이상하다는 걸 깨달았다.

응? 응응?

왠지 경황이 없어 보이는데?

알았다.

도적이네.

습격당했군요~.

사람의 눈에 목격당할 각오는 했었지만 설마 처음 맞닥뜨린 장면이 도적의 습격 현장일 줄은 몰랐네.

호위로 보이는 사람이 도적으로 보이는 사람과 대결하고 있었다.

호위가 네 명인 반면 도적이 여섯 명.

으음. 감정 결과로는 양쪽 다 비슷비슷한 수준이니까 이대로는 숫자가 많은 도적이 더 유리하겠는걸.

앗, 호위가 한 명 쓰러졌다.

어떻게~ 할까~.

난입하는 건 귀찮은데~.

마왕한테 도망치기 위해서라도 사람의 눈에는 되도록 띄고 싶지 않거든.

그렇다고 눈앞에서 습격당하고 있는 사람을 못 본 척 내버리기도 좀 찝찝하고…….

별로 정의의 수호자로 행세하려는 것은 아니지만 내 기분 문제니까.

이런 부분에서는 이러니저러니 해도 전세의 일반 상식이 내게 약간은 남아 있는지도 모르겠다.

그렇지만 동시에 귀찮다는 마음도 있단 말이죠.

내가 왜 뜬금없이 인명 구조 활동에 나서야 되느냐는 거다.

게다가 도와줘 봤자 이쪽은 마물인걸.

도와줬더니 상대가 칼을 휘두를 가능성도 있잖아요?

뭐, 그 경우에는 가차 없이 반격하겠지만 도와줬는데 그런 결말을 보면 뭔가 좀 씁쓸하잖아.

차라리 저 마차의 사람들이 전멸하고 나서 도적을 죽일까?

어떻게 되든 저 도적들을 죽이는 것은 마음속으로 이미 정해 놓았구나~.

응, 인간은 경험치가 쏠쏠하니까.

일반인을 학살하자는 생각은 안 하지만 도적처럼 죽여버려도 문제없는 인간을 그냥 보내기는 좀 아깝지 않아?

나는 경험치를 받아서 해피~.

일반인분들은 못된 도적이 사라져서 해피~.

보라고, 살해당하는 도적 본인들 말고는 모두가 해피~.

그런고로 도적은 남김없이 내가 경험치로 받아먹을 테다.

그리고 배도 채워야지.

미궁에서도 나의 마이 홈을 불태운 못된 기사 놈들을 먹었었는데 인간은 개체에 따라 맛이 다르더라고.

기분 문제일지도 모르겠지만 왠지 모르게 미형일수록 더 맛있게 느껴졌다.

따라서 지저분하고 꾀죄죄한 도적은 맛이 없을 테지만 어쨌든 먹으면 배를 채울 수 있다.

남은 선택은 습격당하고 있는 마차를 도울 것인가, 말 것인가.

하나뿐이다.

도울 경우의 메리트는…… 딱히 없네?

반대로 디메리트는 많지만…….

돕지 않았을 경우의 메리트는 인간이 전멸하니까 나를 목격하는 사람이 사라진다는 것과 식량이 늘어난다는 것.

디메리트는 내가 좀 찝찝하다는 것.

음, 음음.

어휴.

어쩔 수 없지~.

마음은 안 내켜도 도와줘야겠다.

손익 계산으로 보자면 안 돕는 편이 더 낫겠지만 지금은 내 마음이 가는 대로 따르자고.

나중에 괜히 잘못 선택했다고 후회하기도 싫고…….

후다닥 이동.

호위를 맡은 사람들과 전투에 열중하느라고 도적들은 내 존재를 알아차리지 못했다.

딱 좋은 기회네.

한가운데에 있는 살짝 커다란 몸집의 남자가 아마 도적의 두목이겠지.

능력치도 가장 높으니까 맞을 거야.

그 녀석의 등 뒤로 돌아가서 텅 비어 있는 등을 낫으로 푹.

낫은 단번에 도적의 몸을 관통했다.

앗, 물론 맹독도 세팅했으니까 이 시점에서 사망은 확정.

쓱 낫을 뽑자 힘이 다한 도적은 그대로 나자빠졌다.

사태를 미처 받아들이지 못하고 멍하니 있는 좌우의 도적에게 낫을 옆으로 휙 휘둘렀다.

두 동강.

이제 도적의 수는 절반.

나머지 세 명 중 한 명은 흙 마법으로 머리를 공격했다.

나는 흙의 적성도 높은 것 같거든.

거의 같은 시기에 익힌 바람 마법보다 성장이 빠르더라고.

나머지 둘.

도망치려고 하는 남자.

하지만 유감이네.

이미 실로 댁의 몸은 꽁꽁 묶여 있거든.

몸을 움직이지 못하게 된 도적 둘에게 사안을 발동했다.

HP, MP, SP를 완전히 흡수당하고 도적은 절명했다.

넵, 청소 완료.

이때 내가 어딘가의 왕자님이나 기사님이었다면 도와준 마차 안에 있던 아가씨가 「다친 데는 없으세요?」 요런 대사를 하고 「여행 중에 우연히 도적에게 습격당하는 현장과 맞닥뜨린지라」라는 식으로 플래그를 세웠을 텐데 말이야.

으음, 어쩌지. 난처하네.

인기 있는 남자는 이렇다니까.

아아~ 현실 도피는 여기까지만 할까.

도적, 쓰러뜨렸다.

마차, 도와줬다.

호위, 검을 겨눈다.

역시나.

뭐, 그렇겠지.

예상했는걸.

이럴 줄 알았어.

오히려 당장에 덤벼들지 않은 것만 해도 대단하지.

내게 겁먹어서 손을 못 쓰는 것이 아니다.

분명 경계심이 한가득이지만 도움을 받았으니까 느닷없이 덤벼드는 것은 좀 아니라고, 그렇게 양심이 움직인 결과임이 분명하다.

다시 한 번 말하겠는데 내게 겁먹어서 손을 못 쓰는 것은 아니다.

아니라면 아닌 줄 알아.

응?

잘 보니까 맨 처음 당했던 호위가 아직 살아 있는걸.

그래, 이왕 도와주는 김에 끝까지 도와줘볼까.

쓰러져 있는 사람의 곁으로 간다.

살짝 움직였을 뿐인데 다른 호위가 호들갑스럽게 뒷걸음쳤다.

……신경 쓰면 지는 거다.

치료 마법을 발동.

쓰러져 있는 호위의 상처가 순식간에 나았다.

응. 이제 죽지는 않겠네요.

어라, 이 사람은 호위라기보다는 옷차림을 보니까 집사 같네.

전투는 전문 분야가 아닌데도 모시는 주인을 열심히 지키려고 했구나.

기특하잖아.

호위들만 그런 게 아니라 마차 안에서 바깥의 분위기를 흠칫흠칫 지켜보고 있었던 귀부인도 깜짝 놀랐다.

마물이 도적을 해치우고 도와준 데다가 치료 마법까지 써줬으니까 그야 놀랄 만하지.

후후. 이제 용무는 다 마쳤다.

역시 이런 상황에서 도적의 시체를 들고 가자니 별로 안 내키고, 거미는 쿨하게 떠나오리다.

어라, 마차 안의 귀부인이 허둥지둥 내려왔다.

호위들이 뭐라고 말하면서 말린다.

하지만 그런 것은 아무래도 좋았다.

내 눈은 귀부인이 품에 안고 있는 누군가에게 못 박혀 있었다.

〈인족, 흡혈귀 LV 1, 이름: 소피아 케렌(네기시 쇼코)

스테이터스

HP: 11/11(녹) (상세)　MP: 35/35(청) (상세)

SP: 12/12(황) (상세)　: 12/12(적) (상세)

평균 공격 능력: 9 (상세)　평균 방어 능력: 8 (상세)

평균 마법 능력: 32 (상세)　평균 저항 능력: 33 (상세)

평균 속도 능력: 8 (상세)

스킬

「흡혈귀 LV 1」　「불사체 LV 1」　「HP 자동 회복 LV 1」

「마력 감지 LV 3」　「마력 조작 LV 3」　「밤눈 LV 1」

「오감 강화 LV 1」　「n%I=W」

스킬 포인트: 75000

칭호

「흡혈귀」　「진조」 〉

귀부인에게 안겨 있는 아기.

그 감정 결과에 나는 말을 잃었다.

그렇잖아, 응?

이것저것 따지고 싶은게 너무 많거든. 안 그래?

이름이 왠지 이중으로 표시돼 있고, 흡혈귀이고, 스킬 포인트도 이상하게 높고…….

아, 으음.

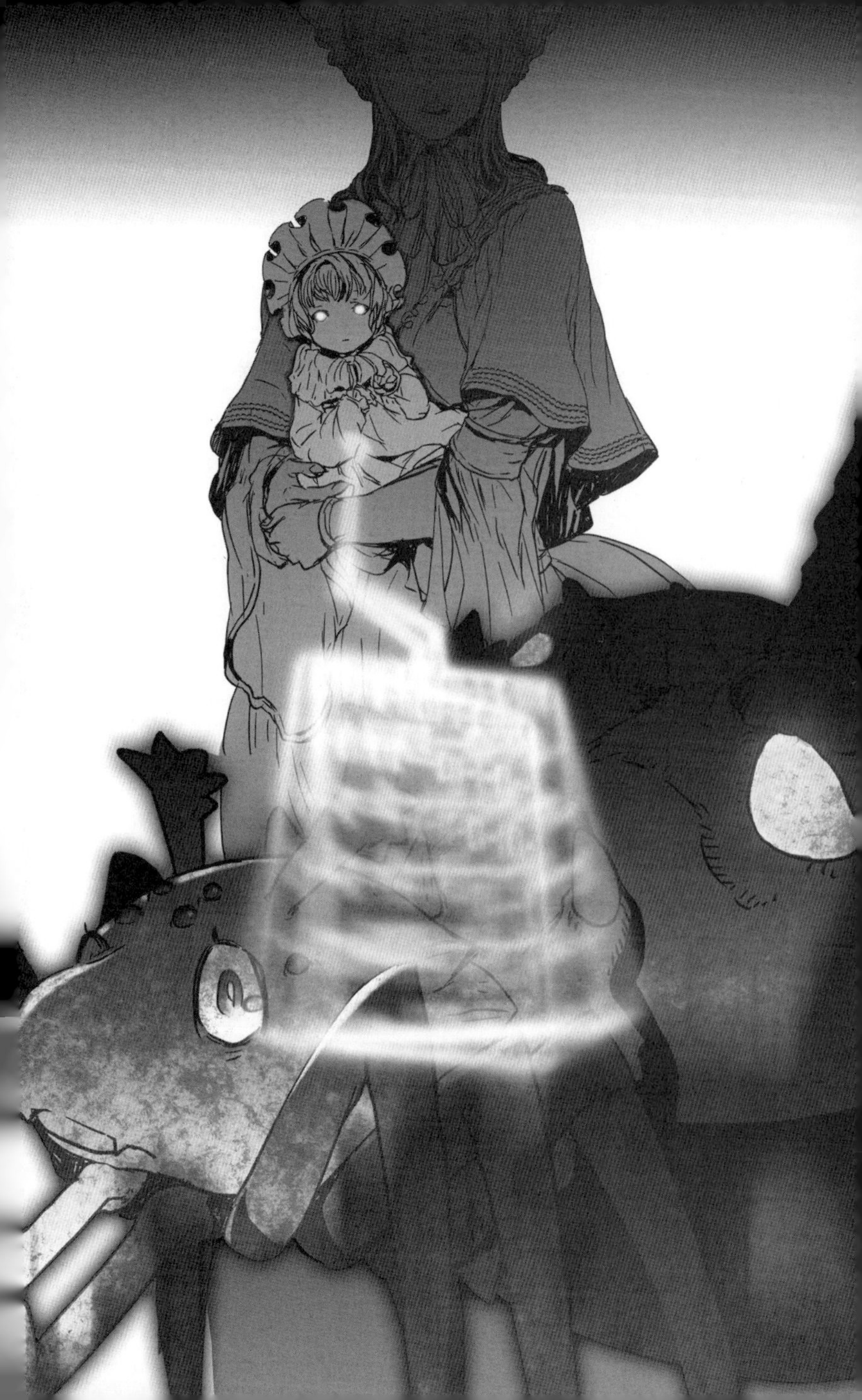

이 아기, 아마 맞겠지?

네기시 쇼코라고 어떻게 봐도 일본식 이름이 감정 결과에 나온 시점에서 이미 알았지만 말이야.

이 아이, 나와 마찬가지로 전생자였다.

이날 나는 이세계에서 처음으로 전생자와 마주쳤다.

연표

왕국력 798년	렌잔드 제국에서 로난트가 사상 최연소 필두 궁정 마도사로 취임.
801년	크솔리온 요새에서 벌어진 전투로 용사 메이시스 전사, 새로운 용사로 다레스메이그가 취임.
803년	용사 다레스메이그의 활약으로 마왕 아트모스 토벌에 성공.
804년	용사 다레스메이그 실종.
807년	렌잔드 제국의 검제 레이거 퇴위. 동시에 실종. 새롭게 라기스가 즉위. 로난트가 상담역을 맡다.
829년	애너레이트 왕국에서 메이제스가 즉위.
832년	정비에게서 애너레이트 왕국 제1왕자 사일리스 출생.
833년	제1측실에게서 애너레이트 왕국 제1공주 레이레시아 출생.
834년	제3측실에게서 애너레이트 왕국 제2왕자 율리우스 출생.
837년	제2측실에게서 애너레이트 왕국 제3왕자 레스톤 출생.
840년	제2왕자 율리우스가 용사로 취임. 그로 인하여 용사 다레스메이그는 사망한 것으로 간주된다. 엘로 대미궁에서 유체 타라텍트의 특수 개체가 목격되다. 그때 지룡(地竜)의 알과 거미의 실이 회수되었고 왕가에 헌상된다. 마족의 활동이 활발화.
841년	제3측실에게서 애너레이트 왕국 제4왕자 슈레인 출생. 애너발드공작가에서 제1녀 카르나티아 출생. 렌잔드 제국에서 제1왕자 유고 탄생. 제3측실 사망. 엘로 대미궁에서 로난트가 지휘하는 제국군이 「미궁의 악몽」과 접촉. 엘로 대미궁에서 미궁의 악몽, 퀸 타라텍트가 바깥세상으로 출현. 로난트 잠시 실종.
842년	미궁의 악몽이 사리엘라 국에 출현.

사리엘라 국과 오우츠 국이 전쟁을 개시. 제국 및 신언교가 오우츠 국을 지원.
용사 율리우스, 미궁의 악몽과 전투. 로난트의 구원 덕분에 목숨을 부지하다.
용사 율리우스, 로난트에게 일시적으로 사사하다.
각지에서 인신매매와 유괴가 잇따르다.

843년 엘로 대미궁에서 「악몽의 잔재」가 확인되다.

844년 제1공주 레이레시아, 테레센트 왕국의 제1왕자와 혼약하고 유학.

845년 제국에 「검마」 출현.
로난트의 활약으로 검마를 쫓아내는 데 성공.

846년 신언교 주도로 대규모 인신매매 조직의 적발을 감행.
용사 율리우스, 해당 사건을 계기로 지스칸, 호킨을 동료로 맞아들이다.

847년 슈레인, 스우레시아, 카르나티아의 감정 의식이 거행되다.

848년 지룡의 알에서 페일룬이 부화하다.

850년 엘프의 족장 포티머스가 친선 대사로 왕국을 방문.
포티머스의 딸 필리메스가 왕국에 유학.
용사 율리우스, 마족의 함정에 빠져 습격을 받지만 간신히 격퇴.

851년 슈레인, 스우레시아, 카르나티아, 필리메스가 왕립 학원에 입학
제국 왕자 유고, 성녀 후보 유린과 접촉.
용사 율리우스, 엘로 대미궁에서 악몽의 잔재 한 개체를 토벌.
제국 왕자 유고가 슈레인 암살 미수 사건을 기도.
지룡에 의한 학원 내습 사건 발생.

856년 인마 대전.
용사 율리우스 전사.
애너레이트 왕국에서 쿠데타 발발.
국왕 메이제스 사망.
제4왕자 슈레인은 협력자 제3왕자 레스톤과 함께 도망.
신언교가 새로운 용사는 렌잔드 제국의 왕자 유고라고 발표.
동시에 애너레이트 왕국 제2공주 스우레시아를 유고의 혼약자로 발표.
왕국의 쿠데타에 가담한 혐의로 제국이 엘프에 선전 포고 후 거병.
엘프의 마을로 제국군, 마왕군이 침공.

■작가 후기

처음으로 뵙는 분도, 오랜만에 뵙는 분도 안녕하십니까, 바바 오키나입니다.

4권에서 처음 뵙는 용감한 분이 있을 것 같다는 생각은 별로 안 듭니다만…….

사천왕의 가장 강한 적에게 대뜸 먼저 덤비는 셈이잖아요?

그만두라고! 얌전하게 사천왕 중 가장 약한 1권부터 읽어야지!

사실 시리즈물이니까 1권부터 안 읽으면 영문을 모를걸!

4권의 메인은 1권의 도입부에서 존재감을 한껏 드러냈던 마더랍니다.

1권의 최초에 등장하는 일러스트에서 주인공 대신 그 어미가 두둥, 튀어나오는 소설이 달리 또 있을 것인가?

아니, 아마도 없도다!

보통 첫 번째 일러스트라면 주인공이나 예쁘장한 히로인을 그리는 법이거늘 느닷없이 거대 거미가 두둥~!

게다가 3권에서 재등장할 때는 역시나 또 첫 번째 일러스트를 쟁취하는 파격적인 행보.

과거에 단 두 번 등장했으면서 그때마다 첫 번째 일러스트를 낚아

채는 거물 여배우 마더.

지면 안 된다고, 주인공!

일러스트의 숫자로는 이겼다고, 주인공!

이야기의 성격 때문에 어쩔 수 없다지만 일러스트에 인간 대신 마물의 등장 비율이 좀 높군요.

애당초 1권부터 3권까지 표지가 전부 마물이었습죠.

주인공이 마물이니까 어쩔 수 없잖아!

그걸 또 제대로 그려주시는 키류 선생님은 완전 대단하십니다. 4권은 인간이 그나마 많으니까 봐주세요!

이번 이야기는 WEB 연재본에는 실려 있지 않은 내용으로 새로 집필했습니다.

1권부터 점점 더 신규 집필의 양은 늘어나고 있었습니다만 마침내 9할을 새로 써내는 쾌거를 달성.

이런 분위기로 쭉 가면 5권 이후는 10할을 전부 새로 쓰게 생겼습니다!

안 돼! 그런 건 용납 못해!

마침 얘기가 나왔으니 말씀드립니다만 SS를 새로 썼습니다.

카도카와 BOOKS 1주년을 기념하는 설문 조사를 카도카와 BOOKS의 공식 사이트(http://kadokawabooks.jp)에서 실시하고 있사오니 그쪽에 회답을 해주시면 SS를 읽을 수 있는 구조로 되어 있답니다.

꼭 설문 조사해 참가해주시면 좋겠습니다.

여기부터는 감사 인사를.

마물이 잔뜩 나오는 이 소설의 일러스트를 언제나 최고의 형태로 완성해주시는 키류 츠카사 선생님.

이번에도 역시 마물이 잔뜩 나오는 이 소설을 만화로 그려주고 계시는 카카시 아사히로 선생님.

담당 편집자 K씨를 비롯하여 이 책을 세상에 내기 위해 힘써주신 모든 분들.

이 책을 구입하고 읽어주신 모든 분들.

진심으로 감사드립니다.

거미입니다만, 문제라도? 4

1판 1쇄 발행 2017년 6월 20일
1판 9쇄 발행 2024년 1월 15일

지은이_ Okina Baba
일러스트_ Tsukasa Kiryu
옮긴이_ 김성래

발행인_ 최원영
편집장_ 김승신
편집진행_ 권세라 · 최혁수 · 김경민 · 최정민
편집디자인_ 양우연
관리 · 영업_ 김민원

펴낸곳_ (主)디앤씨미디어
등록_ 2002년 4월 25일 제20-260호
주소_ 서울시 구로구 디지털로 26길 111 JnK디지털타워 503호
전화_ 02-333-2513(대표)
팩시밀리_ 02-333-2514
이메일_ lnovellove@naver.com
L노벨 공식 카페_ http://cafe.naver.com/lnovel11

KUMO DESUGA, NANIKA? Vol.4

ISBN 979-11-278-4168-3 04830
ISBN 979-11-278-2430-3 (세트)

값 9,800원

우로보로스 레코드 1권

야마시타 미나토 지음 | 시노 토코 일러스트 | 김성래 옮김

오브닐 백작가의 차남 토리우스는 현대 일본에서 죽음을 맞이한 뒤
검과 마법이 지배하는 판타지 세계에서 새로운 삶을 살아가는 전생자였다.
그의 바람은 단 하나, 「다시는 죽고 싶지 않다.」는 것이었다.
그런 망집에 사로잡힌 그는 경지에 이르면
불로불사마저도 실현시킬 수 있다는 마법《연금술》에 매달렸다.
하지만 연금술은 과대망상의 허황된 짓거리라고
세간으로부터 업신여김을 당하고 있는 마법이다.
심지어 토리우스가 수행하고 있는 연금술 연구의 내용은
정도(正道)를 벗어나 있었다. 세뇌, 개조, 인체 실험…….
저러한 비정상적인 실험을 수없이 거듭하는 사이에
주위의 두려움과 혐오를 사게 되지만, 그는 전혀 아랑곳하지 않는다.
모든 것은 불로불사의 실현을 위해.
노예 메이드 유니와 함께 토리우스는 자신의 길을 나아간다…….

살기 위해서라면 어떤 짓이라도!!
인간의 욕망, 불로불사를 향한 진정한 다크 판타지!!

라이트노벨의 새로운 빛! L북스의 신간은 매월 20일에 발매됩니다. http://cafe.naver.com/lnovel11